复旦大学古籍所成立四十周年纪念学术丛书

近代文献研究丛稿

张桂丽 著

复旦大学出版社

出 版 说 明

  1983年，作为教育部首批批准设立的古籍整理研究机构之一，复旦大学古籍整理研究所在已故杰出教授章培恒先生的主持下正式成立。自此以后，古籍所一直秉持科研项目与学科建设相结合、整理与研究并重的发展理念，积极开展科研教学，培养人才队伍，至今已走过整整四十个春秋。古语云"四十不惑"，对人生而言，四十年是一个关键的节点，而对一所科研机构来说，从起步到成熟、发展，四十载同样是一段具有重要意义的历程。

  在这四十年的探索进程中，复旦古籍所始终重视学科建设和人才培养，由建所之初的一个博士点、两个硕士点，发展为五个博士点、五个硕士点，已培养硕博士研究生四百余名，其中包括数十名日、韩、美、越等国的硕博士生和高级进修生，在读研究生由当初的十余名，发展至稳定在百余名的规模。

  在这四十年的建设历程中，复旦古籍所搭建起由多个学科和研究方向组成的科研架构，并成为高校研究机构中的科研重镇。古籍所成立之初，以承担教育部全国高校古籍整理研究工作委员会重点项目《全明诗》的编纂为工作重心，开展一系列古籍整理与研究的相关工作，先后设有明代古籍整理研究室，目录、版本、校勘学研究室和哲学古籍整理研究室。经过全所同仁几十年的努力下,学科方向更加明确,研究特色更加鲜明,科研队伍不断优化,其中,中国古代文学、中国古典文献学、汉语言文字学三个专业的建设发展,形成文学、语言、文献诸领域彼此交叉的格局;由章培恒先生首倡设立的中国文学古今演变研究专业,作为新兴交叉学科,于2005年被教育部正式批准为二级自设学科;另有逻辑学专业,专门从事汉传佛教因明学的研究。

经过四十年的发展,复旦古籍所明确了长远的建设规划,确立了以古今贯通研究这一新的学术理念为主导、以文献实证为基础,古典研究诸学科彼此交叉、相辅相成的科研与教学格局。这一规划宗旨,既是回首来路的经验总结,凝结了老一辈学者的大量心血,也是瞻望前路的奋进方向,承载着全所同仁的共同目标。

为纪念复旦古籍所成立四十周年,展示本所研究人员的学术成果,我们特推出这套学术丛书,向学界同仁汇报并企望指正。借此机会,我们要感谢教育部全国高校古委会长期以来对本所建设发展的关心和帮助,感谢复旦大学出版社对丛书出版的大力支持。

陈广宏、郑利华
2023年10月10日

目　录

漫谈近代文人全集的编纂 …………………………………… 1
近代日记的文学书写 ………………………………………… 18

"言社"考述 …………………………………………………… 46
汪氏振绮堂藏书、刻书考略 ………………………………… 66
清代钱塘梁氏家学述论 ……………………………………… 87
焦廷琥学术成就探析
　　——兼论扬州学派的家学特征 ……………………… 103
当涂夏氏学术成就及道咸之际徽州的学风 ……………… 118

论李慈铭的日记体散文 …………………………………… 138
李慈铭的清学史观
　　——以《国朝儒林经籍小志》为中心 ……………… 159
周作人、鲁迅与李慈铭 …………………………………… 176

《越缦堂日记》的传播与影响 ……………………………… 190
《越缦堂日记》整理与研究刍议 …………………………… 223

《李慈铭致潘祖荫信札》序 …………………………………… 238

方桼如简谱 …………………………………………………… 243
梁玉绳年表 …………………………………………………… 275
夏燮年表 ……………………………………………………… 296

后记 …………………………………………………………… 320

漫谈近代文人全集的编纂

宋明以来，文人全集汇刊已经成为学界流行的文化时尚，不少名家生前即有全集刊印行世，反映出版业的发展，也可窥见文人"立言"之愿望，以及门人、后裔传承之使命。近代文人著述体量逐渐增大，以著述为毕生事业的文人也较多，其著述往往百万言，如俞樾、李慈铭等。近世日记、书信文献激增，军功、洋务大臣奏疏、批札等文献保存较多，以及新增的翻译、报刊文献极为丰富，有鲜明的时代特征。近代文献虽因时局迭荡，战乱、灾荒频仍，散佚较多，遗存依然比较丰富，现存未刊稿、抄本超过清以前历代稿抄本之总和，相当珍贵，亟待保护与研究。二十一世纪以来，近代文人全集的编辑颇为盛行，是近代文献较好的整理与研究方式。

一

近代文献的基本面貌是多样性。作者群体多样化，大多数文人兼有文学、学者双重身份，而职业文人如夏炘、俞樾、李慈铭、樊增祥等著述均数百万字。晚清军务、洋务大臣如胡林翼、曾国荃、左宗棠、李鸿章、郭嵩焘等，并不以文学、学问著称，而其奏疏、函稿、批札等，以及驻外公使的出洋日记、外派官员查案的工作及行程日记，也形成可观的著述，有鲜明的时代特色。

近代文献有鲜明的地域特色，传统的江南文献渊薮之区如江浙皖，著述文献依然保持旺盛的增长趋势，新兴的文化地域如广东、福建、湖南则非常活跃，独树一帜属湖南，人文之盛，学林瞩目，军功、洋务、学林人才辈出，如胡林翼、曾国藩、左宗棠、郭嵩焘、魏源、王闿运、谭嗣同等等名人全集，有重要的历史意义。

近代文献手稿多，部分已经刊刻传世，但手稿、誊清稿、抄稿相应共存，因时代较近，流传有绪、遗存较多，相较于前代文献有天然的优势。稿本文献有开放性优势，据纸张、封面、印章、浮签、字体、符号等观察作者喜好、心态，比勘与刊印本之异同，从而展开相关的研究，新兴的"手稿学"即是基于近代文献的手稿本而展开。

近代文献散佚多，第一次鸦片战争以来，百年之间载籍化为劫灰不知凡几，如涵芬楼之厄，令人神伤千古。时局动荡，未能刊印成集，大多未经作者手订，遗佚不少。大家、名家著述相对比较及时刊印，而普通文人著述文字被湮没的几率很大，古人常叹"文字传与不传，亦有数矣"即此。近代文献的未刊稿，据全国古籍普查登记各大馆藏之著录，超过前代未刊稿之总和，是为不可再生之珍稀文献。

鉴于近代文献体量之大、价值之高、散佚之多，亟待整理、研究，当前学界研究近代文献的意趣趋向比较一致——保存、研究，一边影印出版，一边编校标点，有时同步推进。而编辑全集是比较好的保护、研究方式。

据《中国古籍总目》集部及丛书部统计，清后期，至少三百四十余位作者拥有全集、丛书，自同治、光绪、宣统至民国间刊刻的重要全集有：《曾文正公全集十五种》《左文襄公全集九种》《胡林翼全集六种》《春在堂全书三十六种》《师伏堂丛书十五种》《琴志楼丛书四十六种》《观古堂所著书二十种》《谭浏阳全集六种附续编》《张文襄公全集十四种》《王湘绮先生全集二十六种》《艺风堂汇刻十六种》《新订六译馆丛书八十九种》《石遗室丛书十九种》《名山全集三十四种》《海宁王忠悫公遗书四十四种》《刘申叔先生遗书七十种附二种》《双流刘鉴泉先生遗书二百二十种》等等。

改革开放后出版的名人全集，除唐、宋、明文豪李白、杜甫、韩愈、白居易、王安石、苏轼及冯梦龙、王阳明外，主要集中于清代学人的全集，如李渔、黄宗羲、吴梅村、钱大昕、戴震、曾国藩、左宗棠、李鸿章等，在上个世纪皆有今人为之编辑的全集。近二十年清人全集编辑颇成风气，国家"清史工程"投入较大支持，近代文人全集的编辑、整理蔚然成风，得益于国家重视文化遗产的时代风气、学者保全和研究文献遗产的自觉使命。大批古籍影印丛书，尤其是珍贵的稿抄本、未刊稿的影印出版，为编辑全集提供极好的材料。随着全国古籍普查登记工作的完成、全国古籍普查登记基本数据库的不断更新、《中国古籍总目》的出版，以及电子古籍数据库，读者按图索骥，相对容易获得需要的文献。

目前，民国著名文人全集的编辑颇成规模，清前中期著名文人大多已拥有全集，门人、后裔所编之外，近年来专业学人新编者亦不少。而晚清道咸同光文人大量的文集稿本，以及日记、信札等不断披露的私人著述文献尚未经整理，因此近代文人全集的发掘、整理、研究，仍有相当大的空间。

二

传统的个人作品集称为"别集",包揽经、史、子、集的内容,不仅仅收录文学著作,因为传统上中国古典的经史、文史是互相渗入而不分家的。章学诚《文史通义·文集》:"自东京以降,迄乎建安、黄初之间,文章繁矣。然范、陈二史所次文士诸传,识其文笔,皆云所著诗赋碑箴颂诔若干篇,而不云文集若干卷,则文集之实已具,而文集之名犹未立也。自挚虞创为《文章流别》,学者便之,于是别聚古人之作,标为别集,则文集之名,实昉于晋代。"①章氏所观察极为真切。

集始于东汉,唐宋以后名目更繁。"立言"是"经国之大业,不朽之盛事",魏晋以来倍受文人推崇,因此集部文献激增,梁阮孝绪《七录》始于"文集录"下立"别集"之目。四部分类盛行后,《隋书·艺文志》于集部之"楚辞""总集"外另辟"别集"一目,可窥别集文献之庞大。明黄虞稷编纂《千顷堂书目》,著录别集四千余种,居各类图书之首,是四部中最庞大的一类。

但唐以前的作家主要是诗文,诗文别集基本汇聚其著述,随着词、曲、小说、日记、尺牍等文学体裁越来越受到文人重视,传世较多,一般诗文汇编的"别集"概念便难以涵盖这些新增的文献类型。唐宋文人自编文集渐成风气,如白居易自编《白氏文集》,欧阳修自编《六一居士集》,苏辙自编《栾城集》,晁补之自编《鸡肋集》,范成

---

① 章学诚《文史通义校注》,北京:中华书局,1985年,第296页。

大自编《石湖集》等等。得益于宋雕版印刷术的推广，当朝别集的著录、刊刻较多，据统计传世宋人文集在两千五百种以上，往往一人多集，又有将诗、文、词及笔记汇为一编的文化时尚，虽曰"集"，实际具有最初意义上的"全集"。

个人著述汇编，尚有"丛书"的概念。"丛书"，自宋《儒学警悟》《百川学海》之后，汇辑各书成一系统逐渐盛行，明清刊刻大量丛书，丛书包揽经史子集四部，很难归属于传统目录学的四部分法，张之洞《书目答问》遂将"丛书"独立为一大部类，此后丛书自成一部成为共识，《清史稿艺文志拾遗》《中国古籍总目》均于"丛书部"之下列"独撰类"的子类目，将个人著述文字汇为一编，最接近今人所编"全集"的概念。

今人为前人编全集，突破了"别集"概念，包罗全部文字，实为个人著述之"总集"。但《文章流别集》《文选》汇总通代或断代多人著述为总集，通常学界也不使用"总集"来命名个人著述之汇刊。丛书则更多是汇聚众人之著述，较少用以表达个人全部著述。因此，"全集"的概念应运而生。

明中期，学界开始有编辑"全集"的理念，主要搜辑汇刊前代及本朝文人著述，名之曰"全集""遗书""全书"，如《陆放翁全集》《真西山全集》《弇州山人四部稿》《卓吾先生李氏丛书》《少室山房全稿》等。明代刻书业发达，对宋以前的别集几乎重新编辑、整理、刊刻，对宋人别集则有所保留，仅关注名家、大家。此即"文章公论，历久乃明"的隔代整理文献的规律，清修《四库全书》亦详于明代之前而于明多略之，"今于元代以前凡论定诸编多加甄录，有明以后篇章弥富，则删薙弥严，非曰沿袭恒情，贵远贱近，盖阅时未久，珠砾并存,去取之间,尤不敢不慎云尔。"①

清初,名家之门人弟子、子孙后裔及乡后辈为之编全集的现象越来越多,康熙间解缙后人编《解学士文毅公全集》,叶盛后人刻《叶文庄公全集》,郑善夫后人《郑少谷先生全集》,以及《朱子遗书》《元遗山全集》《怀麓堂全集》《王阳明先生全集》《刘子全书》等编刊流行,宋元明名家、大家在清代逐渐有全集行世。

清人对明人文集的整理、刊刻具有选择性、保守性特点,一是时代较近,尚属于沉淀期,二是来自文字狱的压力,仅编刻明初危素、解缙、宋濂、高启、杨士奇等人全集。二十世纪八十年代之后,明人全集的整理始进入黄金期,复旦大学古籍所所长章培恒先生主持的"全明诗""全明文"项目,成果极为丰富,至今方兴未艾,但与学界所编的清人"全集"在数量上仍不能相提并论,明人全集之编辑依然很有潜力。

由于明人对汉魏六朝、唐五代的别集整理足够全备,可发挥辑佚的空间较小,清人更为重视宋元人全集,注重考订、校勘、辑佚、笺注等深度整理方式,虽然这些古籍整理与研究的方法在之前的全集编辑中常用,但未如清人那般自觉、严谨,并有具体的理论、方法,清儒校订经史所用的考据、训诂、辑佚、辨伪等方法,也较好的运用到编辑文集上②,故清人所编全集水准超越明人。清人热衷

---

① 清纪昀等《四库全书总目》卷一百四十八别集类序:"文章公论,历久乃明,天地英华所聚,卓然不可磨灭者,一代不过数十人,其余可传可不传者,则系乎有幸有不幸。存佚靡恒,不足异也。"北京:中华书局,1987年第二次印刷,第1271页。
② 梁启超著《清代学术概论》用四章讲述《清代学者整理旧学之总成绩》,主要述及经史子部,固然由其书名"学术"所限定,忽略清人整理、校注宋元人集的学术功绩,显然不能反映清代学术的全貌。欧阳修、苏轼等文豪,学术史或可略之,但如清人编刻《朱子文集大全类编》《象山先生全集》《周濂溪先生全集》《盱江先生全集》等,于学术史之影响则是不能忽略的。

于宋元人别集的汇刊，甚至新增多种抄校本，且不约而同用"全集"来命名，如《梅圣俞全集》《欧阳文忠公全集》《苏老泉先生全集》《王临川全集》《东坡全集》《宋黄山谷先生全集》《放翁全集》《赵文敏公松雪斋全集》《元遗山先生全集》等等。清人编、刊大量宋元别集，得益于学术思想与稽古右文的时代环境，对明之前的文人著述文字进行系统而全面的校勘、编辑，既有延续传统，将诗文别集汇刊成"全集"，也将其他经、史、子部著述逐步汇入全集。这种编辑理念虽起源于明人，但盛行于清，更接近于今人"全集"含义。

清代学术名家、大家在本朝几乎都有编刻全集传世，清代著名学者如顾炎武、黄宗羲、王夫之、毛奇龄、方苞、洪亮吉、戴震、赵翼、钱大昕、姚鼐、方东树等等，文学家如王士禛、张问陶、黄仲则等人也在本朝就已编刊全集。康熙间有《孙夏峰先生全集》《唱经堂才子书汇编》《西河合集》《清吟堂全集》《杨园张先生全集》，乾隆间有《王渔洋遗书》《戴氏遗书》《瓯北全集》《潜研堂全书》《经韵楼丛书》《惜抱轩全集》，光绪间有《亭林先生遗书汇编》《洪北江全集》《方植之全集》《中复堂全集》《曾文正公全集》《左文襄公全集》《春在堂全书》《潜园总集》等等，但多是诗文别集，笔记、小说、日记等不入。

民国时汇刊的清人全集有《王烟客先生集》《金圣叹全集》《梨洲遗著汇刊》《亭林先生遗书汇辑》《船山遗书》《惜抱轩全集》《章氏遗书》以及《曾文正公全集》《胡林翼全集》《张文襄公全集》《谭浏阳全集》，由晚清入民国的王闿运、周馥、廖平、章太炎、王国维、刘师培、梁启超、鲁迅，在民国时也已拥有全集。

三

当代人编清人全集，似乎也符合隔代整理文献的规律，如明人编刊唐宋人文集，清人编宋元人全集。虽然晚清至民国因战争书籍毁亡甚多，不同于宋元之际、明清之际的是，民国的出版技术为保存前代文献提供了技术支持，大量清人著述得以刊刻、铅印，甚至影印出版。上海作为遗老、新派汇聚地，文字流布极为丰富，推动了出版业的繁荣。出版技术的进步推动了著述的发展，而文人群体壮大，对出版提供更多的需求，编辑全集就是学界对知名文人著述的自觉性整理与研究最重要的呈现方式。

明清以来，文人全集的收录具有明显的包容性，边界越来越广，同时体量也越来越大。清人编宋元明人"全集"主要以诗文为主，一般不包含专著，清人自编或为本朝学人编"全集""遗书"，虽已包含专著，也收入纂修地方志、校注经典各书，但仍以汇编诗文为主流晚清、民国之际逐步收入翻译专著，"全集"的范畴越来越大。至民国又有新变，传统别集之外的日记、书信、题识、演讲稿、推荐信，甚至批札、签名文件、亲笔履历档案，逐渐成为全集不能舍弃的文献，拾遗补阙，巨细无遗，报刊文章、日记、书信等逐渐成为全集的有机组成部分。

体例对于编辑文集来说非常重要。恰当的编目体例，可直观了解作者的著述面貌、风格。宋人编辑整理唐人文集主要使用分类编目体例，宋人编唐诗别集，多以体裁编目，如诗、文，诗中分古诗、律诗、绝句等，文分奏议、碑表、墓铭、祭文、序记等等，明人编前人文集,倾向于以体裁来分类。在文集编辑上,又有一种将全部作品编年排列的体例,如杨万里《诚斋集》以做官时间先后,将期间所作诗、文、赋依次系年。此类多属于作者自编,了解行迹。无论以内容还是以体裁来分类,其内部仍然以时间先后来编目,即编年体例。所以,编年是文集最常用的体例。尤其近代文人全集,因为时代较近,相关文献丰富,将作品系年的准确性、可操作性都比较高。

今人编前人全集,一般包括专著、诗文集、日记、信札等分类,其下尽可能系年。但也有依然采用传统四部分类,如《郭嵩焘全集》即分经史子集,经部包括《左传质疑》《礼记质疑》等,史部包括奏稿、史记札记、家谱年谱、《湘阴县图志》、日记,子部有《庄子评注》《管子评注》,集部是书信、诗集、联语、文集。目前采用四部分类来编近人文集的实例并不多见。

今人所编近代著名文人全集

书名(含作者)	编者	分类	出版社、时间
《廖平全集》	舒大刚 杨世文	专著、硃卷、文集、杂著	上海古籍出版社,2015年
《林则徐全集》	林则徐全集编辑委员会	奏折、文录、诗词、信札、日记、译编	海峡文艺出版社,2002年
《谭嗣同全集》	蔡尚思	文、诗、专著、报章、书简	中华书局,1981年
《谭嗣同集》	张玉亮	文、诗、专著、报章、书简	浙江古籍出版社,2018年

续 表

书名(含作者)	编 者	分　类	出版社、时间
《曾国藩全集》	唐浩明	奏稿、批牍、诗文、读书录、日记、家书、书信	岳麓书社,2018年
《曾国藩全集》	张金洋	批牍、要揽、文集、书札、家书、奏稿、日记	河北人民出版社,2016年
《曾国藩全集》	李瀚章	奏稿、十八家诗抄、经史百家杂抄、鸣原堂论文、诗集、文集、批牍、书札、杂著、家书家训、年谱、冰鉴、挺经	中华书局,2018年
《张之洞全集》	河北人民出版社	奏议、公牍、专著、札记、文、诗、弟子记、家书	河北人民出版社,1998年
《张之洞全集》	赵德馨	公文、书札、专著、诗文、弟子记	武汉出版社,2008年
《郑珍全集》	黄万机	学术专著、方志《遵义府志》《荔波县志》、诗文	上海古籍出版社,2012年
《莫友芝全集》	张剑	学术专著、书目、经眼录、日记、书信、诗文、联语、印存、碑记、石刻	中华书局,2017年
《莫友芝全集》	梁光华	诗、词、日记、信札、集联、专著、书目、专著、金石、印存	上海古籍出版社,2019年
《黎庶昌全集》	黎铎 龙先绪	诗、文、信札、专著、书目	上海古籍出版社,2015年
《俞樾全集》	汪少华 王华宝	专著、日记、尺牍、诗文、塾师课艺、小说、楹联	凤凰出版社,2021年

续 表

书名(含作者)	编 者	分 类	出版社、时间
《缪荃孙全集》	张廷银 朱玉琪	文集(包括诗、文、词、赋、词话)、日记、年谱、家谱、书目、金石、杂著、笔记、校记、辑佚	凤凰出版社,2014年
《孙诒让全集》	许嘉璐	专著、方志《温州经籍志》《东瓯金石志》、文、校注著作	中华书局,2015年
《皮锡瑞全集》	吴仰湘	学术专著(经学)、讲义、札记、笔记、日记、诗文	中华书局,2015年
《章太炎全集》	上海人民出版社	札记、专著、书信、演讲、谈话(口述)	上海人民出版社,2018年
《王国维全集》	谢维扬 房鑫亮	论著、译著、书信、日记、诗文、讲演	浙江出版社、广东教育出版社,2010年
《严复全集》	福建师范大学	翻译、文集、日记、书信、评点及批语、附录	福建教育出版社,2015年
《康有为全集》	姜义华 张荣华	书信、奏折、专著、游记、诗作	中国人民大学出版社,2020年
《仪征刘申叔遗书》	万仕国	经史子专著、文、诗、词、随笔、题跋、教科书	广陵书社,2014年
《梁启超全集》	汤志钧 汤仁泽	论著、演说、诗文、译文、函电	中国人民大学出版社,2018年
《曾朴全集》	苗怀明	小说、戏曲、诗文、考证、史论、翻译与信札年谱等	广陵书社,2018年

续 表

书名(含作者)	编者	分类	出版社、时间
《蔡元培全集》	高平叔	文集、小说、日记、函电、译著、演讲、启事、试卷和译文、题词、祝词、祭吊文	中华书局,1984年
《蔡元培全集》	蔡元培研究会	编年:论著、诗歌、题联、书简、函电、批语、日记、译文及演说、谈话并口述的记录	浙江教育出版社,1997年
《鲁迅全集》		文集、专著、日记、书信	人民文学出版社,1981年

以上仅择取近年出版的、重要的二十一家、二十七种全集,其编辑体例大多按照专著、诗文词别集、日记、书信等。其中十一家收了日记专卷,十五家收入信札专卷,这也是近代全集的最为突出的特征。不少全集中收入联语,如俞樾、郭嵩焘全集皆有联语一目,因有数量上的优势,自成一个类别。

由上表又可窥见,相比较文学家,学界更倾向于编辑晚清学者的全集、遗著、丛书。民国时期的文人全集则以文学家为主,如鲁迅、郁达夫、沈从文等,皆有全集流播。

就目前出版成果而言,主要活动于民国间的学人,著名文人的全集相对比较齐全,而主要活动于道光至宣统间的学人,上述表格之外,在体量与影响方面来说,值得为之编辑全集尚有桂文灿、李慈铭、赵之谦、沈曾植、王闿运、翁同龢、潘祖荫、叶昌炽、陈衍、袁昶、樊增祥、谭献等。

四

明清以来,文人自编全集成为一种自觉,而门人、后裔、桑梓后辈为之编刊者亦常见,为今日编大全集提供很好的范式。今人编全集,有"汇纂"特征,包罗万众,突破经史子集四部的分类局限,"全备"是全集的核心理念,凸显了史料性特征。

作者自己编全集,经过润色、修订,质量精当,水平更高,且去取严苛,不愿示人少作,这是文人爱惜羽毛的天性。

门人、后裔编全集,一般在作者身后,掌握家谱、传记、私密文献(日记、书信)等资料,一般附有行状、事略、碑传等资料,相对来说比较全备。但会误收、滥收,校勘质量未必高。

古人自编文集或全集时经过删汰、取舍,今人编辑古人全集,极少再作删减、改动,因此可能失之宽泛或误收;尽力发掘未刊稿,虽辑佚丰富,但也可能因过于芜杂而降低作者整体著述的水准,使得作品水平参差不一。尤其是作者有意掩饰的文章,编者用力辑佚所得之应酬、寿序、谀墓文字,如黄宗羲早年自订之《南雷文约》篇篇精彩,其门人及儿子刊《南雷全集》便夹杂应酬无谓文章,降低作者已有高水平形象,但于读者而言却是善事,能见到文人、学者的完整、全部文字,更接近作者著述真实原貌,从而还原作者的成长之路。但是,出于政治上的忌讳,如刘师培、周作人、汪精卫、黄濬、王逸唐等人之全集,便不能做到全备。

有些作者生前自编全集,会删节自认为质量不高的作品,或付之一炬,或为他人所珍视,流传为"存稿""逸稿"等,对后来编者更便利。这些作者不愿公开的文字,后来编者则需要权衡取舍的原则,虽然,作品诞生以后不再仅属于作家,于读者、研究者而言,如文学水平低、无谓应酬、谀墓等篇章尚有值得公开的文献价值,但编者能否自由处理作者的书信、日记及手稿?如李慈铭生前也曾明确提到其日记中有忌讳文字,不能全部付印,只能择其中考据、议论、诗文、踪迹文字:

> 予著《越缦日记》原题《孟学斋日记甲集·首集上》,起甲寅迄今,编为甲集至壬集,得十四册二十八卷。世之治乱、家之亨困、学问文章之进退工拙,亦略可见矣。平生颇喜骛声气,遂陷匪类而不自知。至于接牍连章,魑魅屡见,每一展阅,羞愤入地。……而向所为二十八卷中,当取其考据、议论、诗文、踪迹稍可录者分类香之,以待付梓。凡所余者,或投之烈炬,或锢之深渊,或即藏之凿楹,以为子孙之戒。①

负责编订李慈铭日记的蔡元培亲自批阅,加签条百余张,如"二十二日丙子,'恭阅'至'太宗崩,《开国大略》如此'""十七日辛未,'祖妣'至'可伤也已'""'第一行第二行去蝮字'"等等,隐去骂人之秽语,原拟遵从李慈铭遗愿,对《日记》稍加分类,大致甲为游记,乙为诗话,丙为考据,丁为读书笔记,但实际刊行者仍是原文。其《印行越缦堂日记补缘起》序曰:

---

① 李慈铭《越缦堂日记》同治二年四月朔,扬州:广陵书社影印本,2004年。

钱君玄同曾检阅一过，谓不妨循五十一册例仍付影印，同人咸赞成之。盖先生所引为深咎者，此十余册中恒有与周氏昆弟相征逐之记载，然屡被剪截迭加，涂抹所余，亦复无几，且凶终之故，其咎不在先生，正不必为之讳也。①

蔡元培没有遵从李氏意愿，而是将之全部影印出版，其中反映出著者、读者的不同立场，以及编者对全集概念的边界感。李慈铭是近代比较有代表性的文人，取得多方面的成就，著述宏富，手稿多，他生前刻诗初集、词初集、骈文初集，手订者不过全部著述之百分之一。

全集编辑离不开辑佚。遗文、佚文必需做辑佚，一些不入别集的"边角料"也是重点，全集编辑在求全的理念支配下，基于编者的学术见识，借助工具书、大型丛书、数据库、拍卖会、私藏做辑佚，虽然只字片言，集腋成裘，探获良多。以《李慈铭全集》而言，李慈铭曾卖文为生，代人作寿序、墓志、赠别诗词、题跋等等，根据他日记记录著述信息，访查代笔作品，或者可将著作权回归本人，如代潘祖荫所作十多篇序跋，皆有迹可循，似可收入李氏全集，但一定要考证确切，做准确的文字说明。

编辑全集，尚需结合深度整理、整合研究，编者的"前言"部分要突破古人编全集之"凡例"、序、题识，作全面综述，或提出新的见解，提高成果的学术含量，具有"导读"功能，切实做到古籍文献的整理与研究同步。传统的名家作序，已非今人编全集的必需之物，

---

① 《越缦堂日记》卷首。

当然，如季羡林《胡适全集序》那般极具学术价值的序依然很重要，但并不易得。

五

学界一般不将文集的编辑者视为学者，固然由于全集的编者主要是作者门人、族裔、乡后辈。编刊戴震遗书之段玉裁，其学者身份、编辑水准受到肯定，名家编名作，但并不多见。

成功的编辑会提升原著的学术影响力。当今编辑古人全集的学者，一般受到古典文献学专业训练，所编古人全集往往在学界引起积极反响。文人全集在结集过中的选次、校订、编刊，以及编辑理念、标准也是古典文献学的重要课题。

当代学者编近人全集求全、求精，多方辑佚，甚至作者忌讳的文字也搜罗齐备，一些成于幕宾之手的大书也被阑入幕主全集，此举是否合理，尚有争议。如胡林翼主持所编《皇朝中外一统舆图》，能否收入胡氏全集？又如作者参与编纂的方志等书，能否收入全集？又有些文人替人代笔，既然是有偿代笔，等于出售著作权，今人编其全集，能否收入，如何处理更恰当？这些皆是编近代文人全集经常面对的问题，一方面受到学界编辑全集的流行风尚的影响，同时也颇考验编者的取舍理念与价值判断。

近代文人全集体量较大，日记、奏疏、信札等成为无法舍弃的部分，体现出集部的扩张，这是近代文人全集的一个基本特征，而依托大量手稿、真迹，则是其有别于以往文人全集的突出特征。近年新编的近代文人全集是近代文献整理与研究的较好方式，但也存在因盲目求全而滥收的现象，而作者本人删汰或忌讳的文字能否悉数收录仍见仁见智。重审近代全集编纂体例、探究集部文本演进规律，可为传统文学研究在作家、作品研究之外开拓新的路径。

(北京大学　2024东亚汉籍研究国际学术研讨会，2024年7月)

近代日记的文学书写

一

日记具有社会史、文化史、生活史等多方面的史料价值,素为学界所重。作为有应用功能的文体,日记在中国有悠久的历史,有"野史"之称,但经过文人的精心写作,其所包含的文学才华、议论见解便具有文学欣赏价值和审美价值。文人的积极写作使日记逐渐演变为一种具有文学特征的体裁,宋黄庭坚之《宜州家乘》、陆游之《入蜀记》堪称日记文学的先河,然而文采斐然如明之《游居柿录》《甲申日注》、清之《越缦堂日记》《缘督庐日记》者并不多见。降至近代,文人热衷用日记记录日常,作为非正统的文学体裁,日记渐次引发学人关注。目前学界仍在继续探讨日记概念、分类、研究方法等等,日记逐渐进入文学研究的视野,是显而易见的事实。

日记有久远的传统,又有新的演变,厘清其生成、发展脉络相对容易,若要界定其概念却非易事。作为一种文体,日记最初是一种史学体裁,其最突出特征是史料性,唐宋以来衍生出文学特征,其史料性与文学性互相独立又不可分割。

日记的正宗嫡派是记事备忘，写"真面目"，供自己阅览、回忆，真实、简练，鲁迅最为推崇，他1912年至1936年记录是这种纪事简洁的日记。然而他也有《马上日记》《马上支日记》《马上日记之二》，发表在《世界日报》《雨丝》上，虽然仅十二篇，浓墨渲染日常见闻，表达所思所感，则具有文学创作的意味，且前二种有序，确实属于有意著述。

正宗嫡派的日记注重真实，传信于将来，以一家私言补阙正史，是日记作者的最高追求。然而在近代文人那里，日记则演变成一种文学创作，一般认为，自陆游的《入蜀记》开始，措意考订古迹，叙述雅洁，逐步发展了文学化的写作范式。赴任、游历、宴集等活动，因为生活空间的变换，观感新鲜，刺激了记录愿望，一定程度上的诗化、想象赋予了日记文学的色彩。宋以后的各种纪游日记大量涌现，至明代，日记体的游记散文日渐繁荣，如《南巡日录》《客越志》《寻亲纪程》《徐霞客游记》《寻花日记》等，这种短时段日记成为明代小品文的很重要的一支。① 到近代，各种观光、履任、考试、流放、出洋使外日记层出不穷，产生许多生动、新鲜、有趣的美文，沿袭小品文一脉而来，是桐城派、阳湖派以外的晚清散文最有特色的代表。

然而日记于文学史的价值，或者说日记的文学价值，似乎未为学界所重视。日记很少被视作文学作品，日记的作者也很少被视

---

① 欧明俊、胡方磊《明代日记体散文评述》："明代日记手法灵活多变，常将叙述、抒情、写景熔于一炉，鉴赏心得之作多议论精到。明代日记体散文皆以真实自然为尚，后期艺术上更为纯熟，亦为小品文的重要组成部分。"转引自《博奇博记文学选刊》2010年第2期，第10页。

为文学家。

日记是文学的重要一支，排日记录的、非虚构的、长时段的日记是一部完整的文学作品，从这个角度研究日记，不仅充分、全面发掘日记的价值，也将为文学研究贡献新的研究视野。近代以来的日记名篇较多，上世纪三四十年代郭绍虞先生为燕京大学一年级国文课编教材名《近代文编》，分日记、笔记、游记、传记、序记等十二类，第一即日记，选《越缦堂日记》《复堂日记》《湘绮楼日记》《从军日记》《马上日记》，并称："日记之体，小则记述身边琐事，大则有关一代掌故；其文或谨严似史，或诙谐类说部，述作兼备，庄谐互陈，德性才学，均可于是观之，知人论世，此其选矣。"①所选日记的内容虽然无文学色彩，但他准确观察到日记作为一种文体在近代的兴盛。

郑逸梅、陈左高主编《中国近代文学大系》收《书信日记》两卷，《导言》云："除了一些敷衍饰伪、空洞无物的日记外，凡是记叙作者自己的生活实践和发表观感的，都是日记文学。……发自至情至性的日记，都是近代的至文。"②第二卷所选日记凡三十九卷，并称"日记篇章，文质兼胜，文字大多运用浅近文言，清新流畅，从中可见近代后期的日记作品，已逐渐步入新文学的轨迹"。③所选日记虽不包含文学意味浓厚的游记，但侧重纪事、议论、抒情，也足见学界对日记文学所持的宽泛概念：书写日常生活，关心时事，谈琐屑

---

① 郭绍虞《近代文编》，沈阳：辽宁人民出版社，2012年，第1页。
② 郑逸梅、陈左高主编《中国近代文学大系》第9集第23卷"书信日记集一"，上海：上海书店，1992年。
③ 郑逸梅、陈左高主编《中国近代文学大系》第9集第24卷"书信日记集二"，上海：上海书店，1992年。

家事、朋友交往、描山状水，文字隽永，是生活气息浓郁的文学佳构。

民国间日记嫡派的日记书写方式仍然受到青睐，如《鲁迅日记》、《吴宓日记》、胡适《留学日记》《求书日录》《郑振铎四十年代日记》、俞平伯《别后日记》《国外日记》《京杭道中日记》《秋荔亭日记》等。但显然那些作为著述的日记更引人注意，不仅作者阵容庞大，作品层出不穷，且由写作到刊布流传的时间也大大缩短，鲁迅的《马上日记》写完即刊登于报。文化水平普通的世人也积极尝试，扩充了日记的内容，出现不少抗战、逃亡经历以及失恋、破产等私生活的日记。而且，关于日记的理论化研究，也在这一时期讨论得比较深入。鲁迅、朱光潜、施蛰存重视日记的真实，郁达夫、周作人则倡导"日记文学"，其中鲁迅与郁达夫就日记的真实性、文学性还有过争论。郁达夫他在《日记文学》《再谈日记》中提出日记文体的优势，"日记文学，是文学里的一个核心，是正统文学以外的一个宝藏。……所以我们读者不得不尊重这一个文学的重要分支。"① 此论在当时得到认同。郁达夫却将《芜城日记》《日记九种》《沧洲日记》《水明楼日记》写成十足的文学作品，且不久即结集出版，堪称日记文学的提倡者与践行家。

日记文体具有包容性、开放性，正如郁达夫所言具有"很自由"的特性，是其他文体无法媲美的："以日记体写下来的文章，除有始有终的记事文之外，更可以作小品文、感想文、批评文之类，它的范

---

① 郁达夫《郁达夫自传·日记文学》，南京：江苏文艺出版社，2012年，第187页。原载于1928年上海开明书店初版《奇零集》。

围很广很自由。"①

近代日记由传统纪实的短时段特别经历的记录,发展到既写实又具文学特征的长时段日常书写,米盐凌杂的流水账退居其次,而运用叙述、抒情、议论来书写日常则成为主流,是作家写作方式的不断尝试、创新,也是日记文体的包容性使然,体现了时代文化精神与文体变革之间的互动关系。

二

日记的初始功能是备忘录,充满米盐凌杂、阿堵收支,俗是基调。文人的日记则较多着眼于优美雅致的意象,琐碎日常呈现出一种雅化,记录家居之闲适、饮馔之精致、园林之妍雅,清新隽永,给人文学阅读的美感。

日记的或雅或俗,不仅取决于作者之身份品味、文学才能,更关乎作者性情。作者的文学才能、学术造诣、生活态度,以及领略自然的审美能力,影响了日记内容的深度、厚度,决定了可读性。如晚清四大日记之一的《湘绮楼日记》作者王闿运,好纵横之计算,饱经世故,守旧而圆滑,虽以文学知名,学问精深,但性情豪放不拘小节,其日记写与诸子女斗牌(搓麻将),及观仆人内斗、与女仆厮混,其行文便不足观,即使是比较容易体现文学水平的游记,也寥寥几笔而已,审美能力如马二先生。《缘督庐日记》作者叶昌炽风雅自修,家乡吴县是山水名区,人文渊薮,其日记充满儒雅、性灵笔

---

① 郁达夫《郁达夫自传·日记文学》,第188页。

调，登山访碑，入寺访僧论道，南至广东，西北至陕甘，以及京师古刹名园，流连风景，沉浸人文，书写优美，令人不忍释卷。

常州赵烈文是赵怀玉的族孙，先后三入曾国藩幕府，懂《易》学，会占卜，出谋划策，立有军功。他本人没有诗文词集传世，但他的日记记录日常活动很详尽，其中诗词、游记篇幅可观，文笔简雅而廉悍，诗歌超峻有法度，充分展示了文学才华。虽然世人并不以文学家视之，但他的日记确实凸显了不俗的文学才能。

《林则徐日记》纪事极简，记旅途沿途里程、地理、山水、村店、风情却笔墨浓重，抒情快意，与拘谨的诗文显然风格大异。陈彝、叶昌炽、俞樾、翁同龢等人，以温柔敦厚自励，情感不外露，日常比较克制，但一登旅途，便有美妙小品文字。晚清文人日记中的旅途见闻最可观，文学水平也高。

翁同龢言行拘谨，其日记较简洁，喜怒不形于文字，但他回常熟应试、任陕西乡试主考官、丁忧家居游江浙山水，皆落笔清新，长篇可观，如《翁同龢日记》①。

同治十三年正月十九日："移舟至木渎市稍，谓之黄亭，雇轿凡七，廿二人，每人三百，三主四仆，绕灵岩而北，径诣范坟，坐白云亭，即下白云也。拾级而登，所谓一线天者，峡仅容身，万石耸立，奇观也，古桂修竹罗生其中。足乏，遂下，不及至上白云矣。小坐兼山阁，即钵盂泉也，僧静深，俗僧也，去年所见吴江僧清某他出矣。还过无隐庵，主僧寂三未见，其弟淡尘亦去年旧识。余所题'怀鹿堂'三字，已揭楣间，并观涵公和尚血书'法华'，后有彭尺木

---

① 〔清〕翁同龢《翁同龢日记》，上海：上海辞书出版社，2020年。

赞。堂右梅花正开,爱此山秀,吾欲老此。归途微雨又作,张盖而行。未正二刻入舟,待次公不至。申初次公来,携酒与宝生尚书饮。余蹑履上岸,风雨又来,冒雨西行,过蒋氏丙舍,长桥半圮,草木皆髡矣,凭吊久之。更西行里许,见丰碑峙山麓,盖韩蕲王墓也,连跌约六七丈,字小不能读,上半大书'中兴佐命定国元勋之碑'十大字,两行之中有小字曰'选德殿书'。其文约略万言矣。西望山坳有石墙,意即公墓矣。归途过韩王祠,款关入,老梅一株,繁花如雪,乞数枝持以归。"

同翁同龢一样,叶昌炽也拘谨克制,一旦寻山问水,便毫不吝啬笔墨,篇幅长达千字,首尾完整,写景、抒情、叙述都颇有匠心。《缘督庐日记》①同治十年四月十四日:"早起偕襄廷、正仪(即小尹)入林屋山,游第九洞天,所谓金庭玉柱者邈不可见,且天气阴霾,洞中石乳涓涓如滴溜,地滑,不能止履,临崖怅望,神游而已。洞口有王文恪公题字,长白德公书'丙洞'二字,圆劲入晋人之室,惜匆匆不及摩拓也。沿无碍泉而左,有无碍庵,一名九洞庵,叩扉入,山民采枇杷相饷。山地燥瘠,趁种五谷,满山皆果木也。时麦畦乍秋,枇杷正熟,如韩嫣弹,如熊僚丸,离奇错落,凹凸皆是。客之所至,恣其饱啖,特须主人采之,否以为窃也。访羽士梅仙,辟径止宿,命仆肩行李至观。重返访味三,偕游包山。夹路树木阴翳,不漏日影。游显庆禅院,寺系萧梁年所建,庭中有石幢四面,皆书梵经,唐人手迹也。寺僧德源供枇杷,并烹碧螺春饷客,色香味俱佳。出扇头嘱题书,四人各书一方即景联,五古数十韵。薄暮,欲

---

① 〔清〕叶昌炽《缘督庐日记抄》(王季烈摘抄),民国二十二年石印本。

游毛公坛,雨阻未果,冒雨返灵佑观,沽酒对饮。"

同治十年十月初九日:"晨陪春丈茗饮,推窗望山,平远可喜。培之约登高,同行者八人,惟潜园主人钱君蕴藉无躁气,吴竹亭亦纯厚长者。先游无隐庵,庵在仰天山麓,俗所谓马鞍山也。山衲烹茗饷客,供风雨梅,甘脆清隽,名品也。观钱武肃金涂塔拓本、钱梅溪题壁诗石刻。登楼四眺,远景在目,因思昔年偕襄廷、凤石、鸿渚同登此山,老僧鹿苑谈话弥洽。今襄廷赴玉楼,鹿苑亦圆寂,虹渚、凤石南辕北辙,天各一方,而仆又局蹐作辕下驹,伤今怀旧,悲来填胸矣。下楼茹素面果腹,绕山行,登天平山,下白云山,衲法清出款客。观仙人迹、钵盂泉、鹦鹉石,时秋寒未作,满山枫叶不过数点红也。稍憩,登中白云、一线天,余兴致方勃勃不可遏,而暮色苍然,诸君亦力倦思返矣,独升数十级下山,循下沙塘,到馆已薄暮矣。"

光绪四年四月初五日:"南山母舅来,买小舟偕至虎丘。其新建祠堂在斟酌桥南,尚未竣工,基址不甚广,而有池有亭,池侧高处拟建一小楼,可望海涌峰,勺山丈所建家祠即在其侧,后圃相通,隔以竹篱,杂植梅桃数十株。稍憩,复登虎丘山,观剑池生公讲台遗迹及石上宋明人题名,剔藓读之。登虎丘塔,摧毁殊甚。塔砖有武丘山字,当是唐人砖,避讳作武也。余性嗜游,每至燕楚,皆眺其胜处,金、焦且三四至矣。此山近在附郭,而从前未曾一临,亦可异也。复至吉公祠,祀前江苏巡抚吉尔杭阿,园中一池极宽敞,惜点缀不雅。归舍暮矣。"

光绪十二年十二月初一日:"辰刻偕操戣、勺溪、建叚同游丰湖书院,从小西门出,烟水渺茫中亘两堤,如长虹,约半里许。自堤达院,门前一联云'人文古邹鲁,山水小蓬瀛',程乡宋湘笔。掌教梁星澥太史鼎芬,昨日自省归,向为识荆,不便通谒,即藏书处小憩,架有沈西雝《常山贞石志略》一幡,有本愿寺五幢,封崇、临济、开化、开业各寺经幢,当属张韶翁图之。旋至后面浏览,有小阁倾欹,中绘东坡像。望对岸浮图高耸,群山拱峙,为湖中最胜处。湖心有亭翼然,无舟,不得登,即循堤归。进大西门,顺途阅肆,见观海楼刻苏帖赵书《金刚经》。"

叶昌炽笔下的邓尉、虎丘、天平山、虞山、焦山、金山、北固山、端园等吴越山水,名流圣迹,俯拾皆是,李慈铭多描绘山林,抒发美妙自然的游赏体验,而叶昌炽多访碑,措意金石,用相当的篇幅记录游踪、考古发现,精彩纷呈。

《赵烈文日记》[①]中游记文亦篇幅可观,咸丰四年九月二十二日:"午后游狮子林,园广不及三亩,累石为两山一水一陆,石笋错落高下凡三层,或危梁驾空,或狭磴俯水,或幽暗如入深瓮,或显豁如对疏棂。跬步之间,倏更霄壤。中间息足之处,为亭为阁,为榭为轩,凡八九处。闻春时游女如织,轻裙窄履,出没岩磴间,观者莫不神往。来岁有暇,当际其盛耳。"

咸丰九年二月十二日:"早发光福,出市,稍度一小岭,可里许,荒祠在焉,土人曰司徒庙,祠汉邓禹。按禹不至吴会,其祠者以地名邓尉,无主名,附会及之也。祠庭古柏五六株,其最奇者,一株卧庭东,西首枝桠杈入地,若龙螭据蹲昂首之状。又西数武一株,亦偃卧如之。野僧言故老传闻,西树即东树上节,雷击抛隔数丈许,入土复生云。穿祠后数里,弥望悉梅。有小山,山之半亭址尚在,

---

① 〔清〕赵烈文《赵烈文日记》,樊昕整理,北京:中华书局,2020年。

御碑卧荒草中,则香雪海也。下山遵铜井峰足行,山径幽折,长林夹茂。至石楼十里而近,道旁畦塍皆植梅,香气沁人,惟悉单瓣百花,不足近观耳。石楼濒湖,山有万峰台,在山南一小阜巅,湖中诸峰隐约可数。渔洋山在其东,充山在其西,尤亲切不遥,惜山卑树密,反不若琴台所眺之远。山僧烹茗相款,日高舂,循故道归,至舟已下舂矣。舟行,甲夜返浐镇。"

咸丰九年七月十四日:"导妇翁及内弟叔度与阿兄游。先蒋文恪墓园,次历屧廊、琴台,径至来鹤庵、支硎古刹,返至范少参祠、白云庵,由庵后上,两三转,白云泉在焉。石壁下小池半亩,高柳簇簇,僧舍三间面泉,折行有亭,总曰云泉精舍。舍西上数十磴,奇石夹道,名一线天,势峭景幽,南方山平衍者多,此宜其镇矣。复登至中白云庵,庵僧出苦荈饮客,曰饮此不须钱也。又上至上白云,门扃不可入。闻至顶尚半里所,植橘者亦不至云。归至下白云,道人方向奴子索钱呶呶,乃叹囊僧处境高,固与此道人殊酸咸矣。时日下舂,游资尽,促舆者归。"

黄岩王彦威未有诗文集,但其《绿杨春馆日记》①同样表现了文学才华。光绪二年九月初九日:"莼师约为北海之游。早起,过越缦堂,晤仲彝、牧庄、梅卿。少顷,子潜、伯循至。小食,联轸以行,进宣武门、西长安门,过金鳌玉蝀桥,至陟山门。辛楣、彦清出迎。下车,循松阴石径至白塔山,南面即金之琼华岛也。岩有碑亭,刻乾隆御书'琼岛春阴'四字。左折而北,至漪澜堂,经道腴斋,穿九曲廊,登山至承露盘。玉石为跌,高数丈,上铸铜为仙人,亦高

---

① 〔清〕王彦威《绿杨春馆日记》,北京师范大学藏稿本,承肖亚男老师惠赐,她整理的《王彦威日记》即将出版。

丈余,戴槃其上,旁有亭曰一壶天地亭,已圮。穿山径过延南薰房,入石洞,嵌空宛曲,高下数百级。相传其石多宋艮岳之遗,金人入汴,取以来者也。经环碧楼、盘岚精舍,小憩于写妙石室,至酣古堂而止。此为塔山北面。覆循旧路穿洞,西转至甘露殿,登阅古楼。曲室幽穿,回廊四合,楼梯为旋赢形,衰阑数折,势极便巧,上下壁间皆嵌《三希堂法帖》,石墨映耀丹碧之中,倍生光彩。楼台南面壁上绘仕女,高皆数尺,神态欲生。槛外有飞阁通山,对峙小亭,奇石森列。下楼仍出甘露殿门,东转而南,松杉夹道,液池忽开,秋波鳞生,霜晓澄碧。度桥至永安寺,其前为积翠堆云桥,南对承光殿,皆塔山正面大道也。由法轮殿登山,经蓬壶揽胜亭,过悦心殿,望庆宵楼,云气晃耀,已在山眉。自殿后而升危梯百级,峻若天上。直至山顶,白塔耸峙,顺治间所建,以备瞭望者也。元时亦曰琼岛。明曰万岁山,亦曰万寿山(此见高宗《白塔山记》,明人野史以景山为万寿山,盖误矣)。塔前有殿,曰善因,中供铜佛,作观音变相。殿之外壁嵌石磁佛数百尊,四围周以石槛朱阑,足资凭眺。神京高下,朗然在目。禁御郊坰,历历如绘。西山亘亘,烟翠无极。良乡一塔,近若可抚。登高之地,此为冠矣。顷许,由西侧斜陂下山,过引胜亭(有乾隆御制《白塔山记》及《四面记》二碑)、涤霭亭(有艮石山刊御诗)。"

若翁同龢、叶昌炽、赵烈文、王彦威等人生前有心将游记文字结集,当如钟惺、谭元春、公安三袁、张岱等人的游记佳篇脍炙人口。今人若将之从日记中辑出,以成游记之专书,亦为近代文学增添可观的美文。这些日常游览的文学化书写,或许毋须极高的创作灵感、写作技巧,但缓缓叙来,情文互见,传统文人的审美底蕴赋予日记游记优美的文学性。

三

日记虽然有些是事后追记，但一般不出当月记录，这种即时性一定意义上可保证记录的真实、客观，此亦史学家最为看重的价值。日记中的纪事需要一定的文学技巧，文辞雅洁，不枝不蔓，描绘细节，叙论结合，呈现出一定的文学水平。

如叶昌炽记录吴县的几场火灾，《缘督庐日记》光绪八年二月二十七日："黎明睡未起，朦胧中忽闻人声鼎沸，即披衣出视，知后巷管姓失慎，与舍间仅隔数武，幸中间一高阜屏蔽，可以无妨。东荪、康吉、寅生年丈皆来。既熄，往视其家，前面计焚三间，后面两间同时燎原，不知火从何起，其为匪徒纵火无疑。复至舅氏相与慰藉。午刻有燕人某，足踏两木，高五尺余，其行甚速，至白鹤观，倚于墙，手可及屋檐，观者如堵。好事者即指为纵火匪类，指交地保，及晚，万尊邑到场履勘，带往讯究。窃谓黉夜为非，日间招摇于市，必无如此愚騃，真李代桃僵也。惟其人异言异服，亦非善类，非江湖走解，即夫蒙津优。如讯无实据，正当驱之出境耳。"

光绪八年四月十四日："旁午访康吉、永梧，同至泰来酒馆为周师饯别，赵师、襄卿、蕴苓、馥庭皆在。畅饮至三下钟，忽报南濠湾头火起，即至后面瞭望。火势险恶，已不可向迩，即出，催诸君速行，而襄卿、蕴苓已醉，坚不肯出，经同人拉至门外，复西行数十步，在茶室略憩，作壁上观。初犹烟雾腾空，继则火焰皆见，携物而逃者、哭者、仆者不绝于道，直至薄暮始息，约焚毁房屋百余间。维时进城大路拥挤万分,因绕道至摆渡口雇船进城,返舍已深昏矣。"深夜火灾,邻居受灾,他和舅家幸未波及,但叶昌炽怀疑有人蓄意纵火,而官府无能,草草捉拿江湖艺人以塞责。此后仍然火灾不断,光天化日之下浓烟腾空,不可遏制,叶昌炽亲睹火势,受灾人家流离失所,令人同情。

赵烈文不仅游记写的文采斐然,纪事也干净流畅,他至江西军营襄办文案,有不少记载军旅见闻,《赵烈文日记》咸丰六年正月初八日:"虎字营官黄虎臣遣马来迎,午至其营。营在山顶,周遭百余步,与水营隔。贼由孤塘、吴郪岭来,此其冲也。东去湖岸二三里,湖面帆樯可得而数。晴明时望,梅家州贼营隐约在目,贼犯水营亦最先见,西枕庐山,望五老峰侧面,突兀空际,时积雪未消,清白相间,正如怪鬼探头,欲来相攫,险恶可怖。营有瓦屋三间,为帅之驻节处,即下榻其内,军中得此为安乐国矣。"记录山顶营地,视线极佳,且离湖岸较近,出行方便。描述庐山险峻突兀,积雪映衬,如鬼怪般狰狞恐怖,可谓妙笔,而其投笔从戎,内心之淡定亦可窥见一二。

咸丰六年二月二十八日:"黎明上岸,将至龙井,见河中樯帆蔽天而下,路人狂奔,呼贼至,头面有受伤血流者。远林外已见黄旗影,余尚欲少留观之,舟子曳余急登岸断缆,遽行十余里。至茅村埠少住,有村人骑驴探信归者,或以为贼骑,复大奔,尽弃河旗于河。下午奔至三滩,余又上岸打听,始知贼第二股已由进贤渡龙井,破馀干县。始余料贼必有一股出此道,已而果然。岸人讹言贼且至三滩捉船,复逃十余里乃止,泊处不知名。"此段记录颇为惊险的逃跑经历,时赵烈文巡视营地,忽遇避敌逃奔的路人,敌军(太平军)"樯帆蔽天而下",规模极大,且隐约可见旗帜,他竟然敢近距离静观,此时有探信者归来,众人以为敌军追来,一路狂奔,旗帜也丢弃不顾,少作停息,又闻敌军必经此路,再狂奔,逃至不知名处才停泊。事出意外,而他由镇定到惊慌逃窜,并不粉饰,叙述简洁,画面感很强。

五月初二日:"辰刻到城,城闭不开,遂至天宁寺少坐,时已晌午,朋三来,言门已开,进城,始知闭城之故。先是,贼由十步桥攻高资,防兵甚急,巡抚吉尔杭阿率兵往援,中道扎营某山,贼断路口,围之。廿九日,吉君突围出,遂入高资营,从兵为贼所断,营兵少,贼又大至,抚公拔靴内小洋枪自向发火死之。初一日,九华山大营数千人闻信皆溃,自焚营帐,死者千余人。是夜,溃勇大掠丹阳县,明早至常会,抚辕、巡捕赏关防至制军公馆,道府以下,例往跕班城外。溃勇复汹汹欲入,不得已,传令阖城。事毕后,武进令贾戴维出城安抚,令反营,时至者二千人,人与一缗,事乃定。城闭二时许,居民大扰。余至家,家人环向问计,六姊旋浙,舟先已雇定,遂议太夫人偕两姊至杭州暂避,阿哥送往,余在家料理下乡。"

赵烈文一早到城始知城门紧闭,中午开门才得以入城,"先是"巧妙叙述闭城之时间线,以及邻境之九华山大营溃败,兵勇抢掠丹阳,骚扰常州,故闭城拒之。此段写常州城在太平军强攻之下溃败的清军兵勇二千人,县令用钱打发才退,兵匪为祸,骚扰民众,赵家即时协商往杭州、上海避难,一家就此离别,虽不着一字,惊恐悲痛的内心世界却跃然纸上。

人会经常做梦,充满奇幻色彩,但没有逻辑,也难以描述,因此很快就模糊、忘记,而日记记录情感体验,因为及时记录,能描述真切,捕捉细节,是记录梦境的最佳文体。近代日记中常有记述梦境的片段,在作者笔下的梦似乎真实到触手可及。李慈铭居京三十年,对山阴道上山水古迹念念不忘,常常形诸梦中,他最擅长记录梦中山水,一草一叶都如日间游赏时寓目,晚间如故人般入梦来。《越缦堂日记》①。咸丰十年八月十四日:"昨夜梦与子九、叔子及戚好数人泛舟山阴道上,忽至一处,似非曾经,春水满湖,平广数里,一岸楼墅绵亘,皆极华好。门前各有大树,若桃、杏、海棠、红梨之属,有一树花残过半,香色尤绝,朵大如辛夷花。予问是何名,旁一客曰优昙花也。予曰:此出滇南,吾乡亦有耶?花下有筑毯者,放鸭者,浣衣者,语笑间静,姿饰修媚,栏楯间亦往往秋千隐见,若近若远,对岸皆丹崖翠嶂,灵秀映丛。予诧谓人曰:里中佳胜,殆遍搜讨,何意笫屐,乃遗斯区?叔子曰:此仆夙游,君偶忘耳。未几,路忽转,则已出钟堰,为画桥、快阁间矣。醒而思之,其地颇似湖塘,所欠者精庐佳卉,我辈早有归隐结邻之约,而予所营购常在湖塘,或他日乱离过定,买山有资,竟得于此间比檐接宇,各擅园林之胜,为故乡山水更添佳观,先于此梦示兆乎?书之为券,以视叔子,亦足令羁魄失喜、尘颜解笑也。吾乡庐舍之胜,无逾清水闸,楼馆廊庑,门多临水,结构皆取幽邃,梦中所见颇似之。"李慈铭善于采用描写的手法,将记忆中的画面细致描绘到梦境里,属于印象描写。

  陈彝是倭仁的门生,颇有理学家的修养功夫,他经常梦到故去的父母兄弟,陈彝《文恪公日记手稿》②光绪八年十二月八日:"未

---

① 〔清〕李慈铭《越缦堂日记》,扬州:广陵书社,2004年。
② 〔清〕陈彝《文恪公日记手稿》,复旦大学图书馆藏稿本。

曙梦见吾父,颜色甚充腴,闲话怡然。闻及乡试卷,对以年久恐已无有。曰:然意若谓孺子居然老科也,而不知不露已四十二年。悲夫。然吾父色恬,而今日所闻所不如意事,又何说耶?"

同治九年三月初二日:"病来梦甚多,今晨梦方与多人狎语,母出问云何,谨对说某事,母问又云何,对曰戏语。本非理,不敢再说也。先二兄在侧,曰:戏谑之言,亦以酬应,何害也?恰似兄语。"

六月二十三:"昧明醒,又卧,梦母住恪斋舅家,屋小而明,自言畏寒甚,寻引被覆首,彝问近吃温药否,似答曰服之。梦中念畏寒如此,非佳兆,因云母无忧疾,男今不做官矣。语及此,心悲欲泪,遂醒。呜呼,是何祥也。"

同治十年七月廿九日:"四五更间梦见一汇抄经说之书,版式如《经籍纂诂》,其著书人乃甲子孝廉,似是朱雪塍,实非甲子也,甚爱之。朦胧间梦居母丧,似在旧宅,二兄问今何日?答是九月廿五,来日弟一七,相与悲泣。寻同三兄至故宅厅事,见旧字画尚在,令人去之,顾见大兄似漠然。还至母所居,则在林,索水去垢,意中以为此殆非真生也,含泪劝止之。俄顷母至对床几傍坐,手一小说,见访雪二字,又疑是《天雨花》,心以为如是,是真死而复生也。一喜而寤,雨声如注。悲夫!果何故邪?"

同治十二年七月初十日:"晨梦开坊在阙下,闻上方假寐。回寓着衣,将谢恩,吾母坐堂中,意色凝重如生时。七弟来,欲为我贺,止之云:尚未为母叩头,亦未见上也。易衣之次,见人着领,曰'换季乎',三兄笑曰'生有官至开坊而不知换季乎',亦如生时。因笑不语。先是在阙下时顾手中刀云:'呜呼,此非热中所致,殆鬼神所以悟我也?我殆知之矣。'"

光绪五年四月初一日:"晨梦还家,语家人云'可见',家人人累,自戊辰至今,自滇还家二次矣。寻见吾母,母言汝二哥说汝脉已硬,知之乎?构中意此母自伤老也。因答男今即不做官,直以亲老禀云南大吏,听其以参革可耳。遂醒,悲夫!岂吾母虑其归志不决而默启之耶?幻耶?"

陈彝记录梦见亲人,出于他日间的思念,对亲情的渴盼,以及严于律己,渴望得到父母兄弟的教育。他的情境描写很细致,面容真切,对话历历如日常,且梦中充斥悲伤的情绪,醒来更悲,因为阴阳两隔、不能对质梦境之故。追写梦境时又思考梦的预兆是吉是凶,便不能不对日常的举动产生警示。

王闿运早年坐馆肃顺府上,入曾国藩军幕,但仕途坎坷,中年后居乡讲授思贤讲舍、船山书院等,貌似绝意进取,但他经常梦达官,正可反映出其名心不死、做官无路的悲哀。《湘绮楼日记》①光绪廿一年三月廿六日:"午睡,梦崧锡侯以异迎我至蜀蕯署,不入正门,更从旁行甚远,念系右园,曾饮焉,而今盐事顿至此,当时要人所不料。方为感怆,异至一室外,欲入,失谒者。自寻路往,犹见三犬迎我,一人不相识,在我后。闻语声,似是客坐矣,又久不至,小坐遂眠。仆从纷纭,眼不能开,又似闻黄七哥语,数客,犹有三人未至,终不入而醒。念唐鄂生,真一大梦也。"崧蕃字锡侯,曾官四川盐茶道、湖南按察使,时官云贵总督。督抚亲自派轿迎接,对于家居授徒的王闿运来说真是白日梦。

又光绪廿年八月二十二日:"夜梦李玉阶来(明墀)代丁文诚释

---

① 〔清〕王闿运《湘绮楼日记》,长沙:岳麓书社,2021年第2次印刷。

奠，问余礼，余云再拜，李甚有难色，余知其欲九叩，乃引阙里仪有再拜证之。已而李欲登湘绮楼，梯而上，甚危险，余自后掖之，且令儿先上，铺版成路，未至之间，皇遽而醒。李自云旧楼屡登，余不知也。又云与功儿至稔，岂功儿当出其儿门下耶？"李明墀字玉阶，江西德化人，是李盛铎父亲，藏书十万卷。时李明墀官湖北按察使，王闿运梦到他亲自登门拜访，"又云与功儿至稔，岂功儿当出其儿门下耶？"私心侥幸，可见他的世故与势利。

他也自我解嘲，如光绪十八年七月十二日记梦到张之洞，自笑是张之洞湖北巡抚的权势使然："小时笑高旭堂呓语不忘张石卿，今年频梦孝达，其交情未能至此，盖亦督楚之力耶？凡人平等观极难，余用力卅年，未能去其种子，挑水夫与总督大有分别，何怪俗人之颠倒。然外面排场已做成矣，近世殆无能及。"同治以后他居乡开讲思贤讲舍、船山书院等，然仍不能去除"名利"种子，末世文人，出仕无路，退而修身，仍心意难平，令人感慨。

又光绪十七年三月二日："梦与李少泉戏论甚久，彼云当考幕府，出题取贤，首经全卷，既又出夷器见示，内有一虫甚恶，长可四尺，广二尺，头排蟹螯数十，身示磊岢圆节，云出则必杀人。投以纸丸，虫自取吹成灰，吸食如洋药，饱则睡去。俄一媪投纸杯中，余知必有变，密拔后户，戒家人曰：闻声则走，已而喧言中堂被毒死矣。虫亦自死。余入视之，其家人方成服，惊悸而醒。虫名烟包，余呼为琵琶虫，云雅俗名也。其性似强水，使骨肉立焦化。少荃好西学，其果有此耶？抑张姑爷之化身也？记之，以俟他日之验。"这则梦更神奇，李鸿章被毒死，张姑爷指张佩纶，马尾海战残败，本应伏法，李鸿章却以女妻之，一时舆论哗然。此可见王闿运厌恶李、张、而梦境荒诞不羁,又可反映出他的名士作派。

又光绪十九年七月二十九日:"夜梦与恭王谈时事,九卿皆集,唯余与恭王先至,坐里屋泛论往事。恭云翁承矩一案,部中操切,先革左侍郎、东阁郎二人,又欲治居停,出结伍编修,伍遂假归。其言未毕,裴樾岑至,戒余云:若言宜小检点,观众意。余云但言办法,不言今误,则此集又无益矣。恭以为然。又云载鹤太肥,是以迟来。余故识载,计其年八九十矣。恭乃云止六十六。载者,恭所举以代前八仙者也。恭貌敷腴而无须,颇似歧子惠,非恭旧容也。又言少荃自以为不见用,而天下方目为权臣。又云兼约三儿来,余言彼亦颇知轮船机器,但论夷务犹沿家说耳,主战乃能和,必须亟罢海军、通商二署。裴因起,语余,宜询申王何时来。又有二三满人大臣不相识者,恭起,俱出。外间宣传射石龟,则一人挟弓当门,石龟趺上有碑孔,在磴道版,有乳羊偕子数十头将至射所,射者驱之,未射而寤。以诡异,故记之。"恭亲王在辛酉政变后执政,清除肃顺等八大臣,而王闿运正为坐馆肃顺府上,虽未被牵连入狱,仕途却由此中断,何尝能与恭亲王做谈政事?此梦"诡异"。但他的叙述很特别,一边描述梦境,一边却插叙补充解释。

又光绪十八年九月十九日:"昨夜梦与俊丞论兵,僬云登邛山城,望渝州江边,一沙线八百里,勾勒向里,又九江亦有一沙,钩界苏杭,此天所以隔华夷。余因言黄河北徙,为复南北国之势,及枝江向湖南,而湘州兴。欲寻笔记此二段,以谂后来,未及下笔而寤。壮心未已,有童之见,殊可笑也。又论轻兵疾进之能。僬固非其人,醒又提衡人材,感喟久之。"段华字俊丞,清湖南清泉县人,湘军将领。同样在叙述梦中与朋友论地理形势与国之大计,为自己的高论自豪,找不到纸笔记录情急之下梦醒,"壮心未已,有童之见,殊可笑也",是梦醒后的自我评价,接着再叙述梦境。这种插叙,正可以反映出日记书写时虽自说自话,但意中是与读者对谈。

又光绪十五年十月十一日:"昨梦曾沅甫化为女人,而仍朝衣,金绣靴。"曾国荃对王闿运颇不以为然,王对曾亦无好感,故梦中戏谑其化女身。

王闿运的梦充满奇幻色彩,荒诞不经,但记录详细,是其日记中除了读书治学、与人书信外篇幅最长的记录内容,由此可窥见其自视甚高、名心不死、胸襟狭隘之一面,文士不得意,大多常有此类梦,而记述栩栩如生,细节周到,则是日记作家的文学才华使然。

薛福成《出使英法意比四国日记》,肯定欧洲的政教制度,又能欣赏其艺术之高妙。光绪十六年二月二十四日记写在巴黎参观蜡像馆、油画院:"又赴油画院观普法交战画图,其法为一大圜室,以巨幅悬之四壁,由屋顶放进光明,人入其中,极目四望,则见城堡、冈峦、溪涧、树林森然布列,两军人马杂沓,放枪者、点炮者、搴大旗者、挽炮车者络绎相属,各处有巨弹堕地,则火光迸裂,烟焰迷漫,其被轰击者则断壁危楼,或黔其庐,或赭其垣,而军士之折臂断足、血流殷地、偃仰僵仆者令人目不忍睹。仰视天则明月斜挂、云霞掩映,俯视地则绿草如茵、川原无际,情景靡不逼真,几自疑身外即战场而忘其在一室中者,迨以手扪之始知其为壁也画也,皆幻也。夫以西洋油画之奇妙则幻者可视为真,然普法之战逾二十年,已为陈迹,则真者亦无殊于幻矣。"①法国在与普鲁士的战争中惨败,但它

---

① 〔清〕薛福成《出使英法意比四国日记》卷一,光绪十八年刻本。

并不讳败,形之图画,警醒世人。战场已成陈迹,而此艺术之真实永在,令薛福成大开眼界,思想上也受到刺激。

近代日记中的纪事比较详尽,世界巨变,耳闻目睹不乏新奇怪异,而强烈的现实关怀对心理造成冲击,娓娓道来,使得记载事件的篇幅较长。日记的排日记录特征,会中断跨时段较长的事件,但采用追忆、倒叙、插叙的方法,将事件的起因、由来叙述清晰,再接叙当下,便弥补了日记的非连贯叙事模式的缺陷。

四

日记书写的思想情感大多真实可信,表现力很强,属于文学范畴。日记中的内心独白、人生哲学容易与读者产生共鸣。

伤贫是近代日记的显著主题,大多文人早年都有坐馆授徒的经历,如《缘督庐日记》光绪九年正月十七日:"得寿卿书,知前函已达,冯中丞一切如约,并许兼一书启,再兼一志局,约可岁得千金。弃之可惜,且负良友,而赴之则家累羁身,鞭长莫及。转展思之,真进退维谷也。又得雅宾师书,藻翁必欲相浼,许减徒、益修。"

又光绪三年六月三十日:"年来家况萧条,所居老屋六间,仅蔽风雨,婢仆辈皆悻悻求去,余以八字断之曰:众叛亲离,民穷财尽。天之所废,恐非独力所能支矣。""天之所废"正是穷途末路的无奈,困于功名,抒发了季世悲凉。光绪十三年七月初六日:"得蒿隐都中函,怂恿图首蓿餐,真知我之言也。廿载依人,杜工部所谓'残羹与冷炙,到处潜悲辛',饱尝此味,若得一教官,可以保全廉耻,课子著书,计无逾此者。又云为余续得经幢十余种,源源不穷,可感可喜。"

　　传统的读书、求仕，在末世之际皆成虚无，只能靠学问谋得教席勉强维持生计，也需背井离乡，仰人鼻息，"残羹与冷炙，到处潜悲辛"，千年之后文人的境况仍如出一辙，但其间能遇良友，谈论金石碑帖，则是意外之喜。穷而独善其身，不辍素业，操守何其坚贞。

　　然而若不幸又意外之灾，于贫困者是雪上加霜，《缘督庐日记》光绪七年十一月二十五日："廿三夜四鼓，长、元学大成殿灾，寸椽不遗，两庑得无恙，群疑其致火之由，窃谓殿门常年扃闭，除春秋丁祭及朔望洒扫会，无人擅入，断无遗火之理，此必匪人纵火无疑。然欲图抢火乎？此间无物可贪。谓有叛民乎？何不竟焚衙署，而独与庠校为难？谓校官之怨家乎？则当焚其住宅。揆情度理，皆非事之应有。夫当今之世，敢与吾道为敌而又势不并雄者，固有人在，当道诸公大约亦不欲深求，即求而得其主名，亦安能彻究？异端盛而正道衰，惟此为甚矣。"通过四个疑问句发出世道堪忧的感慨。

　　李慈铭在战后回绍兴，祖宅被焚毁，居无定所，频繁搬家，其描述搬家之凄凉，历历如绘。《越缦堂日记》同治七年二月初五日："夜半抵越城，入西郭门，季弟近移居光相桥侧，过问之，则黄花弄所赁庐数日前已为居停它售，家人亦皆徙此矣。四壁谁属，一车屡移，釜鱼泣其劳生，幕燕迷其归梦。出轻万里，入无半苫。门庭历而若疑，鸡犬散而无主。浮生至此，不其悲乎？见季弟及新妇。北舍有租，仰食差足；东眷为后，持门大难。上感倚闾，绝阙泉之相见；下怜补屋，慨赁庑之不恒。闺闼徘徊，忽如梦寐，婢仆怪笑，问其谁何？作西头之寓公，成南阮之寄食。此又旅归之变态、穷居之重悕矣。"李慈铭是骈文高手，深夜移居，鸡犬散，釜鱼泣，悲惨之极。不料此地仅住了四个月，再次搬家，同治七年六月初九日："夜偕姬人自西郭移居锦鳞桥下黄花弄，小舟一灯，破箧数卷，主人之面瘦如削瓜，侍姬之鬟乱于历稞。倚身一幞，入霉欲斑；传家片毡，与蠹俱徙。病仆偻背，佣婢出匈，庚横箸柴，丁倒盆盎。折足之几，半挂积尘，缺耳之铛，尚余焦饭。风吹帷而皆裂，月穿簑而悉空。君子固穷，道旁皆叹。"主人日渐消瘦，新纳侍姬亦凌乱不堪，满纸辛酸，李慈铭善于渲染，令读者如临现场。

王闿运同样感慨文人治生不易，《湘绮楼日记》光绪廿一年二月三日："余不起火，则儿女为我所累，起火又无定处，殊难摆布。看廿前日记，大要为妻妾所扰，枉用道术，全无效验，不如与之鬼混。近年则为宾客所扰，又不可鬼混者。然则道不胜命，理不胜数，仍以鬼混为常。一言以蔽之曰：伤哉贫也。贫而充富，所谓羊质虎皮。"

科场失利的愤恨，怀才不遇的绝望也是士人日记的主题。《缘督庐日记》同治十二年十月初二日："渭渔送乡试落卷来，十三分房梁僖年荐，房批：气盛言宜，情文并茂；次三亦见才华，诗稳。二场：才力纵横排奡，识趣淹博宏通，三场条对详明，元元本本。堂批：文法成立而笔机活泼，时见才思，诗竟体谐适。审其情形，似系恶溢见遗，岂所谓有命存耶？亦付之无可如何而已。"既然考官评语皆佳，为何落第？名额已满显然不能安慰到考生，考生惟有追问"有命存耶"而已。

《越缦堂日记》同治二年四月十一日："予恬领试卷出，为房官延学士所抑，二三艺皆仅阅一起讲，殊为悒悒。予生平于此事受侮不少,自己酉至壬子三次出房,皆几中复失,其后南北四试,遂皆厄于房官。最奇者戊午,房批为才定就范四字,竟不似世间人语,予时欲觅其人,面相诘问,为同考某令劝止。文章行业,固全不由此,且得失分定,亦非此辈所能为。而当时不能无愤愤,予之绝意科名,政为此耳。"李慈铭认为考官皆无学问,文字不通,批语"竟不似世间人语",真赏不逢,毋须挂怀。

  文人哀叹清贫、怀才不遇,但人生无常,亲友死丧相继更为伤怀。《缘督庐日记》光绪十一年六月十四日:"午刻忽得南电,十四字,云'荔裳十一病,十三殁,事妥余安。另信。'三十年手足,一旦分离,同怀之恸,何能自已?去谞儿殁仅一月耳,其触暑耶?其旧症尾闾疽耶?何其暴耶?亡儿恭谌生时头角颇峥嵘,弟即认以为后,不幸夭折,今谞儿不先不后,于一月前殇,并无盲子为之解嘲,弟之命乖,可谓至极。而鄙人出未二月,既失一子,又亡一弟,亦何罪而至于此极耶?即拟南归,郑盦丈以长途酷暑,只身不妥,属与伟丈同行。因访凤石、苇卿,亦以为然,即请苇卿权馆,而未之允也。"叶昌炽由家乡赴京不及两月,"既失一子,又亡一弟",惊魂未定,不顾酷暑,仓猝返家。

  王闿运自称生平唯以人病厄死丧为我祸罚,每闻人病,如捕役、欠户之逢比受杖,他写妻子病亡,光绪十六年九月廿二日:"舆儿来,云母请余往。入室则无言,心知别矣,无可奈何。日间未变证,犹以为可延数日。日课虽草草,仍如常程。夕稍寐,觉不安,舆至,云病革矣。往视,已绝,儿女痛哭,余不能哭,干潸而已,然比期从此断,终夜皇绕以报之。元微之所云唯将开眼报未展眉也。一时不知计所出,请彭鼎三来问之。"

李慈铭写友人王星诚之死、陈煌之客死异乡,写太平军乱后母亲之丧,叶昌炽写双亲之丧,痛彻心扉,及时释放于日记中,如长篇祭文,非常有感染力。日记是一部完整的作品,其中包含的诗文辞赋是有机部分,而不仅仅是暂时存录于日记中的底稿,它们承担了的抒情功能,记录了彼时作者的心灵情感。日记中有借景抒情、借事抒情,也有自言自语孤独倾诉,要皆真情流露。

五

近代时局动荡,内忧外患丛集,士人奔波,治生不易,有强烈的现实关怀。日记用非虚构的模式直抒胸臆,此亦日记文学之优势。当文人精神备感压抑、心态极为痛苦时,日记成为宣泄情感的最佳著述方式。品评时政、臧否得失,是近代日记有别之前日记的重要特征。

近代世人忧患意识更强烈,面对更多的情感冲击,痛恨列强侵略,惊讶西洋文明,不满政府决策,常常臧否人事,反思现状,反省自身,不免议论迭起。晚清驻外公使的日记中,大量议论中西文明之比较,如第一任驻英公使郭嵩焘喜发议论,他在日记中宣扬英国政治及社会之先进,传播变革的进步思想,充满了生命力。

传统文人日记中的议论,连篇接牍,可称牢骚太盛。王闿运《湘绮楼日记》家事可悲、国事可哀。光绪十年七月初五日:"夜得电信,知法酋并未授首,我师大败,兵轮、炮艇几至全军覆没,船政局亦被轰毁,法人已占据马尾,张幼帅退驻鼓山,法人只坏船三艘。为之怒眦欲裂,书生愦事,自取之咎,诚不足惜,其如国事何?"此记中法马尾之战,张佩纶溃败,成众矢之的,而王闿运认为其人不足惜,他由此看到的是国运不振。又光绪廿一年闰五月六日:"重看同时人奏议,无可取者。大要皆自欺欺人,始知才难。昔与周旋,亦服其英俊,考其所见,乃无异庸人,然后知叔季无足观也,况不如彼者乎?使我当事,未知何若,要之,议论必可观。"虽然不免高自标置,也感慨末世人才不济。又叹湘军满载而归,地方风气随之奢华,光绪十七年十一月十八日:"午后舣仓门前,离岸甚远,不可登。见湘勇回,衣装累累,妇女华绮,江南女当配伧夫,前作马卒妻,后为湘乡妇,皆无一豪温柔者。彼俗陵夫专家,故有此报。若邯郸才人,正自刚强,反可奴厮养也。"皆是对民风、世风切实的现实思考。

叶昌炽《缘督庐日记》光绪十三年四月初十日:"羊辛楣来畅谈,为言粤西税敛烦苛,物价翔贵,青菜一斤需五十泉,鸡蛋一枚需十二文。前日窊斋中丞至虎门校阅炮台打靶,亦毫无准,武备废弛,又不问可知矣。昔人讥殷源深云此辈只宜束高阁,非刻论也。"叶昌炽在广东与老友羊复礼重逢,听其讲述广西税敛烦苛,广东巡抚吴大澂之不修武备,文人惟有付之一叹。高官中饱私囊,下官投其所好,光绪十三年十一月十七日:"署中市玉,其贾廙者也,与之言,作而吁曰:今非昔比矣。自瑞中堂督粤时苞苴盛行,业此者利市三倍,今自督抚以下皆不收礼,虽有珠玑翡翠,安所用之?今安得有瑞中堂哉?言此若甚戚者。余闻业伽楠者,柯绍基亦为瑞中堂而设,今亦闭歇矣。口碑凿凿,亮非无因,今贪人之骨已朽,囊橐则依然也。邓京卿之说若行,则庶足快人心耳。"瑞麟贪得无厌,好美玉、伽楠,此二业因之振兴,又因其去位而没落,一人左右市场如此,柯绍基之无耻,邓承修之谏言铮铮,叶氏所记颇得春秋褒贬义法。

《越缦堂日记》咸丰四年七月初四日:"是日闻御史某奏请监生许捐训导,惟未曾乡试者不准。呜呼!训导亦宾师之属,士习文风所系,非老师宿儒不能副其职。自廉耻道丧,以冷官为渔利之所,诛索寒士,几同攫金,人亦由此贱之,至附生亦许捐充,后生竖儒,佻达尤甚。今上初政停止,嗣以权时变法复开其例,今某御史求国家涓埃之利,而贻风俗根本之祸。我朝育才重士,超越前代,岂小腆自作不靖而教化凌夷遂至于此?人臣薄待其君,莫此为甚。"李慈铭最为关注士习文风,如果地方教育长官的职位也可用钱购买,真将斯文扫地,人才之衰以此为始。

李慈铭的同乡福建罗源县张金鉴以官银交钱铺折算渔利、强民女为妾,他批评道:"张金鉴山阴监生,此等人不知其所来,大率出于市侩、胥吏两途,而俨膺民社,害人蠹国,罔知顾忌,为乡邑羞。近日弹章所列,无一次无越人者,深堪痛恶,故特记之。余尝谓风俗之坏,至今日而极,然以吾浙为最。吾浙以杭州、绍兴、宁波三府为最,三府之人,所趋又不同,约而论之,轻薄无行者杭人也,顽钝无耻者越人也,乾犯无忌者甬人也。而三府又皆以首邑为尤甚,波靡澜倒,几希不存,士生其间,屹然欲为一柱之立,不其难乎?"[①]近代地方基层官吏,不体恤民情,专以搜刮为能,尤其是捐官例起,官商子弟、市侩、胥吏通过买官这一非正途进入仕途,进一步败坏吏治,李慈铭的观察极为深刻。鲁迅曾讽刺李慈铭日记抄录上谕希图蒙御览,据此两则抄录上谕后的感慨议论,则李氏日记堪称"谤书"。

---

① 〔清〕李慈铭《越缦堂日记》光绪三年十一月十六日。

近代文网渐弛，文人颇敢于日记中私议朝政，笔触涉及大臣之无能、贪墨、狡诈，秉笔直书，以表达愤懑。王闿运梦见李鸿章中毒而死，即是恨之入骨。而议论总是伴随着抒情，近代日记中的议论与抒情颇能巧妙融合。

六

以叙事、描写、抒情、议论为主要表现手法，而简单的日常记录退居其次，使近代日记呈现出与传统日记不一样的文学风格。文学书写成为日记的主要写作方式，凸显出日记的创作意识，素材别有深意，遣词别具匠心，落笔谨慎，力求真切反映所见所闻，准确描绘细节，表达丰富的情感，以审美的态度看待日常生活、体验世态人情。若将日记作为一种长篇的、非虚构的、具有自传色彩的完整作品来观察，其文学性更显而易见。

（复旦大学古籍整理研究所"东亚汉籍整理与研究"学术研讨会，2023年12月）

"言社"考述

咸丰年间,越中有一批青年文人,他们感慨"典型颓废,风流闇然,后世少年几不知经史文章为何物"①、"风雅道微,士大夫无以矜式,后进学者日汩于荣利,而文章之道几乎欲熄"②,故而结成文社,唱酬题赠,登临怀想,写田园山水,亦写战争乱离、民生疾苦,凸显浓重的地域色彩与时代气息,是咸丰诗坛的一道亮点,这就是——言社。与社者多是越中青年俊彦,他们自觉承担起复兴风雅的使命,以江南特有的文化底蕴与生活情趣为创作本源,创作了不少优秀的诗歌。

一、言社创办缘起及社名考辨

关于言社的成立时间和名称,李慈铭《越缦堂日记》云:

> (咸丰三年)秋七月,与同邑孙子九秀才垓、祥符周素生大令灏孙、叔子庶常誉芬、季贶、布衣星诚、山阴周息鸥孝廉光祖、沈寄帆上舍昉、王平子秀才章、杨渔蓑秀才师震、青田端木

---

① 〔清〕周星誉《鸥堂日记》卷三,光绪十二年刊本。
② 〔清〕冒广生《续碑传集》卷四十一《二品顶戴两广盐运使周公传》,宣统二年刊本。

叔总明经百禄、阳湖许太眉征君槤、上虞徐葆意明经虡复、萧山陈荃谱孝廉润、丁韵琴文蔚结言社。每人捐分资一番金,每月捐钱二百。推孙子九为社长,以沈寄帆为监社,每年秋冬两大会。社长拈诗文题分课,每月课诗文,题归值月社友轮课。①

又,同治十年李慈铭序王星諴《西凫浅草》云:

至癸丑(即咸丰三年)予二十五岁,孟调二十三岁,始通家为兄弟,是年予与孙子九等举言社于里。

可知,言社创建于咸丰三年。李慈铭的日记还记下当年九月社团在兰亭集会分韵赋诗的盛况,他有《癸丑兰亭秋禊偕孙子九等十人分赋得咸字》②诗,徐虡复有《癸丑秋日偕社中诸子修禊兰亭即席分韵得有字》③诗。
然而,言社的主要创办人之一周星誉在《鸥堂日记》中却称"益社",且社员与言社大致相同,但社名与成立时间皆异,遂使人生疑,未知益社、言社有何异同。他在《鸥堂日记》咸丰九年中云:

当道光末祚,风雅道衰,吴越凤称文教之区,而典型颓废,风流阒然,后世少年几不知经史文章为何物。山阴周星誉时

---

① 〔清〕李慈铭《越缦堂日记》,扬州:广陵书社,2004年,第13册。
② 〔清〕李慈铭《白华绛柎阁诗集》卷甲,光绪十六年刊本。
③ 〔清〕徐虡复《寄青斋遗集》卷一,光绪十三年刊本。

以翰林家居，慨然有复兴之志，于是创益社于浙东，一时名士如许槷、孙垓、余承普、周光祖、周灏孙、孙廷璋、周星诒、李模（李慈铭原名，后因避祖讳改）及君（王星誠）均列社籍。①

吾社自创始至今十余岁中，凡举孝廉方正者一人，许槷；举进士入翰林者二人，周星誉、周光祖；举乡榜者二人，余承普、周光祖；举副贡者一人，徐虔复。其援例得官者如□□官知县；沈昉官典史；周星诒官同知。科名仕宦，一时称盛。②

对于言社与益社之关系，我们必须从其他社员及后人的记载中找到旁证。

社长孙垓《退宜堂诗集·自叙》云：

乃与祥符周素人、叔子、季贶昆季，暨同郡周君息瓯、王君孟调、李君爱伯定交。叔子执友为阳湖许太眉徵士，徵士学有宗传，故叔子年最少而得诗法最早，于是结言社于湖上，朝夕相切劘，始得窥此中门径，而余年已三十七矣。③

时人孙德祖在《退宜先生小传》亦云：

并时如李爱伯户部慈铭、周锡侯刑部光祖、陈珊士刑部寿祺、孙莲士副使廷璋、周叔云运使星誉、季贶、建宁星诒、王孟

---

① 〔清〕周星誉《鸥堂日记》卷三，光绪十二年刊本。
② 同上。
③ 〔清〕孙垓《退宜堂诗集》卷首，光绪七年刊本。

调副榜星诚,先生遍交之,月举诗酒之会,迭主齐盟,所谓"言社"也。①

除言社成员自称所属言社外,后人亦多称言社。如近人黄濬《花随人圣盦摭忆·李莼客痛诋祥符二周》云:

> 莼客初与祥符周星誉沭人、周星诒季况、周星誉畇叔、同里王星诚平子结言社于浙。……周为祥符望族,高门名士,既相接纳,各以言之偏旁为名,莼客之原名为星谟。②

周氏兄弟是言社的中坚力量,其名中有"言"字偏旁之字,综观社员之名,王星诚、李慈铭(曾名谟)也言字作偏旁,同社名有关,黄言姑备一说。

刘承禺《世载堂杂忆》有"言社五星",谓:

> 是时畇叔以翰林告假回籍,莼客等尚诸生耳,依附言社,更名列星,字从言旁,其倾向可知也。③

周星誉、星謇(即星誉)、星诒、王星诚、李慈铭(彼时李慈铭号星谟)时号"五星",比较可信。亦可知,言社之名在多数成员及后人中也得到认同。

---

① 〔清〕孙垓《退宜堂诗集》卷首,光绪七年刊本。
② 黄濬《花随人圣盦摭忆》,上海:上海古籍书店,1983年,第150页。
③ 刘承禺《世载堂杂忆》,北京:中华书局,1997年,第27页。

后李慈铭为周星誉作《芝村读书记》,忆及周氏兄弟创立社团云:

> 时天下初乱,浙东西尚帖无事,周子(周星誉,字叔云)因得躬耕养亲,益奋发读书,务为有用之学,思所以济艰难、致太平者。季子(周星诒,字季贶)年少,气豪甚,视世无可当意,独师事其兄,友其兄之友,而同邑若孙子垓、王子星诚、周子光祖、陈子寿祺、孙子廷璋、徐子虞复、陈子润等咸矫首厉翼,以昌明绝学为己任,于是有言社之举,推周子主盟,从而和者数十人,皆都邑之望。盖有负重名而不得入者,有势位赫赫自命乡老、求一与会而不获者,未几,江南北浙西争以所业来质,书币车马,日萃于越,越必主芝村,于是有益社之广,好事者定为益社六子、续六子、后六子、广六子之目,而芝村之名胚千里矣。①

据此可知言社成立在前,因慕名参入者众,复扩充人员,更名为益社。它们一脉相承、基础成员相同,由于社团主要成员都自称所属的是言社,并且有具体的会规及活动,而后来新入社者姓名、著作未见诸著录,故流传较广、影响较大者仍是言社这一名称。至于周星誉不提言社,或是他以为益社的规模较大,江南北浙东西文人名士闻其名争相入社,以弟子自称,周名气大扬,故其统言社而称之。

---

① 〔清〕李慈铭《越缦堂日记》,第13册,第1716页。

关于言社成立时间。李慈铭说是咸丰三年秋结言社;言社社长孙垓说言社成立时他已三十七岁,即道光二十七年(他生于嘉庆十四年,详见第二章言社成员小传之孙垓);周星誉在咸丰九年时说益社已成立十余岁。周云益社成立时间与孙垓所云言社相当。社团的成立非一蹴而就,需要事前准备,时机成熟方能昭告于世。孙垓既是宿儒授徒,又好诗,他可能较早萌发结社的想法并做了准备工作(孙垓似乎很钟情于诗社这一交流方式,言社分散后,他又与同乡王诒寿、陈锦等等举泊鸥吟社,可谓好吟咏),如联络青年文人等;道光三十年中了进士的周星誉由京师归绍兴,这一时机成熟了,因为周的科第文名能号召鼓舞年轻人,况且他的诗词还很不俗,其他四兄弟也都能诗,他能起到核心作用。但周星誉是连丁家难,此时未必能究心于社团成立事宜。至于李慈铭说咸丰三年成立言社,盖至此时,言社方将会员、会规拟定成文,始有正式的交流活动及纪事诗文;观言社诸人诗集,亦在此时方有彼此间的唱酬纪游诗篇。

言社推举社长时,按理非周星誉莫属,他是进士及第改庶吉士复丁忧家居,功名远在众人之上,且其兄星馨、弟星诒皆入社,是中坚力量。周星誉是山阴人,这点也很重要,众成员中,许械是江苏阳湖人,端木百禄是处州府青田人,徐虔复上虞人,陈润、丁文蔚萧山人,余皆山阴人,即社团之根据地在山阴。在众成员中许械最长,但他是阳湖人;孙垓年龄次之,是会稽人,未有功名,授徒为生,好诗,在当地有名望,故后辈推他为社长,亦是尊长者之仪,但很大原因可能与他为诗社所作的较长时间的筹备工作有关。

二、言社成员小传

依据上一章节中李慈铭、周星誉、孙垓对言社的记述,将其成员状况做成下表1:

表1:言社成员状况

社　员	不同者	相同者	综　合
李慈铭	孙垓、李慈铭、周星誉、星诒、星礜、祖光、王星誠、沈昉、杨师震、端木百禄、许械、徐虔复、陈润、丁文蔚	沈昉、杨师震、端木百禄、徐虔复、陈润、丁文蔚	孙垓、李慈铭、周星誉、星诒、星礜、王星誠、许械、周光祖	孙垓、许械、周星誉、周星诒、周光祖、李慈铭、王星誠、陈寿祺、徐虔复、端木百禄、孙廷璋、沈昉、杨师震、余承普、陈润、丁文蔚
周星誉	许械、孙垓、余承普、周光祖、周星礜、孙廷璋、周星诒、周星誉、李慈铭、王星誠、徐虔复、沈昉	余成普、孙廷璋、徐虔复、沈昉		
孙垓	周星誉、星诒、星礜、光祖、王星誠、李慈铭、许械、孙垓			

言社诸人记述成员之情况略有出入,李慈铭记述最详,孙垓记述最简略。综合言之有十七人,翻检其集,亦都互称社友,故统计言社人数时,综合各家所言而计之。他们是孙垓、许械、周星誉、周

星誉、周星诒、周光祖、李慈铭、王星诚、陈寿祺、徐虔复、端木百禄、孙廷璋、沈昉、杨师震、余承普、陈润、丁文蔚。

孙垓,字子九,号少楼,晚号退叟,所居名曰退宜堂,浙江会稽人,诸生。言社社长。著有《退宜堂诗集》六卷。光绪十五年陶浚宜刻本。卷首王诒寿叙、自叙及孙德祖之《退宜先生小传》,卷尾有周星誉跋。

按,李慈铭《白华绛柎阁诗集》卷甲有《癸丑上元后二日与鲁蓉生燮元孙子九垓陈闲谷煌王平子章结昆弟之好即送子九之吴门平子之姚江二首》诗云:"生能并世关天意,交到忘年总宿缘(小字诗注:蓉生年四十五,子九年四十四)"以此推之,其生年当为嘉庆十四年,即公元1810年。李慈铭《九哀赋》:"会稽孙子九秀才垓卒于乙酉七月,年七十六",则孙垓卒年当是公元1885年。

许械(1800—1881)字太眉,号梦西,所居处有三棵宋植榿树,故室名三榿老屋。江苏阳湖人。诸生。咸丰初举孝廉方正不赴,主讲道南书院以终。著有《东夫山堂诗选》诗八卷、词一卷;《读说文杂识》一卷。

周星誉(1826—1884)字畇叔,又字叔云,原名普润,榜名誉芬,号鸥公。祖籍河南祥符,居山阴。道光二十四年举人,三十年进士,改庶吉士,授编修,累官两广盐运史。著有《鸥堂日记》《汇堂剩稿》。

周星誉,原名灏孙,字涑人,又字素人,号神素,周星誉之兄。道光二十三年举人,官安徽无为州知州。周氏兄弟八人,周星誉排第五,周星誉第七,周星诒第八。其生卒年尚无确考,据李慈铭《越缦堂日记》光绪十年五月初六日:"周星誉来,言以安徽直隶州开复入都验看者。"①周星誉公元1884年尚在世。著有《传忠堂古文》一卷,光绪十二年金武祥并序、汪琨序。

周星诒(1833—1904)字季贶,一字曼嘉,号窳翁,官福建建宁知府。著有《传忠堂书目》四卷;《窳橫日记钞》三卷,《窳橫诗质》收入《五周丛书》,卷首谭献序,卷尾赵藩题诗、冒广生及孙诒让跋。计五十八首,均是五律。

周光祖(约1815—1865),字息瓯,一字锡侯,咸丰元年举人,九年进士。浙江山阴人。著有《耻白集》一卷,收诗六十余首;附摘句一卷,计二十一则。光绪五年古虞连氏刊,卷首李慈铭及沈寳森序,卷尾王继香及连蘅跋。

李慈铭(1829—1894)初名模,字式侯,后更名慈铭,字爱伯,一字法长,号莼客,浙江山阴人。光绪六年进士,补户部江南司郎,官至山西道监察御史。著有《越缦堂日记》、《白华绛柎阁诗集》十卷、《杏花香雪斋诗》十卷、《越缦堂读史札记》三十卷等。

陈寿祺(1829—1867)原名源,字子谷,一字珊士,咸丰六年进士,浙江山阴人。著有《陈比部遗集》,收入《越三子集》,不分卷,卷首有李慈铭所作传、潘祖荫序,包括《纂喜堂诗钞》《青芙馆词钞》《二韭诗余别集》。

王星诚(1830—1859)原名于迈,又名章,字平子,更字孟调,浙江山阴人。著有《西凫残草》,收入《越三子集》,不分卷,计一百余首。卷首有李慈铭所作传记、潘祖荫序。

孙廷璋(1825—1866)曾更名为淳溥,同治元年复故名,字仲

---

① 〔清〕李慈铭《越缦堂日记》,扬州:广陵书社,2004年。

嘉,一字莲士,道光二十九年举人,候选知府。浙江山阴人。著有《亢艺堂集》,收入《越三子集》,三卷,诗两卷,词一卷。卷首有李慈铭所作传记、沈宝森《〈亢艺堂集〉后序》、潘祖荫序。

徐虔复(约1830—1861)字宝彝、葆意,浙江上虞人。屡试不第,至道光己酉贡乙科。太平军攻陷山阴,决然不降,自刃而死。著有《寄青斋遗集》诗稿一卷,词稿一卷。卷首有程恒生、马传煦、陈锦、余承谱等人序及马赓良传、谭献墓铭,卷尾附徐瑞芬跋、徐焕章跋。

端木百禄,字叔总,一字小鹤,浙江青田人。道光二十九年拔贡,官司南府学教授。据端木百禄为其父作《太鹤山人年谱》载:"道光四年甲申冬十二月子百禄生"①,端木百禄生年当为公元1820年,其卒年在太平天国陷浙后,约在公元1853年②。端木百禄著有《石门山房诗钞》,温州市图书馆藏有手抄本,笔者未寓目,《两浙輶轩续录》录其诗八首,多是山水游记诗。

丁文蔚(1827—1890),字豹卿、韵琴,号蓝叔,浙江萧山人。咸丰九年举人。善绘画。李慈铭《白华绛柎阁诗集》卷乙有《赠丁韵琴文蔚即索画屏幅四首》,在题末注云"丁,萧山人,能琴工画,姬人秦云亦通绘事",其第三首云"早年知姓字,一宿偶同门(自注云:'余壬子乡试,与君同出知县凤君枱门。')"丁文蔚有佚诗一首,存于周光祖《耻白集》之《蓝叔馈莼菜醇酒并寄诗一章依韵奉谢附原作》:"十里湘湖春水秀,移船载酒泛斜阳。故园风物荒凉甚,只为

---

① 〔清〕端木百禄《太鹤山人年谱》,民国二十三年铅印本。
② 〔清〕潘衍桐《两浙輶轩录》,光绪十七年浙江书局刻本,卷四十一《端木百禄》:"寇陷浙西,乃忧愤狂奔,思集义旅,常往来骄阳溽暑中,遂卒。"

君家办醉乡。"

沈昉,字寄帆,浙江山阴人。藏书家沈复粲之子。曾入曾国藩幕府。善制印。李慈铭、陈寿祺都有诗题其印。

陈润,字荃谱,浙江萧山人。《越缦堂日记》咸丰六年十月二十三日:"诣子九晤谈逾晷,且知萧山社友陈荃谱孝廉殁已月余。"①在公元1856年陈润已卒,其诗集亦未见传。咸丰九年二月二十九日:"在啸篁家为亡友陈荃谱删定诗集……夜与叔子同阅荃谱诗竟。"②其诗集亦未见传。

余承普,字晓云,浙江山阴人,其序徐虔复《寄青斋遗集》云:"光绪八年岁在壬午仲秋之月谱愚兄山阴余承普拜撰"③,公元1882年尚在世。今仅见其《〈寄青斋遗集〉序》及《〈绿云馆吟草〉序》(徐虔复妻程芙亭著,附《寄青斋遗集》后)两篇传世。

杨师震,字渔赍,生平失考。

还有一位诗僧彻凡,字寄凡,会稽人,工诗,著有《募梅精舍诗存》,李慈铭作序。《晚晴簃诗汇》选其诗数首,并有小传。他虽然不是社中之人,诸人与他的交往非常繁密,唱和之作也较多。

言社成立时,除周星誉外,其他成员仅限于浙东浙西,成员之间的私人关系很亲密,如周星誉、周星譽、周星诒本是亲兄弟;李慈铭与陈寿祺是表兄弟,与王星诚是世交,李慈铭与孙垓、王星诚是盟兄弟;孙垓是李慈铭姑母家的塾师;等等,这种密切的乡里关系

---

① 〔清〕李慈铭《越缦堂日记》第13册,第936页。
② 同上。
③ 〔清〕徐虔复《寄青斋遗集》卷首,光绪十三年刊本。

使他们往来频繁,畅言无忌,且相互推赏,不遗余力;但过于宽松的信任,反而使得他们在后来的交往中出现矛盾,乃至绝交,如李慈铭与周氏兄弟,当然这并非短短文字所能剖析清楚的,笔者有另文述及。

三、言社交游活动

言社成立之初即有会规,每年秋冬二季举行大型集会,社长拈题课诗文;每月小集会,诸人轮流出题,切磋诗文,但以课诗为主。言社咸丰三年七月成立,九月首次秋会于兰亭天章寺,以兰亭秋禊为题。① 晋穆帝永和九年暮春三月,王羲之与谢安、孙统等四十一人雅聚会稽山阴之兰亭修祓禊之礼,王羲之兴乐而书《兰亭序》,引得历代骚人墨客无不艳羡。言社正式成立于公元1853年,距王羲之等兰亭之会恰好是一千五百年,寄意深远。此次活动是祭祀先贤、游赏古迹,即席分韵赋诗,在成员的诗文集中,李慈铭与徐虔复有诗纪游。

平日言社的活动也比较频繁,主要以周星誉居地芝村为主。一是居住地较近,举行诗酒之会较方便,另一方面是浙中名胜古迹举不胜举,成员均年少风流,游山玩水,集宴作诗,常常是谈笑达旦,乐而忘返;越中乃富庶之乡,演社戏、赛龙舟、迎庙会等活动名目繁多,社团成员也借此聚会,并有诗歌觞咏,互相酬赠,湖山村镇都留下他们的足迹。如李慈铭《越缦堂日记》咸丰四年三月二十七日记道:

---

① 〔清〕李慈铭《越缦堂日记》。

买舟赴社会。……午宴后社长孙子九出题,文题为"拟明故相胶州高公祠堂碑记",诗题为"姚宫保启望象鼓歌"。写单分课。诸子□主人乞花,园中牡丹黄紫蔷薇诸花,采摘一空。旋同下舟送韵琴回萧山,余附叔子舟至柯山,一路山色苍郁,林树浓霁,夕阳中晃晃作金碧色,余与叔子顾而乐之,谓此地可偕隐。①

禹陵、兰亭、鉴湖、西湖、柯山等山水常在言社诸人诗词中留有身影,越中诸多山寺,天章寺、传灯寺、显圣寺等也是他们经常聚集之所。诸人与兴教寺僧徹凡交游甚密,众人常集其禅房品斋饭,听经书,分韵赋诗。

社团成员的诗文集中唱和之作非常多,如李慈铭诗集中多达一百余首,其余成员诗集中也有数十首。他们之间还相互为其诗文集作序跋,推赏备至。如周星誉跋孙垓《退宜堂诗集》、余承谱序徐虙复《寄青斋遗集》、周星誉与李慈铭删定陈润诗集、陈寿祺题李慈铭集、徐虙复题周星誉集等。在文字上推扬社友最力者当属李慈铭,王星诚卒后未几,李恐其文字散落,竟将其百余首诗抄入自己日记中,后来连同孙廷璋、陈寿祺之遗集校阅后交付潘祖荫刻入《滂喜斋丛书》,并作《越三子传》冠其首;刊刻以后又向师友乡辈寄赠《越三子集》;又序周光祖集、为徐虙复作传等。今天考察言社的成员生平及其交谊,主要依赖李慈铭的文字,否则,这个社团的存在及其活动将很难梳理清晰。

社团成员之间相互支持与推举,不遗余力。众人中以周星誉

---

① 〔清〕李慈铭《越缦堂日记》。

中进士较早，名声在外，他对诸成员积极引荐。咸丰六年周星誉同周光祖、陈寿祺结伴赴京；咸丰九年周星誉丁忧期满入都补官，李慈铭、王星諴随之同往；周星誉将他们介绍于京城名流，使他们名扬一时。

同治四年，李慈铭与周家兄弟的关系由亲善到决绝，甚至终生仇恨，成为一段无法化解的恩怨。李慈铭与周氏兄弟关系的破裂也标志着言社历史的结束，因为此时言社成员也已经七零八落，徐虔复死难，王星諴病卒，稍后孙廷璋、陈寿祺也相继病卒。作为言社中坚的李、周，此时矛盾升级到绝交，他们之间已没有交游活动，故云言社至同治四年已经名存实亡。

四、言社的诗论主张与创作

言社是纯粹的诗文切磋社团，其成员大都有强烈的创作意识与不凡的才能。当然，他们结社时多是二十几岁的青年，社团活动持续仅十年，其日后的诗风日趋成熟或改变，考察其诗社风格，主要以此时期的作品为主。

言社的诗歌理论主张与创作都受到浙派诗人厉鹗的影响，厉鹗专学宋诗，言社诸人的创作中也多浙派风貌，与道咸诗坛著名宋诗运动遥相呼应。钱仲联先生曾说：

（李慈铭）自述平生得力所在，举出自汉代枚乘以下各体的作家五十余人，其中五古、七律、七绝都举到厉鹗。集子里一些幽秀鲜妍的作品，可以说是厉鹗、吴锡麟一派的继承。……慈铭同里的诗人,如周星誉、周星诒、孙廷璋、陈寿祺、王星諴、沈宝森、马赓良、曹寿铭、王诒寿诸家风格大都相同。①

其中前五人都是言社成员,后四人也同言社成员有或师或友的关系,交谊深厚。李慈铭本人也说:

> 予诗与先生(指厉鹗)颇不同轨,而生平偏喜先生诗,同社中叔子、孟调、莲士雅有同嗜。三子中叔云有其秀,孟调有其幽,莲士有其洁,所趣固近,宜其尤相契矣。②

可见言社诸人家对厉鹗的作品都有所好,但他们又强调转益多师。如咸丰五年正月二十日,李慈铭置酒招诸社友小聚,座间谈诗:

> 吾辈近来好为高论,论五古必称十九首,称陶,次则称三谢,七古必称杜。余始亦不免此,颇描摹萧选、盛唐,近颇自悟,盖凡事必陶冶古人,自成面目。③

言社成员还强调以学问助诗才,他们建社旨在改变文坛空虚氛围。李慈铭读书颇为用力,经史子集无不涉猎;徐虔复凡周秦两

---

① 钱仲联《当代学者自选文库·钱仲联卷》,合肥:安徽教育出版社,1999年,第377页。
② 〔清〕李慈铭《越缦堂日记》。
③ 同上。

汉以迄唐宋书无不毕读；周星誉也主张多读书，以为陈寿祺病在读书不勤①，《鸥堂日记》咸丰九年记云：

> 珊士、子恂天资颖悟，超绝侪辈，而不甚喜读书；莼客、季贶才智既妙，于书又能研求讲贯，而往往夺于事故，时有所辍。珊士、子恂之病在心浮，莼客、季贶之病在心杂。②

李慈铭、周星诒、孙廷璋都有可观的藏书，藏书校书对他们的创作不无影响。言社成员的诗歌创作成就最大的当是山水诗，除了上文钱仲联先生列举的李慈铭的诗歌，阅读其他成员在言社时期内的诗作，发现山水田园诗是他们的特长，所占篇幅也最多，清新佳语，耐人玩味。如周星誉《春日西湖即席》：

> 百重烟翠镜中涵，白塔红亭面面环。十里松声全在水，一湖花气欲浮山。③

又如周星诒《雨后野步》：

> 偶然行出乐，不觉出门遥。负手仰看树，无心错过桥。风林香柏子，雨架耸瓜苗。池水刚添寸，翻腾鸭便骄。④

---

① 〔清〕李慈铭《越缦堂日记》。
② 〔清〕周星誉《鸥堂日记》卷三，光绪十二年刊本。
③ 〔清〕周星誉《沤堂剩稿》卷一，光绪十二年刊本。
④ 〔清〕周星诒《窳横诗质》卷一，光绪二十二年刊本。

王星誠《晓晴走马河阳道中》：

卅里郊园结队行,眼中风物媚新晴。平峦过雨青归树,寒草拖烟绿上城。隔水稻香禽语妥,当风人影马蹄轻。天涯但得长如此,便倚鞭丝过一生。①

陈寿祺《春日安肃道中》：

堤上濛濛吹白沙,鞭丝影里夕阳斜。飞花十里官栽柳,孤磬一声僧卖茶。隔坞小风传鸟语,到门流水识人家。百钱沽酒不成醉,茆店疏灯听琵琶。②

孙垓与周光祖以五古自负,学陶渊明作田园诗,如孙垓《六月六日莲寺邀同周拜轩叔畇李爱伯集兴教院凡公房同少陵宿赞公土室第二首韵》："一踔入苍翠,全湖望更静。朝曦烂寺门,导客花竹景。借禅说我诗,两意相与望。澄怀渺沧波,古义汲深井。……念此澹忘言,薄霭起遥岭。客归鹤亦还,冲烟落松顶。"③周光祖之《续山居诗》第四首："园林十亩地,山势为之梯。瓜果含清芬,竹柏生贞荑。鸣泉无倦心,霄月寻幽蹊。约僮蓄寒菜,柬客备雏鸡。弹冠去旧尘,持屐晞春泥。游涉渐成趣,行径不吾迷。"④

---

① 〔清〕王星誠《西凫残草》卷一,同治八年刊本。
② 〔清〕陈寿祺《陈比部遗集·纂喜堂诗抄》卷一,同治八年刊本。
③ 〔清〕孙垓《退宜堂诗集》卷三,光绪十五年刻本。
④ 〔清〕周光祖《耻白集》卷一,光绪五年刻本。

除了这些描摹自然的清词丽句和表现闲适意境的山水田园之作外，他们也抒发穷困潦倒的生存状态。如李慈铭《癸丑上元后二日与鲁蓉生燮元孙子九垓陈闲谷煌王平子章结昆弟之好即送子九之吴门平子之姚江二首》诗云：

寥落天涯即弟兄，素筝浊酒意纵横。吾曹相勖惟名节，海内谁堪托死生。席帽烽烟千里感，布衾风雨百年情。对床后约无多愿，同作村氓过太平。①

太平天国运动在他们的诗篇中也多有反映，他们主要关注的是这时期造成的百姓乱离和民生疾苦。如李慈铭的《点民兵》："朝见点民兵，暮见点民兵。材官领健儿，朝暮趋王程。童稚惊走啼，禾黍践纵横。国家重武备，列郡屯严营。承平一废弛，按籍存其名。草野慕忠义，训练资遐征。此辈好身手，十九不知耕。侧闻启行日，祖道无哭声。忼慨期报国，岂翳今日情？自古称善将，约束务乎精。官兵不知战，况责蚩蚩氓。失业仰军禀，努力为圣明。莫久苦父老，租赋无常赢。"②许棫诗有"诗史"之誉，忧时感事，尤多深挚之意。其《悲芜城》把毛将军的勇猛与贪婪刻画得入木三分；《野猪行》写野猪对百姓的骚扰，末尾多讽刺语："回头语妇莫悲泣，数口余生无所活。豪家达官好气焰，往往全家死于贼，我今死猪死亦得。"③还有如《飞蝗歌》《大营溃》《感事三十二首》等也是比较优

---

① 〔清〕李慈铭《白华绛柎阁诗集》卷甲，光绪十六年刊本。
② 〔清〕李慈铭《越缦堂日记》。
③ 〔清〕许棫《东夫山堂诗选》卷四，光绪十三年刊本。

秀的诗篇。陈寿祺、孙廷璋则着眼于战争给其自身带来的痛楚,如陈寿祺《故乡寇警后数月不得家书旅夜一灯百感聚沓用昌黎示儿韵一首》、孙廷璋《江东父老书》等等。

太平军据绍,言社成员恐遭乱离,欲合同人诗为《浙江十子集》,传之后人,以救越中诗教之弊。但目前《浙江十子集》未见诸著录,盖周星诒意兴之语,并未选刊。

结　　语

综上所述,言社作为一个文学团体,在诗歌创作方面取得了较大的成就。当然,这些成员后期成就亦非早年所能比,如张之洞认为李慈铭诗歌之"明秀"与王闿运诗歌之"幽奥""一时殆无伦比。"①樊增祥称誉李慈铭"国朝二百年诗家坛席,先生专之矣"②。沈曾植《再祝越缦寿》云:"江梅入座蜀茶开,重为先生载酒来。千载韩欧同想象,五龙庚甲恰周回。贞元旧德刘郎健,稷下诸儒祭酒推。亦是衣冠嘉会合,云龙岂但永追陪?……"③可见李慈铭在当时诗坛的地位非同一般。陈衍评周星誉诗"自多丽句"④,评周星诒"多真挚语句。"⑤他们早年的交游——如结言社——对了解当时越中的文坛状况以及对作家个体的文学创作研究,特别是探究他们早期的结社对他们后来的文学创作的影响,都有较重要的意

---

① 〔清〕李慈铭《越缦堂日记》。
② 钱仲联《清诗纪事》,南京:江苏古籍出版社,1987年,第12780页。
③ 沈曾植《沈曾植集校注》,钱仲联校注,北京:中华书局,2001年,第110页。
④ 陈衍《近代诗钞》,上海:商务印书馆,1935年,第279页。
⑤ 同上书,第281页。

义。《两浙輶轩续录》《清诗纪事》《清诗汇》《近代诗钞》等都收录了他们的诗作,也反映了这一社团成员的诗歌创作取得了不俗成绩,成为咸丰文坛的积极力量,值得进一步研究。

(原刊于《安阳师范学院学报》2013年第1期)

汪氏振绮堂藏书、刻书考略

钱唐汪氏之振绮堂,是清代藏书史上极有价值和地位的私家藏书楼,与天一阁齐名。咸丰庚申、辛酉之际,太平军进驻杭州,振绮堂藏书化为劫灰,所幸其《藏书题识》与《振绮堂藏书录》辗转中仍存于世;另一方面,振绮堂依靠家藏编刻古籍百余种,至今仍在流传,嘉惠后人。同时,振绮堂汪氏也是江南有名的学术世家,以学术研究、诗词创作闻名于士林,与同郡梁氏、陈氏联姻,互相标榜,影响甚著。鄙见所及,尚未有人论述振绮堂之藏书、刻书[①],本文试探讨之。

一、振绮堂藏书渊源、特色

明代以来,徽州商人日益活跃,遍布江南,主要经营盐业、木材、典当铺,子弟、族人、亲友入职其中,久而久之,即寄籍当地,如鲍廷博、吴焯、汪启淑等皆是徽人而定居杭州府,若凌廷堪、马曰琯曰璐兄弟,则徽人而定居扬州者。振绮堂汪氏先世乃徽州

---

① 徐雁平《花萼与芸香——钱塘汪氏振绮堂诗人群》论述以振绮堂为中心的包括家族、亲友、馆师在内的诗人网络,未及振绮堂之藏书、刻书。见《汉学研究》第 27 卷第 4 期,第 268—271 页。

黟县人①，明末在杭州经营盐业，家资富饶，遂系籍钱唐县，后逐渐经营典当铺而累财巨万：

> 汪氏……一家四代，文雅风流，冠冕全郡。此亦唯其裕于财故能为力耳。今观此册页八十二有奕懋典、恒泰典、宏兴典、宏丰典年月总账若干册，所开当铺，已有四所，其富可知，故能豪于好客而勇于买书、刻书也。②

振绮堂创始人汪宪(1721—1771)，字千陂，号鱼亭。乾隆十年(1745)进士，官刑部员外郎，旋即辞官归里，收藏古籍，筑振绮堂以藏之。著有《易说存悔》《说文系传考异》《烈女传》《振绮堂诗存》等。汪宪座师嘉兴钱陈群撰《刑部员外郎鱼亭汪君传》称宪"耽蓄书丹铅，多善本，求售者虽浮其值不与较。集同志数人昕夕讨论经史疑义。"③

汪氏由商贾转而好儒，至汪宪以甲科兴门第，然其不图仕进，转而斥资购书，并亲手编排、校订，这也是天下承平、经济发展之一面。汪宪与同时的钱塘藏书家瓶花斋吴焯、知不足斋鲍

---

① 〔清〕汪诒年《汪穰卿先生年谱》卷首，民国九年铅印本。"先世为徽州黟县之洪村人，明末有讳元台者业盐于杭，遂系籍杭州钱唐县。"相当一部分学者云振绮堂汪氏原籍乃歙县，失之考察。徽州府下辖六县，黟县、歙县皆其一。

② 洪业《洪业论学集》，北京：中华书局，1981年，第138页。振绮堂至第四代汪远孙辈，仅当铺就有四所，则当初汪宪创始振绮藏书时，财富必然有过于此。汪宪乐善好施，钱陈群《刑部员外郎鱼亭汪君传》云："尤乐缓急人，知交中有匮乏者，不待其请，每先事周之。凡嫁娶不以时、丧葬不能举、事处之艰窘、行理之乏困者，无论戚疏，皆量力资给之。"见《振绮堂诗存》卷首，光绪十五年刻本。

③ 〔清〕汪宪《振绮堂诗存》卷首，光绪十五年振绮堂刻本。

廷博关系密切①,彼此间不吝私藏、互借手抄,以通有无,尤是书林雅事。乾隆时纂修《四库全书》,召求各省遗书,汪宪长子汝瑮以所藏善本二百余种进呈,后又选定百余种,两次所呈共计三百余种,著录于《四库全书总目》者一百五十一种,其中一百二十三种乃集部,可见振绮堂藏书以集部最为精良。振绮堂所呈《曲洧旧闻》、《书苑菁华》乾隆御题四诗,称为精良,并赐《佩文韵府》一部。汪汝瑮以京秩邀恩,晋赐如其父官。

汪宪在世时,振绮堂藏书的规模、特色已基本奠定,并延请朱文藻编纂家藏目录。汪宪卒后,家人析产,次子汪璐捐祭资若干而振绮堂遗书尽归其有,是为振绮堂藏书第二代。汪璐(1746—1813),号仲莲,晚号春园,举人。究心佛道,能琴能诗,著有《松声池馆诗》四卷,卷首有仁和沈赤然序及《太常寺博士春园汪君传》。汪璐广为搜罗,振绮堂藏书规模再次壮大。他在朱文藻基础上编纂了《藏书题识》五卷,更详细的著录了家藏各本信息。

汪璐子汪諴,振绮堂藏书之第三代继承人,亦措意购藏,曾孙曾唯称其:"凡有善本求售者,又不惜重赀增益架上,年近始衰,病中手编《振绮堂书目》五册。"②其时嘉庆二十四年(1819),著录书三千三百余种,六万五千余卷。汪諴子六人,远孙、适孙、迪孙、述孙、迈孙、遹孙,而长子汪远孙(1789—1835)博极所藏,以学问著称,振绮堂藏书闻名于士林。龚自珍《杂诗》云"振绮堂中万轴书,

---

① 〔清〕汪宪《振绮堂诗存》卷一《绣谷亭紫藤盛放瓶花斋牡丹未残坐久雷雨口占呈主人》。

② 〔清〕汪曾唯《振绮堂书目跋》,民国十六年排印本。

乾嘉九野有谁如？季方玉碎元方死，握手城东问蠹鱼。"①自注云："汪小米舍人死矣，见其哲弟又村员外。"汪远孙女适龚自珍子宝琦，故有此诗。又村，适孙号。其后有汪曾唯、汪曾学、汪康年、汪诒年等，能搜罗旧藏零本，刊印丛书，兄弟相持、子孙竞业，则是振绮堂藏书之遗绪，终未致没落无闻。

振绮堂藏书楼共有东、中、西三楼，每楼四层，另有是亦楼，东、西两边各二层，总计十六室，置四十三厨，以唐张说《恩赐丽正殿书院赐宴应制得林字》诗"东壁图书府，西园翰墨林。诵诗闻国政，讲易见天心。位窃和羹重，恩叨醉酒深，载歌春兴曲，情竭为知音"②四十字以及"振绮堂"三字共四十三字来命名四十三个书橱。不过易"窃"为"列"、易"竭"为"畅"，盖"窃""竭"二字为藏书家所忌。

其书存放顺序依次为本朝御制书、宋元版书、抄本，大致依经史子集四部分类。振绮堂的收藏规模较大，不少卷帙庞大的书都藏有数套，甚至数十套，如《南巡盛典》一百二十卷，八套；《佩文韵府》《渊鉴类函》各二十套，《骈字类编》二十四套，《全唐文》三十套，等等。《佩文韵府》朝廷仅赏赐一部，而振绮堂藏有二十部，想必是延聘抄胥，夜以继日抄录而成，其财力之雄厚藉此可见。嘉庆以前的御制诗文集、御纂书，振绮堂都尽力收藏，作为珍贵的图籍典藏于醒目位置。

振绮堂藏书以抄本为多。据《振绮堂书目》统计，所藏得宋元版书五十四种，稿本及批校本四十一种。彼时杭郡私家藏书

---

① 〔清〕龚自珍《龚自珍全集》，上海：上海古籍出版社，1999年，第525页。
② 此据《振绮堂书目》所列四十三厨之名称，乃本唐张说之《恩赐丽正殿书院赐宴应制得林字》诗。

极为繁富,如鲍廷博、吴焯、赵昱等,所藏多精善之本,且校勘确然,虽然当时江南印刷术比较发达,新刻之书未必如名家旧藏之精审,若能从而抄之,也优过新购之本。黄宗羲所谓藏书活动非好之者与有力者不能为,揆诸汪氏振绮堂,则藏书家也需有独立的收藏风格、不盲目逐流的冷静头脑。振绮堂所抄,依据季振宜、璜川吴氏、吴氏绣谷亭、鲍氏知不足斋等名家收藏,故其所藏,海内重之。

另外,振绮堂也抄亲友、乡贤著述的未刊稿。杭郡乃文献渊薮,文人才士云集,而振绮堂广延宾客,遇到他们的未刊稿,借以抄录,以富家藏。如馆师吴颖芳之《吹豳录》,朱文藻记云:"时馆于振绮堂,主人索其书,抄为十册。"①并为刊印行世。又有钱唐诸生周锴《仪礼章句翼》等稿本,仅赖振绮堂著录,其原稿则随振绮堂一并历劫。

叶昌炽《藏书记事诗》卷五称道振绮堂汪氏云:"握手城东问纪群,弟兄父子并能文。勘书难似孙深柳,池馆松声坐水云。"②振绮堂藏书,六世之善守,不可谓不尽力,然终未能逃兵燹,令人喟然。然而汪氏子孙能藏能读,能校能刻,较之一般专事收藏之家终有不同。

振绮堂的藏书印有"汪鱼亭藏阅书""钱唐汪氏振绮堂藏书"等。

---

① 〔清〕汪璐《藏书题识》卷一,《丛书集成续编》本,上海:上海书店,1994年,第71册,第172页。
② 〔清〕叶昌炽《藏书记事诗》,王欣夫补正,徐鹏辑,上海:上海古籍出版社,1989年,第494页。

二、振绮堂藏书目录

振绮堂的藏书目录,先后有四部。

汪宪是振绮堂藏书的奠基人,因献书而得赐《佩文韵府》一部,这种荣耀刺激他进一步扩大规模,并提高管理水平。当时的藏书家比较风行编纂藏书目录,希望如实记录家藏卷册,突出特色,以扩大影响与知名度;另一方面,提供同行之间交流的文本,便于翻检。汪宪精通朴学,编一部自家的藏书目录,不成问题,但若认真的鉴定版本、辩证舛误、审读题跋等,则非专业人士不能为。因此,他聘请仁和绩学之士朱文藻(1735—1806)来襄校典藏,以求提高藏书质量。如《读书敏求记》一则,朱文藻云:"乾隆丁亥八月一日,主人从瓯亭先生借得,属余重校,三日而毕。向所未经是正及疑讹标识者,悉加改正,凡百余字。"①可知他在振绮堂校勘图籍之不苟,亦见主人对精确的文本的重视。朱文藻后助理汪宪编成《振绮堂书录》十册,记载版本、题跋以及著者、收藏者或传抄者相关资料,这是振绮堂藏书的最初的书目,原本今已不见。朱文藻于乾隆三十年(1765)馆于振绮堂,时年三十一,在振绮堂前后十数年之久,司抄书、校书、编目之役,但并未因佣书汪氏而有主仆之分,反被礼为上宾。朱能诗文,汪氏时与同郡杭世骏、钱陈群、陈兆仑以及藏书友吴焯、鲍廷博、赵昱等湖山宴叙,酬赠唱和,以风雅著称,朱同为圈内人士。故其卒时,汪璐以诗吊之云:"弱冠论交共啸歌,

---

① 〔清〕汪璐《藏书题识》卷一,《丛书集成续编》本,第71册,第184页。

当时意气喜同科。高怀跌宕陵侪偶,插架纷纭籍校磨。"①朱文藻未有功名,其后被举荐入四库馆,又参编《辂轩录》《西湖志》《金石萃编》等书,则其在振绮堂期间的抄校编录工作,无疑增益了其学问及名气。

其次《藏书题识》五卷,第二代传承者汪璐在《振绮堂书录》基础上,再成此目,经咸丰十年之乱散佚。光绪十一年,汪曾唯自湖北返杭州,在丁丙八千卷楼得此《藏书题识》,但仅存二卷,包括经史子三部,汪氏最富特色的收藏——集部——已无从考见。王欣夫先生据传抄本抄录,校以当时北平图书馆藏本、汪诒年家藏原稿,将之编入《戊寅丛编》,并跋曰:

> 璐既寝馈书城,见简端册尾,前人题识,朱墨犹新,多议论卓绝,或感慨时事,纪述景光,短幅长篇,皆从卷轴中酝酿而出,因手加辑录,成书五卷,载经兵乱佚,存首二卷经史子三部,其详见曾孙曾唯后跋。即今所据传抄本也。但舛讹甚多,既借北平图书馆藏本校之,又请汪君颂阁(诒年)以家藏原稿覆校,仍有灼然知其误者,意改数十字,然后差可诵览。②

《藏书题识》略注书名、卷数、版本、作者,若朱文藻有按语则录之,如"朱文藻跋云""朱跋云""朱文藻案曰""朱文藻记曰"等,多是朱氏考证之语,间有纪述抄校原本、感慨韶光之词。若无朱文藻

---

① 〔清〕汪璐《松声池馆诗存》卷四,光绪十五年振绮堂刻本。
② 〔清〕汪璐《藏书题识》卷尾,《丛书集成续编》本,第71册,第191页。

语，则过录题跋识语，以助于了解该书版本信息，如《古今类事》条云："目录后题云：'……今将蜀本重新写作大字刊行，买者详鉴。'"①"卷末墨笔跋云：'正德戊辰在翠雨堂抄完。下有阅骚堂印。'"②此跋当是汪璐所录，朱文藻先前所作没有如此详细的登录，这也是《藏书题识》的编纂目的。

其后，振绮堂藏书第四代传人汪迈孙、适孙担心子侄年幼，书籍散佚，再编《振绮堂简明书目》二册，以便翻阅，并请长洲陈奂校订。同治九年，汪曾唯回杭，结一庐主人朱澂以陈奂校订本《振绮堂简明书目》二册归之。

另外，汪适孙另有《琔笈小录》九十八页，稿藏清华大学图书馆。据洪业先生《跋汪又村藏书簿记抄》称，其所记为字画、衣服、药物、藏书以及陈列品，页二至四十三均为庋置于各房木橱中书籍，虽不足以书目视之，但视为适孙之私人藏书簿则无不可，其中所记珍本孤稿，如宋版《隋书》六十四本、惠栋《竹南漫录》稿本十一本，不见于《振绮堂书目》，疑是其私购，不入家藏。《琔笈小录》著录有朝廷禁毁如钱谦益、吕留良之作，《振绮堂书目》未列，则是惧怕牵涉。

目前流传最广的《振绮堂书目》，是第三代传人汪諴编、第五代汪曾唯辑，民国十六年排印，卷首有光绪十二年汪曾唯、曾学序。其编纂体例比较有特色，即按照藏书书橱的位置、名号来著录，振绮堂有四十三架书橱，如"东""壁""图"三个书橱，存放御制图籍；"书""府"两个书橱存放宋元版经史集；次之以稿本、批校本及家刻

---

① 〔清〕汪璐《藏书题识》卷二，《丛书集成续编》本，第71册，第190页。
② 同上书，第191页。

本、抄本类"以四部分类"。其著录内容也较为简略,仅书名、卷册、版本,偶有著者或者序跋者姓名。

汪曾唯,字子用①,曾官湖北,与谭献友善,是振绮堂晚期的核心人物,他不但辑录《振绮堂书目》,校勘《藏书题识》,走访振绮堂散出之书,并编辑亲友著述若《振绮堂诗存》《左通补释》,重刊《松声池馆诗存》②等数种,亲笔题跋以绍介原委,以振绮堂名义出版,汇印为《振绮堂丛刊》以振家绪。

光绪九年(1883),汪康年从广东到湖北,顺访叔父曾唯,得知姚觐元借抄《振绮堂书录》五册未还,即寄书索还;光绪十一年(1885)在丁丙八千卷楼又得《藏书题识》上两卷,光绪十二年(1886),汪曾唯跋《振绮堂书目》,至此,振绮堂的藏书目录方有定本。因为《振绮堂简明书目》出自《振绮堂书录》,所以,汪曾唯选择以《振绮堂书录》作为家藏的代表目录,定名为《振绮堂书目》。此目一出,简明目录亦无甚重要意义,而今也未见传世。

汪曾唯校定《振绮堂书目》,交与子侄中之最有力者汪康年,属之刻印,当是情理之中。民国九年,汪诒年编印乃兄康年(1860—1911)③《汪穰卿遗著》,并刊印《振绮堂丛书》第二集,《振绮堂书目》之发行,即在此后之民国十六年。

---

① 〔清〕许子麟《振绮堂诗存》卷首题辞,称"子用表丈示读鱼亭先生《振绮堂诗存》。丈为先生元孙,昔与先君子礼庭公同官湖北……(麟)今秋七月与鼎年、洛年、渭年同入邑庠,越两月,又与大燮、康年、鹏年同举于乡,皆先生之来孙也"。

② 〔清〕汪璐《松声池馆诗存》卷尾署"嘉庆十九年岁在甲戌仲春男諴、孙远孙恭校刊版","光绪十五年己丑冬曾孙曾唯、元孙加年、康年重刊谨校"。

③ 汪康年,光绪二十年进士。官内阁中书。中日甲午战后,在沪入强学会,办《时务报》《中外日报》《京报》《刍言报》。有《汪穰卿遗著》。汪宪《振绮堂诗存》末署"元孙曾唯恭校,来孙加年、大年再校"。

而最近古籍系统的拍卖会上，有一种名为《汪氏振绮堂宋元抄本书目》不分卷，题汪誠撰、徐乃昌抄录，收录书籍百十余种，实乃据《振绮堂书目》节录其抄本及珍贵宋元刊本，非汪氏本有此目，但汪氏藏书的确以稿抄本为佳。

历劫后的振绮堂藏书所存无几，现在藏于各大图书馆的振绮堂旧藏，多经名家题跋，亦不过十余种而已。若《安禄山事迹》《刘豫事迹》《御览书苑菁华》有清卢文弨校正、题跋；《水云村氓稿》有叶景葵题跋；《吴兴沈梦麟先生花溪集》《世敬堂集》有清汪远孙题跋；《鉼笙馆修箫谱》《吹豳录》有清汪誠、汪璐题跋。汪氏的题跋文字，涉及收藏经过、版本考证、读后心得，也是评介他们藏书价值、学术成就的重要文献。

胡适在《考〈四库全书〉所收的赵一清〈水经注释〉》一文中引王重民的书信说道：

> 振绮堂藏几部赵书的抄本（大约共有四部），后来有两部归了八千卷楼，今在南京国学图书馆。一抄本与刻本间有不同，咸丰间丢了一半，后用刻本补配。又一抄本版心有"小山堂"三字，自序末题"乾隆十九年仲冬上旬琼花街散人东潜自序"，也与刻本不同。这些本子若不毁于此次战事，都是解决这些问题的好史料。（三十二年十二月二日《寄胡适书》）①

"小山堂"则是同时赵昱之小山堂。可知振绮堂所藏赵一清

---

① 胡适《胡适全集》第14卷，合肥：安徽教育出版社，2003年，第9页。

《水经注释》抄本数部,且有较高的文献价值,散出后经八千卷楼丁丙收藏并题跋,但在抗日战争中再遭劫难。振绮堂旧藏,今已难得一见。

三、振绮堂所刻书

藏书家能购藏卷帙浩繁之图籍,非集相当之人力、财力不可,若能将所藏梓行,以广流传,则更益于文化事业匪浅。清代规模宏大的私家藏书楼,大部分都刊刻书籍,甚至是多卷本之丛书,此乃时代风气。汪氏振绮堂以藏书著称,嘉庆以后,也逐渐刻书。这是振绮堂第二、三代主人的经营理念,大约也受到同城鲍廷博等人的影响。洪业《跋汪又村藏书簿记抄》:

> 叶三十一下有"白纸初印《清尊集》四本,竹纸初印《清尊集》二部各四本"……叶三十九上有"订好白纸《清尊集》四部,订好六吉套印《清尊集》二部,《借闲生诗词稿》六部,《玉台画史》六部。①

振绮堂汪氏除经营典当、盐业以外,还兼刻书、售书,虽然并没有丰厚的利润空间,但对于贾而好儒、以良好的儒商形象示人,增强家族在地方的影响力来说,隐藏的价值仍旧相当可观。而且,对于阅读需求多、销售空间大的书,比如毛晋编刻之《宋名家词》以及

---

① 洪业《跋汪又村藏书簿记抄》,《洪业论学集》,第136页。

阎若璩之《古文尚书疏证》、杭世骏《道古堂集》,振绮堂曾重刻。振绮堂先后所刻书之总数约在百种。光绪元年汪曾唯跋《左通补释》载云:

振绮堂,余家藏书处也。自明季迁杭,至嘉庆初,积版六十余种,悉毁于火。嗣又刊三十余种,咸丰末再毁于寇。同治甲子春,今湘阴左相国克复杭州,余自鄂州归,收拾烬余,得十有余种,然皆散佚不完。①

经太平军乱后,振绮堂收拾余烬,继续刻书、售书,还新购板片重印,其财力仍比较可观。同治六年,汪远孙之孙子渊持书拜访由北京归乡的李慈铭,向他推荐自家所刻之书:

松溪介汪小米先生之孙子渊秀才来局,言其家所刻书若《国语》三种、《咸淳临安志》、《汉书地理志校注》、《湖船录》、《清尊集》等板叶皆已补完,《列女传注》《左传通释》《道古堂集》《词宗》等皆残缺待修,余多不可问矣。因买得《国语三君注辑存》四卷、《国语发正》二十一卷、《国语明道本考异》四卷、《汉书地理志校注》二卷,四种皆小米所自撰者也。又阎氏《古文尚书疏证》一部,其板今亦在汪氏,盖自淮上购得者。付以书直番金两饼。②

---

① 〔清〕梁履绳《左通补释》卷尾,光绪元年刻本。
② 〔清〕李慈铭《越缦堂日记》,扬州:广陵书社,2004年,同治六年十一月初十日。

据现存振绮堂所刻书分析，其刻书特点如下。

首先，刻家族著述。振绮堂汪氏，一门风雅，闺阁也能诗文。汪宪、汪远孙的经史考据之作，堪称精审。汪宪著有《说文系传考异》四卷，已收入《四库全书》；《易说存悔》二卷，清抄本，已收入《四库全书存目丛书》；《振绮堂诗存》一卷，光绪十五年家刻本；《苔谱》六卷，稿本，已收入《四库全书存目丛书》。汪璐著有《松声池馆诗存》四卷，光绪十五年家刻本。汪璐侄女汪端、汪筠能诗，姐妹俩吟咏之作合为《春夜联吟集》；而汪端更著有《自然好学斋诗抄》十卷，以及编选《明三十家诗选》。汪远孙著有《国语考异发正》廿一卷、《借闲生诗词》四卷，道光二十年家刻本；《汉书地理志校本》二卷，道光二十八年家刻本。远孙夫人梁端著有《古列女传校注》八卷、汤漱玉（1795—约1855）著有《玉台画史》五卷。《振绮堂丛刊》八种，其中五种是汪氏家族著述。尤其是汪氏家族中女性著作，如梁端、汤漱玉、汪端、汪筠之诗文都有家刻本。

另外，与汪氏三代联姻的梁氏，也是学术世家，著述繁富，其中梁履绳之《左传补释》，梁绍壬《两般秋雨庵随笔》《两般秋雨庵诗选》，梁端《古列女传校注》等，皆由振绮堂刊行。

其次，侧重乡贤、友朋之作。振绮堂刊刻书籍，以亲友为主，这是必然的地缘因素。汪氏在杭郡有非常广泛的交游圈子，故诗书联句，风雅一时。汪氏家传三白酒酿法，饮而不醉。① 汪宪同老师

---

① 〔清〕汪璐《松声池馆诗存》卷二《家酿篇并序》云："予家三白酒酿法，清冽胜越酒，自曾王父迄今百年，岁酿无间，享神祀先，以及岁时宴会，咸取给焉。予再从兄弟凡二十人，在龆龀即饮是酒，先人初不之禁，然从无因酒败检者，是果由饮醇之力与？"

钱陈群、杭世骏、陈兆仑以及杭城藏书家鲍廷博、吴焯等频有酒宴，酬唱不断。而且振绮堂喜欢接纳宾客，以汪氏为核心的东轩吟社唱酬集，与会者七十六人。汪远孙编《清尊集》十六卷、费丹旭绘《东轩吟社画像》一卷，振绮堂刊行。总之，围绕着振绮堂的众多诗人文士，振绮堂聘请他们做一些出版相关的编辑、校勘工作，同时也出版他们的著述，如汪迈孙的老师黄士珣，先是校刊《咸淳临安志》并撰校勘记，道光二十五年振绮堂刊刻其《北隅掌录》。馆师吴颖芳之《吹豳录》、钱唐黄士珣之《咸淳临安志校勘记》、乌程费丹旭之《依旧草堂遗稿》，以及乡贤如厉鹗、杭世骏等，因有交游，也刻其书，若厉鹗之《东城杂记》《辽史纪年表》《西辽纪年表》《辽史拾遗》《樊谢山房全集》，杭世骏之《道古堂文集》等。

振绮堂所刻书中，以《咸淳临安志》最为精审，汪远孙以家藏旧本、汪士钟之宋本、卢氏抱经堂本、黄氏琴趣轩本互校，并延请吴春照等司校勘，傅增湘有批校题跋。据胡敬《汪公小米墓志铭》云："吾乡志乘以南宋《咸淳临安志》为最古，君重雕以广其传。他若厉樊榭《辽史拾遗》《东城杂记》，梁处素《左通》，汪选楼《三祠志》，俱次第梓行。"①

振绮堂所刻书，扉页书名并题署，牌记清晰，署"泉唐振绮堂"字样。一般为白口，单鱼尾，版心上镌书名，下镌页数。早期所刻书口下有"振绮堂校刊"，字体上则呈现出特有的浙式方体字。较之振绮堂的藏书规模，其刻书则一般卷帙无多，尤其是晚期的《振绮堂丛书》初集、二集，基本都是一、二卷。

----

① 〔清〕汪远孙《借闲生诗词》卷首，道光二十年振绮堂刊本。

四、振绮堂所刻丛书

丛书的刊刻,清朝时达到顶峰状态。就江南而言,彼时的鲍廷博校刊《知不足斋丛书》、吴焯之《绣谷杂抄》、孙星衍之《岱南阁丛书》、卢文弨之《抱经堂丛书》、陆心源之《十万卷楼丛书》等,皆是士林熟知常用之本。振绮堂汪氏为时风所染,先后辑刻丛书三种四集三十七种,也比较可观。

首先,《振绮堂丛刻》七种,国家图书馆藏。汪远孙编,包括《蛮书》十卷、《金石史》二卷、《云谷杂记》四卷、《曲洧旧闻》十卷、《御览阙史》、《敬斋古今注》八卷、《五经算术》二卷。主要收录明以前人之史学著作,这也是汪远孙本人的学问旨趣所在。此书之刊印,在汪氏家族鼎盛时期,其所选刻,都称精良,如《曲洧旧闻》,曾入选《四库全书》,乾隆御笔题诗其上并发还振绮堂。

其次,《振绮堂丛刊》八种,嘉庆至光绪间汇印本。国家图书馆藏。民国十二年浙江省立图书馆重印,浙江图书馆藏。《中国古籍总目》著录为佚名辑①。其中《振绮堂诗存》《松声池馆诗存》《二如居赠答诗》等有光绪十五年(1889)汪曾唯"重刊、谨校",联系汪曾唯之活动,可以推测《振绮堂丛刊》八种乃汪曾唯编辑。除上列三种外,尚有《北隅掌录》二卷、《湖船录》、《二如居赠答词》一卷、《沧江虹月词》三卷、《莲子居词话》四卷。此丛书主要是汪氏及亲友著述,中如黄士珣、吴衡照都曾是振绮堂馆师。其最早一种《沧江虹

---

① 中国古籍总目编纂委员会《中国古籍总目·丛书部》第 1 册,北京:中华书局、上海:上海古籍出版社,2009 年,第 569 页。

月词》刻于嘉庆九年(1804),最晚一种《二如居赠答词》刻于光绪十七年(1891),盖是汪曾唯汇印。历经太平军之劫,汪氏藏书荡然无存,族人殉难者一百五六十人,其衰败之状,可想而知。至同光间稍微振兴,子弟复思重理家业,故而将亲友之作汇而印之,以收族威。

第三种,《振绮堂丛书》初集十种、二集十二种。复旦大学图书馆藏。《中国古籍总目》著录为佚名辑①,参考卷前陈三立叙、书后汪康年跋,知为汪康年辑无疑。汪宪五世孙汪康年(1860—1911)是振绮堂汪氏之殿军人物,他不仅办理《时务报》《中外日报》《京报》等时代气息浓厚的刊物,同时秉承祖志,也喜欢收藏抄录珍本秘籍,编选刊刻了振绮堂最后一部书——《振绮堂丛书》。

《振绮堂丛书》初集,宣统二年排印,扉页题"宣统庚戌泉唐汪氏印于京师"。书后附有汪康年的跋文,纪述编选缘由。卷首有陈三立光绪二十年叙,称:"汪子曰,吾于是书,务张阐幽微,适世用而已。其他寻常传刻,皆不复录入。"②故其所收皆不经见者,且都是清人著述。包括《圣驾五幸江南恭录》一卷、《客舍偶闻》一卷、《克复谅山大略》一卷、《拳匪闻见录》一卷、《韩南溪四种》四卷(《独山平匪记》、《遵义平匪日记》、《苗蛮纪事》、《南溪韩公年谱》)、《汉官答问》五卷、《澳门公牍录存》、《蒙古西域诸国钱谱》四卷、《经典释文补条例》一卷、《借闲随笔》一卷。

《振绮堂丛书》二集,光绪二十年(1894)刻,扉页题"光绪廿年泉唐汪氏振绮堂刊,武进屠寄署检"。此集所收也都是清人著述,

---

① 《中国古籍总目·丛书部》第1册,第570页。
② 〔清〕陈三立《振绮堂丛书叙》,宣统二年《振绮堂丛书》卷首。

多为不经见者,且多关于时事,凸显出经世致用的理念。如西藏、蒙古、苗疆、埃及等,都措意收录,而政府之征伐,因关时局,也多揽入。如《中兴政要》一卷、《克复谅山大略》一卷、《烈女传》一卷、《明史分稿残编》二卷、《己更编》二卷、《西藏记述》一卷、《章谷屯志略》一卷、《万象一原》一卷、《埃及碑释》一卷、《木剌夷补传稿》一卷、《转徙余生记》一卷、《奉使英伦记》一卷。

令人疑惑的是,一般的丛书若有续刊,会延续前称而名之以二集、三集,或者续编、三编,汪康年之《振绮堂丛书》也是初集、二集来命名,但二集刊刻于光绪二十年(1894),初集则排印于宣统二年(1910),没有按照刻印时间先后来分别初、二集。诒年作《汪穰卿先生年谱》称:

> 其后往来南北,随时搜购秘籍,又从交好中借抄,故生平所得罕见之书颇夥,屡欲刊刻行世,以绌于财力而止。晚年乃议用活字版次第排印,以六册为一集,名曰《振绮堂丛书》。惜初集甫竣,先生即逝世矣。哀哉!诒年检点遗箧,得未刻书十余种,又得遗稿数册,皆杂记旧闻及时事,复裒集生平所作报论,得数十篇,拟为次第刊行,先生毕生辛勤所留遗于身后者仅此而已。①

所云"拟为次第刊行"者当是二集,二集虽行世较晚,却题名光绪二十年之版。初集为活字版、一函六册,在汪康年即世前一年先

---

① 〔清〕汪诒年《汪穰卿先生年谱》,民国九年《汪穰卿遗著》本卷首。

排印，而预计再排印的第二集，很明显未上版，其逝后，由弟诒年续刊，故迟于初集。初集所选之书卷尾附有汪康年跋，二集则无识语，也可知其猝然离世，二集尚未及董理。汪康年卒于宣统三年（1911）九月十三日，恰逢辛亥革命爆发，则诒年续刊《振绮堂丛书》二集，则最早也已至民国元年，但其牌记明确记载为"光绪廿年泉唐汪氏振绮堂刊，武进屠寄署检"，着实令人费解。或《振绮堂丛书》冠以陈三立光绪二十年之叙，即以此为始？序跋书写时间早于刻印时间比较常见，也合情合理，此说不足以释疑。汪诒年晚年境况、著述若何，较难考察，除《汪穰卿先生年谱》外，它著未见有传。此疑惟俟日再考。

另外，初集《克复谅山大略》题下注云："此篇由两广督署抄出，系据各路电信探报禀报、家信来往、员弁面述荟萃参考，斟酌采集而成，真可谓无一字无来历者也。"①汪康年跋称抄自张之洞军幕中。二集收录完全相同的《克复谅山大略》，似为重复，此乃汪诒年之未审。

值得注意的是，偶见清罗思举自订《罗壮勇公年谱》，版心下镌"振绮堂丛书"字样，鄙见所及之振绮堂三种丛书中，并无此书。罗思举卒于道光二十年（1840），此书之刊刻当在此后，或者，振绮堂民国间陆续又有所刻，尚待进一步考证。

振绮堂藏书由聚到散，是中国古代民间私藏的必然命运，比较可贵之处是，汪氏子孙对这份家族遗产之继承及发扬，其世家大族的文化意识与旨趣一定程度上推动了地方文化产业的发展。汪康

---

① 〔清〕汪康年《振绮堂丛书》之《克复谅山大略》题识，宣统二年排印本。

年在晚清之际大力办报,惠及士林,必然是深受家风影响。

　　清代的官方刻书机构的设立要迟至同治、光绪平定太平军后,地方大员如曾国藩、左宗棠、张之洞等倡导各省设立书局以示中兴,先后设立金陵、浙江、广雅、湖北等官书局,享有国库特批津贴,延请知名人士以司校勘,高文大典有了官本,而少数珍本秘籍也得以印行,的确有益于文化的发展。但如康雍乾之际,民间私人藏书、刻书的现象,已经蔚然成风,对于文化普及和传播,是不容忽视的——它所积累的历代典籍藏本、刻书经验,以及所储备的校刊人才,无疑有助于清季的"文化中兴"。

附:振绮堂刻书编年

　　振绮堂所刻书,据现今流传以及见于著录之书,略有五十余种,如下:

《沧江虹月词》,清汪初撰,嘉庆九年

《东城杂记》,清厉鹗撰,嘉庆二十五年

《太上感应篇笺注》,清惠栋注释,道光二年

《辽史纪年表》《西辽纪年表》《辽史拾遗》,清厉鹗撰,清汪远孙编,道光二年

《咸淳临安志》,宋潜说友修;《咸淳临安志校刊札记》,清黄士珣撰,道光十年振绮堂重刻,民国傅增湘题跋批校

《赵待制遗稿》,元赵雍撰,道光十二年

《莲子居词话》,清吴衡照撰,道光十二年

《觟笙馆修箫谱》,清舒位撰,清道光十三年

《辛卯生诗》,清吴衡照撰,道光十三年

《甲子生梦余词》，清汪适孙撰，道光十七年

《列女传校注》，西汉刘表撰，清梁端注释，清陈倬校正题跋，道光十七年

《两般秋雨盦随笔》，清梁绍壬撰，道光十七年

《清尊集》，清汪远孙编，道光十九年

《两般秋雨庵诗选》，清梁绍壬撰，道光二十年

《借闲生诗》《借闲生词》，清汪远孙撰，道光二十年

《北隅掌录》，清黄士珣撰，道光二十五年

《国语发正》《国语考异》，清汪远孙撰，道光二十六年

《汉书地理志校本》，清汪远孙撰，清陈倬批注，清谢锺英、清杨守敬批校，道光二十八年

《辽史拾遗补》，清杨复吉撰，道光间

《玉台画史》，清汤漱玉编，道光间

《罗壮勇公年谱》，清罗思举自订

《朱子古文书疑》，清阎咏编，清乾隆十年眷西堂刻，同治六年振绮堂重刻

《尚书古文疏证》，清阎若璩撰，清阎咏编，叶景葵校正题跋，乾隆十年眷西堂刻，同治六年振绮堂重印

《依旧草堂遗稿》，清费丹旭撰，同治七年

《章谷屯志略》，清吴德煦编，同治十三年

《左通补释》，清梁履绳撰，光绪元年

《东轩吟社画像》，清诸可宝撰，清黄士珣编，清费丹旭绘图，光绪二年

《樊榭山房全集》，清厉鹗撰，清翁方纲、钱仪吉评点，光绪十

年,民国章钰题跋

《道古堂集》,清杭世骏撰,乾隆四十一年佚名刻①,光绪十四年振绮堂重印

《宋六十名家词》,明毛晋编,光绪十四年振绮堂重刻汲古阁本

《俄国西伯利东偏纪要》,清曹廷杰撰,光绪间刻

《振绮堂丛编》,清汪远孙编,道光间刻本

《振绮堂丛刻》,清汪曾唯编,光绪间汇刻

《振绮堂丛书》,清汪康年编,宣统二年排印

(原刊于《中国典籍与文化》2013年第3期)

---

① 〔清〕梁玉绳《蜕稿》卷四《跋孙侍御家语》云:"忆乙未冬仲,翟晴江丈馆衡下,雠刊杭先生《道古堂集》。"嘉庆五年《清白士集》本。乾隆乙未乃四十年,此书或是翟氏与汪氏合作而成。翟灏字晴江。仁和人,金华教谕,著有《四书考异》《通俗编》等。

清代钱塘梁氏家学述论

自宋以来江南地区文化高度发达,尤其是明清时期,学术文化世家层出不穷,其中既有诗礼之家,也有贾而好读之藏书世家。《四库全书》纂成之后,七部之中,有三部藏于江浙,足见江浙文献渊薮之地位。清中期活跃于江南的文化世家众多,集中在钱塘的有陈氏、梁氏、知不足斋鲍氏、振绮堂汪氏等,而梁氏为其中较有代表性的一族。自梁诗正以科第文学起家,官至东阁大学士,历雍、乾两朝,仕途青云,恩遇殊荣。梁氏勋阀既显,门才极盛,后人得益勤俭、低调的严肃家法,砥砺读书,无纨绔子弟骄奢跋扈之风。其子梁同书以吟咏林泉为乐,工于书法,著述繁富。孙辈梁玉绳、梁履绳,为当时学风所染,初耽词章,后肆力经史,一长《史记》,一邃《左传》,俱有力作传世;孙女梁德绳,能诗词,续写并刊刻《再生缘》。曾孙辈以守家学为荣,薪火传递不熄,曾孙女梁端,家学所浸,校注《古列女传》;他若梁学昌、梁祖恩、梁绍壬等皆能不坠素业。本文主要梳理梁氏家族由簪缨贵族到读书门户的家学发展过程,并探析其家族文化转型的社会、文化背景,以期清中期学术文化生态作进一步的研究。

一、梁诗正及梁同书

梁氏家族崛起始于梁诗正(1697—1763),绝非偶然。诗正的祖父辈早以诗书著称钱塘。其叔祖父工书,功力较深。父梁文濂(1672—1758)工诗,好山水,读书乐道,任官诸暨训导,著有《桐乳斋诗集》十二卷,多记其游迹,《四库总目》存之。诗正伯父梁文瀚著有《二乡先生诗》①,叔父梁文泓著有《秋谭集》。诗正二十五岁同兄诗南与杭世骏、陈兆仑等联文社,唱和之诗,集为《质韦集》,二十七岁从万经读书于敷文书院。其兄诗南,字菼林,乾隆四年(1739)进士,授编修,著《南香草堂诗集》四卷,杭世骏为之序。其弟梦善,由举人官蠡县,能诗,存世有《木雁斋诗钞》二卷。

梁诗正雍正八年(1730)探花,次年以翰林院编修充《一统志》纂修,旋充山东乡试正考官、会试同考官、选入上书房侍皇太子讲读。十三年丁母忧,朝廷赏银五百两治丧。乾隆元年被召入京,加俸赐第,后梁父七十寿,御赐"传经介祉"额并五言律诗。梁诗正在官之日,参与编纂《皇清文颖》《叶韵汇辑》《秘殿珠林》《西清古鉴》《三希堂法帖》《石渠宝笈》等图籍,以学问渊博受知于朝廷。乾隆十七年,诗正以父亲梁文濂八十一岁奏请回籍承欢膝下,并请御书"身依东壁图书府,家在西湖山水间",得准。次年复命与沈德潜合修《西湖志纂》。二十二年乾隆巡至江南,有谕云"梁诗正侍养在

---

① 〔清〕梁玉绳《蜕稿》卷四《记二乡先生诗后》,《清白士集》本,嘉庆五年刻本。

籍,安静可嘉,其照品级在家食俸",并赐御书"莱衣昼永"。二十四年奉命入京授兵部尚书、东阁大学士。二十八年卒于官,"上闻震悼,遣皇五子率侍卫十人亲诣奠醊,赐内库银一千两治丧。又以寓次乏人,特派内务府司官一员往理丧事,晋赐太保。又命入祀贤良祠"①。可谓极尽恩荣。梁诗正之受宠信,在当时江南的士大夫中,除钱陈群、沈德潜外,无人能及。

梁诗正由词臣入侍内廷,以文章受知两朝,服务于内府,编纂图书大典,诗酒文会,步韵联句,不过文学侍从而已。但其忠勤笃谨,绝不结党,故得重用,福荫子孙。著有《矢音集》十卷,九百余首,均是恭和御制诗或题咏宫廷画册,难以看到他本人的性情。倒是《清勤堂随笔》五则,见录于裔孙梁绍壬《两般秋雨庵笔记》,劝诫子弟以俭养德,勿逐声色犬马,可见乾隆称梁诗正奉职恪勤,居家俭省,亦有根据。

梁同书(1723—1815年)为诗正长子,出嗣诗文,字符颖,号山舟,晚号不翁、石翁,九十以后号新吾长翁。少随梁诗正入都,乾隆十二年中举,次年应礼部试报罢,十七年恩科会试,特赐殿试,成二甲进士。梁同书淡于荣利,又素鲠介,服阕后即托疾不出,卒年九十三。曾有《笑云》诗云:"我笑白云何太顽,朝出山兮暮还山。不如不出亦不还,朝朝暮暮守云关。"②梁同书虽然待人温和,但见者皆形神自肃,子侄侍侧,嗫嚅不敢大声。梁同书著述较多,早年诗文酬唱、中年后之题咏书画均多,但不欲存世,如《壬子七十自寿》:

---

① 〔清〕王昶《太子太保东阁大学士梁文庄公行状》,《清碑传合集》之《碑传集》卷二十七,上海:上海书店,1988年。
② 〔清〕梁同书《频罗庵遗集》卷二,嘉庆二十二年刻本。

"莫道金门曾献赋,我无遗稿被人求。"①梁玉绳搜罗得十之二三,即《频罗庵遗集》十六卷,包括诗五卷、文八卷、《直语补正》一卷、《日贯斋图说》一卷、《笔史》一卷。又有《梁山舟楹帖》传世。今上海图书馆藏有其《碑版异文录》稿本,据其《频罗庵遗集》所收《自题少见录后》《狸膏集跋》,可知其著述另有若干种。

梁同书在簪缨家族雍容的生活环境下,一改父亲的宦海热情,转而潜心著述。他工书,与同时翁同龢、刘墉、王文治并称"四大书家",以博雅称于士林。梁氏家族在他身上发生了变化,在功名、诗文、书法之外,逐渐转向纯学术的研究活动。梁同书著《直语类录》四卷,甲载经传史汉通俗之文,乙采里巷鄙谈之语,丙则古人诗句之引用俗谚,丁则常用俗字以见于百家小说,他省方言得之所闻者,别列戊部作为附录,江衡、谢墉为之序,后见翟灏《通俗编》赅博有加,遂屏去不传,但将补正翟书者集为一卷,曰《直语补正》,江、谢二序亦并录之,可见虚怀若谷。梁同书与翟灏交谊三十年,有题《翟钱江坐禅小照》《翟晴江先生传》等,其《题翟晴江书巢图》云:"先生吾故人,相知逾卅载。"同书不以名位掠美,且虚怀若谷,非常人所能及。

《笔史》一卷,钩稽古文献之关于笔者,但录其文,不作发明文字。分为笔之史、笔之料、笔之制、笔之发明与制作方法,而笔之匠,备载古之制笔名家,录至当朝。此书足补史阙。又《日贯斋图说》一卷,似是读书笔记,凡经史小说之札记,无不包括,盖是后人拾掇一编而已。

又《碑版异文录》两卷,稿本,藏于上海图书馆,封面题"山舟学

---

① 〔清〕梁同书《频罗庵遗集》卷三。

士原稿,翁文恭公跋"①,扉页有"言言斋善本图书",可知曾经沪上名家周越然所藏。

梁同书平生不信佛,其侄女婿许宗彦之表弟严元照闭关礼佛,梁同书有《与严九能书》劝之,又有《信口》诗:"打杀佛子烧却佛,丹霞云门两古德。试教举示药山僧,遮眼何如不遮得。"厌恶佛寺僧人,于此可见。梁同书的讽刺诗也做得很好,如《看花谣》:"东边芟草,西边生草,安得贪吏手,卷却地皮了。"闲居世家子弟,于世情有此批判,犹属难得。

梁同书弟敦书(1725—1786),字幼循,号冲泉。乾隆十五年恩科举人,二十年贵州同仁知府,官至兵部郎中。一生宦游于黔南湖广,与兄同书手足情深,梁同书《送冲泉弟出国门》:"与君及壮未轻离,此日能无泪洒衣。挥手始知行役苦,回头毕竟宦游非。三年我亦鲍同系,万里谁怜雁独飞。莫说归期渺难定,寻常须不祝君归。"②二人童年丧母,形影相随,壮岁登朝,彼此依赖,然敦书为官黔南,同书里居,功业、文章分辙,合少离多,敦书先同书而卒。敦书能诗文,亦工书,曾亲题"便面"送三子,其风雅之情性可以想见。

二、梁玉绳、梁履绳

梁玉绳、履绳兄弟绝意宦途,精研经史,得士林嘉誉,是梁氏家族由簪缨贵族转变成书生门户的代表。

---

① 此稿原为梁同书交好常熟苏去疾(乾隆二十八年进士,著有《涉艺园集》)所藏,翁同龢从其裔孙苏宝臣处借观,并跋。
② 〔清〕梁同书《频罗庵遗集》卷一。

梁玉绳(1744—1819)①,字曜北,号谏庵,敦书长子,二十岁时出继叔父同书。同书卒时,玉绳年已七十余,哀毁骨立。其《癸丑小寒后九日五十初度自述》:"老亲尚作婴儿看,年例还分押岁钱。"《癸亥六十生朝口占》亦云:"尚有老亲呼小字,扶藜不敢过庭前。"②古稀之年尚得耄耋老亲呼小名、发利是,羡煞旁人。梁玉绳著有《人表考》九卷,旁搜曲证,尤为精博;又著有《吕子校补》二卷、《元号略》四卷、《补遗》一卷、《志名广例》二卷,其他考订之说为《瞥记》七卷,则为清代杂考笔记之佼佼者;又删存诗文为《蜕稿》四卷,合《人表考》为《清白士集》六种。

先行单刻之《史记志疑》乃梁玉绳毕生精力所萃。玉绳生于名门,但科场并不如意,未满四十即弃举子业,专心著《史记志疑》,自称:

> 余自少好《太史公书》,缀学之暇,常所钻仰,然百三十篇中,愆违疏略,触处滋疑,加以非才删续,使金鎔罔别、镜璞不完。良可闵叹。解家匡谬甄疵,岂无裨益? 第文繁事博,舛漏尚多。因思策励驽骞,澄廓波源,采裴、张、司马之旧言,搜今昔名儒之高论,兼下愚管。聊比取刍,作《史记志疑》三十六卷,凡五易稿乃成。③

史学考据大师钱大昕为其亲笔作跋,称《史记志疑》可与《集解》《索

---

① 关于梁玉绳生平事迹,详见笔者《梁玉绳年表》,载《天一阁文丛》第11辑,杭州:浙江古籍出版社,2013年。
② 〔清〕梁玉绳《蜕稿》卷三。
③ 〔清〕梁玉绳《史记志疑序》,北京:中华书局,1981年。

隐》《正义》媲美,足见此书为清代《史记》学研究的重要著作,玉绳的学术地位也由此确立。玉绳矢志向学,与弟履绳互相切磋,彼此标榜,《寄弟处素书》有云:

> 吾与弟迂野性成,淡面钝口,不合时趋,只宜寝迹衡闱,继承素业,他日得有数十卷书传于后,不至姓名湮没足矣。后汉襄阳樊氏,显重当时,其子孙虽无名德盛位,世世作书生门户,吾仰之慕之,愿与弟共勉之而已。①

作此书时,梁玉绳已五十岁,《史记志疑》《人表考》亦成书待梓,得到学界认可,仍然处事低调,温书为乐。

梁履绳(1748—1793),字处素。传见卢文弨《抱经堂文集》卷三十《梁孝廉处素小传》、张云璈《简松草堂文集》卷二《梁孝廉小传》。履绳好诗,少时随父梁敦书宦游黔南湖广,有《淡足轩诗集》八卷,包括《蛮语稿》《奚北稿》等。与张云璈、梁玉绳唱和之作合刻为《梅竹联吟集》。后专攻经史,有印曰"臣有左传癖"。家居不出,肆力于学,研讨《左氏传》,舅氏元和陈树华著有《春秋内外传考证》,履绳遂汇辑诸家之说而折中,疏为三编,惜书未成而卒,兄玉绳为其整理遗稿,定名《左通补释》,凡三十二卷。履绳与玉绳自为师友,诗词酬唱之外,更喜探讨学问,时有"元方季方"之目。梁玉绳《祭仲弟文》云:"经史席并,风雨连床,及余徙舍,往来辰夜,互相咨访,祛疑补罅。"②而所著书成,均一睹为快,并称"病不经扁鹊不

---

① 〔清〕梁玉绳《蜕稿》卷四。
② 同上。

知其生死,射不遇甘绳不知其工拙"①。梁履绳为人和易,一诺千金,衣不求新,出则徒步,博学而屠守之,名不涉于爱憎之口,传承梁家一贯的俭朴低调作风。

此处值得一提的是,梁玉绳、履绳曾被卷入赵、戴《水经注》公案。嘉庆十四年(1809)十一月段玉裁致书玉绳云:

> 玉裁拜白耀北大兄足下。……丙午、丁未间,卢召弓先生为予言梁氏耀北、处素昆仲校刊赵氏《水经注》,参取东原氏书为之,仆今追忆此言,意足下昆仲校刊时一切仍旧,独经注互讹之处,不从戴则多不可通,故勇于从戴以补正赵书,以成郦书善本,与戴并行,所以护郦而非所以阿赵。……令弟不可作矣,足下及今为后序刊于赵书之末,洞陈原委,破天下后世之疑,俾两先生皆不被窃美之谤于地下,仆实企望焉,愿明以教我。②

按,段玉裁此处云梁氏兄弟曾校刊赵一清《水经注》在"丙午、丁未间",其时为乾隆五十一、五十二年,玉绳四十三四岁。然刊行的赵注《水经注》未列梁氏兄弟之名,检梁氏兄弟著述及知友所记,未见有云及校刊赵一清《水经注》一事,也未见梁玉绳回复段玉裁之书。段玉裁云由卢文弨处得闻此事,梁氏兄弟从卢文弨校书有年,往来较密,卢氏所言自当可信,且梁玉绳《史记志疑》《瞥记》引用《水经注释》多达三百一十九条。光绪十四年薛福成在宁波崇实

---

① 〔清〕梁玉绳《蜕稿》卷四。
② 〔清〕段玉裁《经韵楼集》卷七《与梁耀北书论戴赵二家水经注》,嘉庆十九年刻本。

书院刊《全校水经注》四十卷,王梓材录,董沛校①,后附录张穆《全氏水经注辩诬》云:

> 初,毕(按,毕沅)之索书于载元(按,赵一清子)也,载元急遣仆走浙中,恐父书不当毕意,以巨资购谢山本而倩梁履绳、玉绳兄弟合并修饰之。朱文翰作谢山《汉书地理志稽疑序》所谓"水经校本有大力者负之以趋"是也。乃毕既为赵书作序,载元仍延梁氏兄弟于署任校刊事,即今行赵本也。②

据此可知,玉绳、履绳兄弟确有参与赵注《水经注》的校勘工作。胡适称:

> 梁氏如何回答,梁《集》不载其文,段《集》也不附载其文,我们无从知道。……我们可以推想梁耀北必有答书,略述赵氏的全氏的启示,而更定经注,其说与戴氏差不多完全相同。梁氏答书必也曾说起赵书已收入《四库》,但校刻时,他的兄弟履绳曾参与其事,颇曾参用戴本稍加修改。③

胡适坚信梁玉绳有书答段玉裁,清史专家孟森也有《拟梁曜北答段懋堂论戴赵两家〈水经注〉书》(见《胡适全集》第十四卷之《考

---

① 关于王梓材、董沛校录之《全校水经注》,可参见《胡适全集》第十四卷《王梓材伪造"全校〈水经注〉"的铁证》,合肥:安徽教育出版社,2003年,第81页。
② 〔清〕全祖望《全校水经注》卷末《附录》,光绪十四年刻本。
③ 胡适《胡适全集》第十四卷《跋段氏〈与梁耀北书〉〈东原年谱〉论赵戴〈水经注〉》,第81页。

〈四库全书〉所收的赵一清〈水经注释〉〉），可见梁玉绳在赵、戴《水经注》一案确有牵涉且关系之重大，以至于孟森要模仿梁玉绳的口气来回复段玉裁的质问，似乎一解疑惑而公案立破。

但梁氏兄弟于著述中只字不提曾校勘赵一清《水经注释》，可能是融全祖望校语于赵一清书中，终非磊落之举，故而讳言。至于玉绳是否回应段玉裁，则未必如胡适所云"必有答书"。

三、梁学昌、梁祖恩、梁绍壬

梁玉绳有四子：学昌，钱塘诸生；耆，举人，武义县谕；众，早卒；田，顺天府经历。关于《庭立纪闻》的著者，《八千卷楼书目》著录为"国朝梁学昌撰，原刊本"。史梦兰《止园笔谈》、梁章钜《浪迹续谈》皆称"梁学昌《庭立纪闻》"；《清续文献通考》则称"梁学昌撰"。姚振宗《隋书经籍志考证》则又称"梁耆《庭立纪闻》"。中华书局《史记汉书诸表订补十种》收录梁玉绳的《人表考》，并附录节本《庭立记闻》，则题为梁学昌著。

《清白士集》中所收《庭立记闻》四卷，卷端署名"梁学昌辑"，卷首云：

> 翁著《史记志疑》及《清白士集》六种，梓行之后，续有更加，不能刊改，随笔识于刻本上方，恐历久失遗，谨摘次之，其已见《瞥记》中者不载。①

---

① 〔清〕梁玉绳《庭立纪闻》卷首，《清白士集》本。

据此可知《庭立记闻》是梁玉绳成书最晚、刻印也最晚的著述,乃其子辑录而成。其四子中,梁众早卒,故《清白士集》卷末署"男耆、学昌、田校"。学昌兄弟自幼随父读经史,张舜徽《清人笔记条辨·庭立记闻》提道:"此为玉绳自记以补《瞥记》者,乃嫁名为其四子所分辑。"①以此来看,清人及近人将《庭立纪闻》著作权误归梁学昌或梁耆,大概忽略了《庭立纪闻》卷首的识语。

梁履绳之子祖恩,原名常,字眉子,号久竹。举人,官广东始兴知县。书画双绝,也好吟诗,与舅祖父张云璈、侄女婿汪远孙同入东轩吟社。

梁祖恩子梁绍壬(1792—?),字应来,号晋竹,举人,官内阁中书。能承家学,工诗,著有《两般秋雨庵随笔》八卷、《两般秋雨庵诗选》、《曲选》,皆振绮堂汪氏刊刻。《两般秋雨庵随笔》有其表弟汪适孙序、外甥许之玿跋。梁绍壬足迹甚广,博学多识,以世家子弟结交士林,熟识文坛掌故、书丛佳话,故而随笔杂记,论学考据,短则数十字、长则数千字不等,下笔俱有来历,因此《两般秋雨庵随笔》为清代笔记中之佼佼者,自道光至宣统间五次上版,流传颇广。《两般秋雨庵诗选》则以生平游迹所至,分为《偷绣集》等编。其妻黄巽,字顺之,号蕉卿,仁和人,父官金华教谕。黄巽承母教,亦善吟咏,著有《听月楼诗》二卷。巽妹黄履,字颖卿,也工诗词。黄巽同梁氏家族的其他女性一起,构成了江南学术世家的闺阁诗人群。

---

① 张舜徽《清人笔记条辨》,武汉:华中师范大学出版社,2004年,第151页。

四、从高门贵胄到读书门户

钱塘梁氏自诗正以簪缨贵族起家，作为典型的江南学术世家，自梁文濂辈起，代有诗人或学者，且互为师友，兄友弟悌，不骄不奢，以致家门书香，延至数代而不衰，甚至外嫁之女辈若梁端、孙辈若汪端等，也以诗词名扬士林，足见其家族在当时文坛之影响，绝非一般。家学得以世代延续，良好家风是其重要的维系因素，除了摈弃纨绔子弟之恶习，还需性情淡泊，行事低调，乐于读书。此外，豪门巨族有财力藏书购书，否则，如贫寒之家不能聚书，或聚之无多，在崇尚考据学风的时代，注重文献的校勘、辨伪、辑佚、编选，无插架之物，势必难以成事。梁氏家有良田百顷，在杭城有当铺多处，家族子弟肆力为学，无衣食之忧。在藏书方面，梁诗正曾为朝廷佐助编辑多卷图籍，赐书良多，而杭州乃刻书重地，购藏书籍亦应可观，虽未见其藏书目录，但购藏丰富则是可以推测的，如梁履绳《瀹足轩诗集》（清抄本）卷二《夏日曝书》云："吾家多赐书，万卷高阁束。缃帙与缥囊，牙签间红绿。……自思传经家，睹此当愧勖（御书"传经介祉"四字，曾大父赐额）。"

值得注意的是，梁氏虽然以诗书作为传家之业，但到玉绳、履绳兄弟辈，就开始力攻经史之学。虽然他们少年时代为家风熏染，皆能赋诗，且成就不俗，但中年以后转而考据经史，这与当时的学风密切相关。乾嘉之际，考据之风蔓延江南，钱塘且为重镇。梁同书已经在书法、诗文之外，别撰《笔史》《直语补正》《日贯斋图说》。而玉绳、履绳兄弟青年时期也是沉溺词章，与年龄相仿的表叔张云璥步韵联句,三人倡和之作合刻为《梅竹联吟集》。后梁氏兄弟转而攻《史记》《左传》,玉绳几度绝咏,专意《史记》,学林前辈卢文弨、钱大昕等皆称其学,卢、钱及毕沅对玉绳、履绳兄弟多有奖掖,他们的治学风格对二人必然有所影响,甚至是引导性、示范性的重要影响。其实,清代不少的著名学者大都有这样一个有趣的共同经历,即早年以辞赋赢得声名,继而又以学问为毕生之业,孜孜不倦,逐渐少作甚至放弃诗文。比如洪亮吉、孙星衍最初都被袁枚誉为天才诗人,其后倾力于经史考据之学,诗人黄仲则似乎也被这种时代风气所熏染,以至于要弃诗从事考据之学,袁枚劝之云:"近日海内考据之学,如云而起。足下弃平日之诗文,而从事于此,其果中心好之也,亦为习气所移,震于博雅之名,而急急焉欲冒居之也?"①足见当时士人对考据法这项专业技术的青睐。胡适认为"中国旧有的学术,只有清代的'朴学'确有'科学'的精神"②。此处的"朴学"即是学者治学方法——考据法。乾隆时开四库馆,清理、校勘、抄录图籍,士子文人凭借考据法,辨别讹误,考镜源流,还原典籍文本,成为通行定本;他们并借此晋升,声名远播,如戴震等人的际遇,势必对一批年轻士人产生相当大的吸引力,这也是学风发生变化时学人的自觉选择。

另一方面,由豪门贵胄到读书门户,也是乾隆高压政策下江南士大夫家族的全身之法。清廷对浙籍官民之忌讳由来已久,因明末江南士民积极的抗清活动,清初施以残暴的屠杀如扬州十日、嘉

---

① 黄葆树等编《黄仲则研究资料》,上海:上海古籍出版社,1986年,第111页。
② 胡适《胡适文存》第一卷《清代学者的治学方法》,合肥:安徽教育出版社,2003年。第371页。

定三屠、江阴屠城等,但仍有顾炎武、黄宗羲、费虞等人坚不仕清。康熙始行拉拢手段,以博学鸿词科等强征耆旧入仕,大兴图籍编纂,但对违碍文字,极力追究,士人无不紧张,如履薄冰。在这种一软一硬、恩威并用政策的气氛笼罩中,入仕的汉族士人在心理层面倍有压力。顾炎武外甥徐乾学深得康熙信任,位极人臣,然而雍正八年,徐乾学幼子徐骏以诗句"明月有情还顾我,清风无意不留人"获罪被斩,其子不能以文字罪免死,也可以理解为是对顾炎武、徐乾学的秋后算账。

同朝沈德潜的经历显然对梁诗正有很深的影响。沈德潜入仕较晚,以学问老成深得乾隆信任,但他晚年选《国朝诗别裁集》,冠以钱谦益,乾隆当即令内廷诸臣删改,并命尹继善协同(实际是监视)刊刻,后二年,仍旧追查前刻是否毁版、新刻样书尽快奏呈,甚至沈德潜死后,乾隆仍要查问。梁诗正与沈德潜同修《西湖志纂》,对其身后事多有体悟。另一深有关系的乡人兼朋友杭世骏的遭遇,也必然令梁诗正心有余悸。杭世骏在乾隆八年上《时务策》,称朝廷"内满而外汉",被斥"怀私妄奏",刑部议处死刑,后免死革职回乡。龚自珍《杭大宗逸事状》云乾隆南巡,浙籍文员迎驾西湖,上顾左右曰:"杭世骏尚未死么?"大宗返舍,是夕卒。[①] 杭世骏次年即世,或是惧乾隆淫威而自裁,龚自珍所记并非空穴来风。

梁诗正性情拘谨,侍内廷极有分寸,罕以字迹与人交往,即使无用稿纸也焚毁不存,以免节外生枝。他秉承家教,善于吟咏,然其《失音集》均是应制诗,无一首交游、感怀之类的性情之作,其谨

[①] 〔清〕龚自珍《龚自珍全集》,上海:上海古籍出版社,1996年,第161页。

慎小心于此可见。梁诗正虽受到雍正的格外礼重,乾隆即位后也是恩宠有加,但乾隆素来忌惮江南士大夫,谕令密臣屡云"浙江民情狡诈"。梁诗正回籍养亲之际,乾隆则暗派亲信监视其是否有怨望情绪。《清代文字狱档》缴回朱批档有乾隆二十年六月十九日浙江按察使富勒浑的奏折《富勒浑奏梁诗正谨慎畏惧折》:

> 梁诗正在籍安静,其父梁文濂向日尚在外游戏,后因其子归家闭门静养,以避招摇。①
>
> 查梁诗正历任多年,随侍内廷最久,其平日之小心防范,惟恐遗迹招尤,已非一日,而与人交接言谈自必随时检点,况伊现在虽在籍,常询国事,看其光景,宦情甚热,尚望速邀恩宠,再列朝班,是以举止语言无不慎密,即有怨怀,断不敢遽为吐露,除奴才另为设法探听,候获有实情再行具奏外,合将现在情形恭折奏闻。②

这种监视,梁诗正应该知晓且早有预料,唯一的全身远祸之法就是谨慎与低调。所以回籍以后,热衷游玩的梁文濂也收敛足迹,以避嫌疑,并严督子弟静心读书,以表安身立命、尽忠朝廷之心。

自梁同书起,梁氏一族逐渐疏离仕途。梁同书在乾隆十七年特赐进士,入翰林院,同年本生父梁启心去世,即丁忧归杭州。除了乾隆五十五年曾进京恭贺乾隆皇帝八十大寿以及两度重游泮宫

---

① 上海书店编《清代文字狱档》第一辑,上海:上海书店出版社,2007年,第69页。
② 同上书,第68页。

外，皆里居杜门，以读书写字为乐。其弟梁敦书宦游云南湖广，二子梁玉绳、履绳则一意作书生门户，彻底地从名门贵胄转入读书人家。梁同书的女婿许宗彦中进士后居官两月即辞归，或许是受到梁氏影响也未为可知。博取科名之后退居林下，以吟咏校读经史为事，这种选择，在乾隆时的江南士大夫中并不少见，如振绮堂的奠基人汪宪，乾隆十年进士，官部郎，旋即以乞养辞官，专心著述，收藏古籍。又如仁和翟灏，中进士后例选知县，但自择教职以养母，一生仅为衢州、金华教谕而已，著述等身。江南文士的淡泊宦途，固然有经济富庶、发达的文化产业所提供的职业使其自立自足，如佣书于富家大僚，编书、刻书、襄校案牍、教其子弟等等。而康熙、雍正之时以文字遭祸甚至家破人亡的案子历历在目，江南士大夫的动辄得咎的普遍紧张心理，致使辞官归里、甘居林泉成为他们的明哲保身之举，既可藏身自全，又可凭借著述弋获声名，在客观上也促进了当时学术研究的繁荣，而江南学术文化世家的形成正是其表现之一。

（原刊《中国典籍与文化》2017年第2期）

焦廷琥学术成就探析

——兼论扬州学派的家学特征

焦廷琥(1782—1821),字虎玉,清扬州府甘泉人,其父焦循有通儒之称。廷琥幼承家学,学通经史,并工诗文。虽英年早逝,但遗著也有十余种。目前为止所见,除台湾学者有一两篇文章论述外①,国内鲜有学人论及之,本文探析其学术成长过程及成就,兼论扬州学派的家学特征。

一、生平与交游

焦循二十岁得长子廷琥,后十年生子廷绣,廷绣三岁而殇,因此他对廷琥颇为珍爱。但焦廷琥体质较弱,在他的《蜜梅花馆诗录》中多见记述患病的诗篇,如《病起》之"一月不出户"、《病坐不能出户》之"枯坐倐三月"、《江口待风》之"扶病来登江上舟"、《村居》之"年荒况值病中过"等,焦循《李名医记》更详细记述廷琥几次大病的始末。廷琥也曾因病废读而研习医书,如《吴少文太学康以近

---

① 赖贵三《焦循年谱新编》附录《焦虎玉先生著述书目》,台北:里仁书局,1994年。蒋秋华《焦廷琥〈尚书申孔篇〉初探》,收入钟彩钧编《传承与创新:"中央研究院"中国文哲研究所十周年纪念文集》,台北:"中研院"中国文哲研究所筹备处,1999年。

作见示作诗答之》:"观诗我复忆平生,壬戌癸亥迄乙丑。前年一病死复生,豪气消磨却何有。椟贮奇书几万卷,昔尝纵观今则否。兴来枯坐或无俚,岐黄之理欲强剖。玉函金匮列几席,不能解者十之九。系楫中流尽著鞭,眼前金印俱如斗。岂欲秋园老一经,几年湖上谈农亩。"①又如《病起》:"病里当春不似春,宫躔摩蝎困吾身。阴阳舛谬非三世(病痰饮误服熟地黄,病遂大剧),旦夜焦劳累两亲。久束妆书终日懒,递更物候几番新。药炉检点呼童仆,枯坐窗前看隙尘。"②

廷琥自幼随父读书,虽然在他们父子的著述中很少看到关于问学授受的文字,但他与年长八岁的叔父焦征同受学于焦循则是事实。焦循在《馈酩集自序》中记述教授三弟焦征读经,征读书未熟,他体罚之,竟至出血,可知道廷琥的就学环境也必然是严厉的③。另外焦循辞世之际,面授廷琥务必使三个孙子授易、授诗、授书,希望勤读书以传家业,可见他对继承家传儒业的重视,自然,在教授廷琥时候不免教之以严而望之甚高。焦循第二次离开扬州赴浙江阮元幕府襄校文事之际,便让十四岁的廷琥随侍左右,以增广见闻。

阮元在浙江学政任上以经史校士,将天文算学别为一科,焦循以擅长算学而协助阮元批阅课卷。清代自康熙时重视天文算学知

---

① 〔清〕焦廷琥《蜜梅花馆诗录》,清道光间《文选楼丛书》本。
② 同上。
③ 〔清〕焦廷琥《先府君事略》,《焦氏丛书》本卷首,道光八年刊本。载"府君有《馈酩集自序》,其略云……是时父殡在堂,乃于殡前授(焦征)以诸经,兼及属文之法。余性卞急,时大声疾呼,迫以楚,弟泣涕顺受,而请问不衰。……三叔父《馈酩集后记》云,一夕征读书未熟,兄怒击,血出沾衣,征读未觉,兄见之恻然弃榎楚。"

识，设立算学馆，令八旗子弟学习。至乾隆时，戴震在四库馆校勘整理十余部古代数学名著，名气大噪，部分士子逐渐有以掌握数学知识作为进身之阶的倾向，阮元甚至以是否掌握算学知识作为通儒的标准。焦循早年家居时得读梅文鼎著述而对算学产生兴趣，渐次著成《里堂学算记》数种，此次在阮元幕府期间，得与幕宾数学家李锐、汪莱交相问难，时称"谈天三友"，算学大为增进。而廷琥也熟知平面三角之法，据阮元《定香亭笔谈》记载，他曾令廷琥步筹推算，以验得数，而百不失一；即韵赋诗，也时有佳句，这位名父之子始崭露头角。稍后，焦循至宁波访万氏遗书，登天一阁观书，又过吴中，请教于钱大昕，凡此，廷琥皆随从。不过这一次经历较短，数月之后，廷琥患湿病严重，返回扬州家居养病，他的第一次远游即此而已，但已经开阔眼界，流播声名。

嘉庆六年（1801），廷琥十九岁，随叔父焦征至泰州应院试，二人皆成廪生。此后不再事帖括，而是潜心从父受学，辅助父亲的学术研究。除了三十岁时至高邮、泰州①，三十三岁过金陵，其余时间都是闭门读书。廷琥由科举之道转向继承家族的纯学术研究，大约为父亲键户力学的精神所影响，而他多病的体魄也是客观原因之一。

焦循四十一岁后家居不出，肆力著述；时廷琥二十一岁，侍父左右，助其整理资料，边受学，边撰述，亦渐有所成。如王绍文请焦循序《九经三传沿革例》，焦循即命廷琥以任启运、鲍廷博两刻本校

---

① 〔清〕焦廷琥《蜜梅花馆诗录》之《伽蓝殿夜坐》："三十离乡犹未惯，魂梦颠倒只思亲。"后有《秦邮》《自海陵归》。

之，得异同九十条①；又如，焦循著生平力作《孟子正义》，廷琥费时两载，协助编《孟子长编》三十卷；《孟子正义》草稿成，焦循手录至十二卷而病逝，以未能完录为憾，即世告廷琥此书无需修改，惟所引用书籍需一一校对，以免传写有误。先是，廷琥前一年病吐血，羸弱之极，父丧后抱病校书，不肯懈怠，终于校勘一过，然未及付梓，即于半载之后追父而去，卒前叩头涕泣，以刊刻父书托付叔父焦征。

廷琥的交游范围除了因为父亲而结识的学界前辈，如阮元、钱大昕等，其往来友人多限于扬州境内，如阮元从弟阮亨，著有《珠湖草堂诗钞》《珠湖草堂笔记》等，少廷琥一岁，是廷琥的从舅，二人濒临而居，较投契。廷琥有《和阮梅叔先生亨寒柝诗韵》《题阮梅叔先生珠湖渔隐图》。又吴康，诗人，与焦循年相若，与廷琥为忘年交，著有《白茆草堂集》，二人聚必有酒。廷琥有《访吴少文太学康即题其白茆草堂诗》《观棋和吴少文太学》。焦循、廷琥相继卒后，吴康有《吊里堂并令嗣虎玉》诗，其三云："死不忘亲无愧孝，生能承业自余芳（自注：虎玉见赏汤学使，有家学渊源之誉）。一门风雅推吾里，两代沦亡惨客肠。遗迹尚留茅屋壁（自注：虎玉曾为余作《白茆草堂记》），欲看先觉泪沾裳。"②吴康与焦征也相善。又有邑人何方衢，年岁相仿，彼此激赏，然年二十三即卒，廷琥谱《八声甘州》哭之，又为作权厝志。他如乡人丁椿、毛梦鹏、王桂、周岱等。

---

① 〔清〕焦循《雕菰楼集》卷十四《九经三传沿革例序》："宋岳珂《九经三传沿革例》一卷，乾隆戊申兴化侍御始刻之……既而鲍氏廷博亦刻桐花馆订本于《知不足斋丛书》。嘉庆甲戌，汪先生邵文又影宋本摹刻，尤精善，以遗余属为之序。余令儿子廷琥以任鲍两刻本校之，得其异同九十件。"道光八年《焦氏丛书》本。

② 〔清〕吴康《白茆草堂诗钞》卷二，道光十七年刻、三十年补刻本。

廷琥之友朋多长于诗词,因为父亲有通儒之称,廷琥不假外傅,故其交相论学之友不多。廷琥有弟子数人,但都未能发扬他的学问。廷琥有三子,授易、授书、授诗,不见于著录,盖未能传家学。

二、著述成就

廷琥著述,据其叔父焦征《先兄事略跋》载有十种,而赖贵三《焦循年谱新编》附录《焦虎玉先生著述书目》则有十五种,但自注云有七种未见传本。

现在仅针对所见著述,剖析其为学源流。

(一)《尚书申孔篇》一卷

乾嘉学者研治《尚书》者如阎若璩、惠栋、王鸣盛等皆以汉儒传注为宗,否定伪孔传,只有毛奇龄能据伪孔传内容予以认可。焦循以为孔传之善应分别观之,其《尚书孔氏传》[①]指出孔安国传虽然是伪书,但将其视作魏晋间人之书,仍有可取之处,且较之汉儒传注者有七大长处,疏通文义则比汉代经师马融、郑玄更为精确详细。这种观点在当时比较有创见性,廷琥嘉庆二十年、三十四岁时作《尚书申孔篇》,以衍父说,其自序曰:"今年读《尚书注疏》,因举若干条与门人辈论之,录得一卷,即名曰《尚书申孔篇》。"又跋曰:"右十九条,孔义之可采者,不止此也,此特较马、郑之说而见其长者耳。"[②]廷琥欲申明孔传,故每条都引孔《疏》以反驳马、郑,具体从句读、字义、事理、制度四个方面分析,以支持其孔《疏》别有佳处

---

① 〔清〕焦循《雕菰楼集》卷十六。
② 〔清〕焦廷琥《尚书申孔篇》,光绪十四年广雅书局刻本。

的观点。

在此书的序跋文字中，廷琥未提曾得到父亲之指导，但与焦循《尚书孔氏传补疏》却有见解相同之处，据此，江瀚以其掩盖父名而讥之。其实，早在嘉庆十五、十六年之际，焦循撰《国史儒林文苑传议》，就提出《尚书》伪孔传胜于汉儒之处，嘉庆十九年完成《尚书补疏》的校录工作；廷琥之作完成于嘉庆二十年十二月。可以肯定地说，《尚书申孔篇》乃受之父教，廷琥学问来自父授，世人皆知，毋庸置疑，后人过度揣测，实是节外生枝。

（二）《冕服考》四卷

焦循于乾隆五十五年撰《群经宫室图》，嘉庆三年撰成《毛诗鸟兽草木虫鱼释》，考证经义中名物。他曾面授廷琥云，三代制度散见于群经，宫室外最需要考核的是冠服，因为有关经义匪浅。廷琥有感于心，遂搜讨古代冠服制度。其时纳入乾嘉考证学范围的有《三礼》《诗经》等古经义中的相关名物，如宫室、草木鸟兽、车制、冠服、器具等，黄宗羲、江永、戴震、程瑶田、焦循、任启运等，皆有名物考证著述传世，廷琥此书之撰述，也为当时学风所染。后廷琥读任大椿之《深衣释例》《弁服释例》，发现其中没有涉及男性礼服，于是发愿补充之。他的体例是，先列出自己的观点，次列取群经之相关文字，次考核汉唐注疏，再辅以杜佑、聂崇义等之书，而其考证文字附以案语。成书于嘉庆十九年，时三十三岁。开篇云"冕作于黄帝"，下引《说文》《世本》《后汉书》表明出处，并疏通《世本》之"黄帝作冕"。关于服制的考察，清代学者屡屡涉及，任大椿之外，如黄宗羲《深衣考》、江永《深衣考误》《乡党图考》、戴震《深衣解》、程瑶田《仪礼丧服文足征记》、宋绵初《释服》、许瀚《释布》等，廷琥能别古代礼服而出为一书,其开拓精神值得肯定。至以为其辨析精核,不次于其父,比宋绵初之《释服》完备,则非虚誉之词。但此书有文无图,不免遗憾,因为据其文字分析,冕服之结构、尺寸、饰物等,应是可以图例辅助,大概他基于经典,仅释文字而已,没有实践绘图,或参考其他图本。

(三)《三传经文辨异》四卷

焦循幼时读《春秋》好左氏传,久而生疑,后来将其中纰缪严重之处出而疏之,成《春秋左传补疏》五卷。廷琥之读《春秋》,也受到父亲的影响,遇有疑问,随笔按之,约二百三十余条,十余字至数百字不等,每则下有"廷琥按"字样,参考万斯大《学春秋随笔》、顾栋高《春秋大事表》等,但只辨异文,不作发明。

(四)《地圆说》一卷

廷琥精于算学,在十四岁时随父协作阮元批阅天文算学课卷时,就已经显露出来。明末清初,西学地圆说曾引起学人的争议,梅文鼎认为地圆说与中国传统的"浑天说"是一致的,并举出《素问》《大戴礼》等书以证之。焦循信地圆说,其友孙星衍则不信,廷琥读孙书[①],以为"古之言天者三家:曰宣夜,曰周髀,曰浑天。宣夜说无师承,周髀即盖天之说,谓天如盖笠,地似覆盘。浑天者,天包地,外如壳之裹黄。浑、盖之说,皆谓地圆,此固确而可信。"[②]遂"搜罗《素问》、《大戴礼》、邵子、程子之说,并及《淮南子》、诸史传之张衡、马融、郑玄、蔡邕等人相关文字,并征集西人利玛窦、阳玛诺、

[①] 此处之"书"或是孙星衍与焦循彼此往来之书,有人以为孙星衍著《释方》以驳斥地圆说,孙著《释方》今未见传。

[②] 〔清〕焦廷琥《地圆说》卷首,道光间《文选楼丛书》本。

艾儒略、蒋友仁胪列而成《地圆说》",阐释地圆说乃中国古亦有之,结尾说:"浑象形如鸟卵,何尝非椭圆。然西人之说,皆前人所已言者,西人第阐而译之耳。谓地圆之说为西人所创,固非。"①廷琥这种做法是面对西学的自然反应,如同梅文鼎一样,在中国的传统中寻找西人立说之根据,以证明中国文化的博大精深,这也可见在稍后的西学冲击下,一部分学人积极阐扬本土文化,这种文化心理,在廷琥身上也有所反映。

廷琥又有《益古演段开方补》一卷。焦循有《天元一释》二卷、《开方通释》一卷。《先府君事略》:"乙卯,府君在浙得《益古演段》《测圆海镜》两书,急寄尚之先生,尚之先生为之疏通证明。府君又得秦氏所为《数学大略》,因撰《天元一释》二卷、《开方通释》一卷,以述两家之学。……府君谓不孝曰:如岁杪无事,可列《益古演段》六十四问,用正负开方法推而算之。府君喜曰……得此而演段可读矣。即命名曰《益古演段开方补》,且曰可附《学算记》之末。"此书焦征亦称"(廷琥)又出所自著数种,谓《益古演段补》,父所许可",惜未见传。

(五)《先府君事略》

嘉庆二十五年焦循病逝,廷琥于哀痛之际,编校勘《孟子正义》,并含泪抱病撰成父亲行略一卷,是日后焦循生平研究的第一手、详细且可靠的资料,凡踪迹、交游、著述及家居之状,一一记述,近两万字。撰成之后,廷琥心力交瘁,方过半年,即追父而去。

---

① 〔清〕焦廷琥《地圆说》卷尾。

(六)《读书小记》《因柳阁读书录》

《读书小记》一卷,六十五则,多是读《汉书》及《旧唐书》列传、《说文解字》之笔札,以及考证称语源流,如白衣、亲家母、送礼、祭酒、大人、阁下等,短短数十字,考其读音,或寻其来源,足见读书仔细,随手考录。

《因柳阁读书录》一卷,但据内容可析为前后二卷,首卷十二则,体例似其《读书小记》,多是读《毛诗》札记以及考证俗语之源如姊夫、私房之类。次卷十四篇,有专篇题目,多释三礼,如《寝》《大裘祀天》《实柴》《祭祀之好羞》《王斋日三举》《庙寝》《裸礼有二》等,则是专力为之。

二书未有序跋,皆廷琥手稿,似是未成之书,据此可考其读书范围,乃经史列传、笔记小说,随读随记,反映其读书之勤奋、扎实。

(七)《蜜梅花馆文录》《诗录》《因柳阁词抄》

治学之余,廷琥也作诗文。他十一岁从父受唐人绝句、律诗、古体之法,好作诗,一月数十首,父亲训斥曰:"诗文最忌浮词,即怀人咏物比兴无端,亦当使书卷之气,盎然纸上,而泛为风云月露之词,则所当深戒。"①今有《蜜梅花馆诗录》,多记其患病之苦及足迹所至,不外乎扬州山水,偶尔也与父亲唱和,然恬淡自如,山水田园,俱有佳构。

此外,属文纪事之作,结为《蜜梅花馆文录》一卷,收录二十六篇,按其内容,可分为三类,一类是与父亲的文字活动有关,如焦循搜集乡贤范荃、罗然倩、徐坦庵的词集为《北湖三家词抄》,

---

① 〔清〕焦廷琥《蜜梅花馆文录》之《与徐雪庐先生论诗书》,道光间《文选楼丛书》本。

廷琥则作《北湖三家词抄跋》；焦循选吴康诗为《白茆草堂诗钞》，并作《吴少文诗序》，而廷琥作《白茆草堂记》；焦循携廷琥游相墩，归后作《相墩铭》，而廷琥作《游相墩记》；焦循作《斗鱼会图》，而廷琥作《斗鱼图记》；焦循作《谢景张哀辞》，廷琥则有《谢景张传》；前后呼应，所谓言传身教、耳濡目染即为此类。一类是论学之文，如《郑氏读说作禫辨》《易多俗字辨》《以此毒天下说》《朋为门户之名辨》等八篇。第三类是人物志传，有八篇，如《书吴千为轶事》《书高贞女》《何梯云权厝志》等。诗文俱如其人其学，有书卷之气，不事浮词。焦循曾教廷琥云："凡人有一节之可取，必就其一节摹写尽致，使其精神毕露，况可取者不止一节乎？如此乃为有用之文，若为无聊市语，人亦何赖有此文？尽可不作。"①教其为学者之文，不蹈空虚。

《因柳阁词抄》两卷，二十五阕。廷琥自序曰："今岁以养病村居，笔墨之事甚少，秋杪冬初，霜寒扑面，良友不来。默坐一室，启椟检书，得《花间集》及花庵诸词选，诵而爱之，间仿其体。昨荟箧中所作录之，即名曰《对花词》，后有所作，此为先声焉。嘉庆丙寅十一月晦日江都焦廷琥记。"②中有《念奴娇·庚午生日》（嘉庆庚午 1810 年，廷琥二十九岁），卷末《梦游仙·辛未元日戏作七首》（嘉庆辛未 1811 年，三十岁），大多乃是三十岁前所作，写其村居闲适之状，若栽树赏花，泛舟野望等，清新雅丽，文人之词。

又，《论语集解偶释》，稿藏北京大学图书馆，笔者未能亲见。

---

① 〔清〕焦廷琥《先府君事略》，《焦氏丛书》本卷首，道光八年刊本。
② 〔清〕焦廷琥《因柳阁词抄》卷首，《传砚斋丛书》光绪十一年刊本。

(八) 未见传本者

焦廷琥尚有五种著述未见传本,但比对焦循的著述成果,推测廷琥撰述这些文字是极有可能的。一是《读诗小牍》二卷(或称《毛诗小牍》),焦循有《毛诗补疏》五卷《毛诗地理释》四卷《毛诗草木鸟兽虫鱼释》十卷等。二是《仪礼讲习录》二卷,焦循有《三礼便蒙》不分卷。三是《礼记讲习录》二卷,焦循有《礼记补疏》二卷。四是《湖干纪闻》二卷,焦循有《北湖小志》六卷《邗记》六卷。五是《论语集解偶释》,焦循有《论语补疏》三卷《论语通释》一卷。

廷琥著述除《冕服考》《因柳阁词抄》《尚书申孔篇》外,均无序跋文字,皆稿本,且多未经手订,大概因病废读的情状时常发生,而又孜孜不倦辅助乃父的学术研究,未及融会贯通有所发明,诚为其憾。

值得关注的是,据《中国古籍总目·丛书部》①著录,焦廷琥还编《仲轩群书杂著》91种,不分类,稿本现藏湖南社科院。但此书并不见于以往著录。通过考察《仲轩群书杂著》所收书目,大致可以见出编选者的旨趣。其中收录焦循著述两种:《经义五疏补》五卷、《孟子正义》六卷,似为节录本;廷琥自撰三种:《后汉书衍易》一卷、《明人说易》一卷、《周礼六官考》一卷,此三种,未见他书著录,故而尚不能确定其真实性;廷琥辑书六种:《明史艺文志易类》一卷、《正朔考》一卷、《字典论说》三卷、《占象分考拾遗》三卷、《古注参同契分笺注释》一卷、《群书录要》二卷。余下包括宋人六种,元人一种,明人四种,余皆清人著述。清人著述中多是经史考据之

---

① 中国古籍总目编纂委员会编《中国古籍总目·丛书部》第一册,北京:中华书局、上海:上海古籍出版社,2009年,第457页。

作,且以《易》《诗》《春秋》《礼》为主,囊括乾嘉之际一流学者的著作,如毛奇龄、李光地、惠士奇、戴震、段玉裁、王念孙、王引之、孙星衍、阮元等等,所收之书与廷琥平日为学趣向亦很符合。窃以为当是廷琥据自家所藏以及从别处抄录之书,以供阅读研究之用,日积月累,插架渐多,遂略为编辑,成此所谓《群书杂著》,故其篇幅多为一卷二卷。廷琥较早追父而去,未及整理,而焦征对此也未提及。该丛书笔者并未寓目,惟俟他日再作进一步考察。

三、焦廷琥的家学渊源及扬州学派家学之特征

清代江都北湖焦氏,乃地方大族,廷琥《葺焦氏族系》云:"湖居五百载,族孙尚绵绵。祖德留门户,芳徽在简编。诗书当世守,名字几人传。旧谱新增葺,家藏好待镌。"[1]焦循之父好郭璞诸家之学,通《焦氏易林》,并喜以格言教训子弟,焦循曾录十八条于《先考事略》。焦循又曾辑录先人若醒斋先生词一卷、学时先生诗一卷、声依先生蜗牛草堂诗一卷、熊符先生凭轩遗笔一卷、鉴前先生晚翠集一卷,先辈清芬不坠,至焦循时,著述等身,流波学界,称得上焦氏家族之鼎盛期。从上两章焦廷琥的生平与著述不难看出,他的学术活动以及成果,与其父密不可分。作为焦循的助手,他善承家学,在校勘、抄录工作之余,有自己的见解并笔之以书,而他本人也引以为豪,如《寄王灌茵兼问丁春木目疾》云:"岂令高阁束春秋,敢

---

[1] 〔清〕焦廷琥《蜜梅花馆诗录》,清道光间《文选楼丛书》本。

谓群书能博极。学经须以经文通,师友启迪最有力。"①时人也盛赞廷琥能继承家学,他的聪慧甚至让年长八岁的叔父焦征自叹不如。

关于学术文化与大族盛门的关系,陈寅恪《崔浩与寇谦之》有精辟的论述:"东汉以后学术文化,其重心不在政治中心之首都,而分散于各地之名都大邑。是以地方大族盛门乃为学术文化之所寄托。中原经五胡之乱,而学术文化尚能保持不堕者,固由地方大族之力,而汉族之学术文化变为地方化及家门化矣。故论学术,只有家学之可言,而学术文化与大族盛门常不可分离也。"②的确,尽管历代政权都试图掌控知识与文化的话语权,但地方大族盛门,尤其是科举世家、文学世家、学术世家,对文化的传承则是更具有自觉的传道、守道的精神。世家大族的学术传承,主要得力于家族内部雄厚的经济、学养支持。父辈之于子辈,亲自教授,偕同出游,引见于学界前辈;而子辈之于父辈,则是协助其著述,刊刻著作,于其卒后,撰写碑传行状,使不泯没。如王安国、念孙、引之一门三父子皆进士及第,是清中期扬州最具代表性的学术世家。焦循因修《扬州府志》得五百金,筑楼买田。阮元家世之显赫,在嘉庆时达到巅峰,其子阮常生、阮福等就整理文选楼藏书,刊刻先辈著述为己任,不应科举。再如汪中出身孤苦,七岁丧父,凭借勤奋与天分,在学术上成就辉煌,但家境较贫寒,其子汪喜孙则入赀为官,为河南怀庆府知府,相对于廷琥、阮福的优游境况,当属不得已而为之。但在

---

① 〔清〕焦廷琥《蜜梅花馆诗录》,清道光间《文选楼丛书》本。
② 陈寅恪《金明馆丛稿初编》,北京:生活·读书·新知三联书店,2001年,第148页。

彰显父辈的文名、整理刊刻先人遗著方面,他们有同样的使命感,如焦廷琥撰《先府君事略》;阮常生阮福撰《雷塘庵弟子记》;汪喜孙撰《汪氏学行记》《容甫先生年谱》《汪容甫年表》。虽然没有将学问作为一种谋生职业,但能不从"学而优则仕"的传统,而以从事纯学术的研究为志、为乐,就这一点来说,已经具有近代知识人的特点。

此外,扬州自古就是南北交通的要道,是盐业的供应基地和南北漕运的咽喉。康熙、乾隆南巡途经扬州,使得经过清初惨遭十日屠杀的扬州,经济渐有起色,带动了它的繁荣,有"广陵繁华今胜昔"的之称。彼时刊刻于扬州的《全唐诗》《佩文韵府》《全唐文》,也反映了当地印刷业的发达。另一方面,清代的盐商推进了扬州的经济文化发展。官商互济,也是扬州文化的一个特点。一些文化素质较高的盐商则喜藏书,多至万卷,筑藏书楼供士子文人阅览。如马曰琯、马曰璐兄弟家富财资,筑小玲珑山馆,不但藏有多种善本,还为途径扬州的南北文士提供阅读、住宿,切磋学术,考校典籍。有的出刻资支持文人著作的出版,有的则常举风雅诗酒之会,活跃文艺气氛,推动艺术创作。如卢见曾官两淮盐运使,爱才好客,四方名士咸集,扬州八怪、吴敬梓等人就直接得到其经济援助。等等,凡此,形成了博通经史、雅重文艺的学术氛围。

扬州学派一个明显的特点就是注重家学,且其学问大都并非一世而终,通常能延续到两代以外。清代扬州府治领二州六县,包括高邮、泰州、江都、甘泉、仪征、兴化、宝应、东台,据此范围内的学术世家,如王式丹、懋竑叔侄,任陈晋、大椿祖孙,王念孙、引之父子,焦循、廷琥父子,汪中、喜孙父子,顾九苞、凤毛父子,阮元、阮福父子,刘文淇(舅氏凌曙)、毓崧、寿曾、师培四世,刘台拱、宝楠及宝树、恭冕三世；等等，几乎包括了扬州学派的一流大家。综观清代，学术世家层出不穷，如清初的余姚黄氏、桐城方氏、甬上万氏等，清中期的嘉定钱氏、吴中惠氏、常州庄氏、桐城姚氏等，以及晚清的瑞安孙氏、定海黄氏、新化邹氏等，但不如扬州学派中世传家学之如此集中。中国传统知识以经史子集四部传承，尤其是学术研究，偏重诵读记忆、书籍积累、长辈熏陶，家族氛围浓重，所以父以传家学为责，子辈自然以承家学为志，崇家世、重人伦，形成了浓厚的家学传统。即在同一家族之内，或父子相承，或叔侄相绍，或祖孙相继，或受学于外家，将一个家族逐渐形成的学术优势保持并光大，继之而起者因耳濡目染，潜移默化，能取得相对而言的较高成就，达到其家传领域研究的较高水平和高度。

　　清代考证学的兴盛并纳入经典学术的研究系统，为在治统道统被垄断的高压环境下的学人争夺文化解释权提供了新的路径。清儒治学方向无疑是复古，这是对现实的不满而积极抗议的表现，也是他们把顾亭林，或者方以智、黄宗羲作为清学开山之师的内在精神，至于后来有的清儒视毛奇龄为清学的真正鼻祖，则是纯粹的学理内部谱系。就扬州学派而言，清中后期承平日久，人心久安，地方经济文化的繁荣，促进了学术的发展；而大族盛门承担着学术文化的传承，家族成员积极维护家学的代表性，如焦氏之《孟子》、刘氏之《论语》、王氏之文字训诂等皆如是。学术世家累出，是清代学术史较之以往的一大特征，其中已悄然孕育了近现代学术职业化的因子。

（原刊于《贵州文史论丛》2014年第1期）

当涂夏氏学术成就及道咸之际徽州的学风

清代道咸之间,安徽当涂夏銮及其四子炘、燠、炯、燮研治经史,成就不俗,是徽州学派后期的中坚,也是典型的学术世家。夏銮官徽州教谕十四年,倡朱子学风,先后入祀徽州名宦祠、当涂乡贤祠。他与徽州名贤若程瑶田、凌廷堪、胡培翚交相问学,提携后进,对徽州学风影响匪浅。而夏氏四兄弟在其父的专意培育下,措意经史,不仅有时代、地域的特点,也有家族学风的浸染特征。本文试探夏氏两代的治学成就,并及道咸同之际徽州的学术风气。

一、夏銮和夏氏四兄弟之成学经历

夏銮(1760—1829)字德音,号朗斋。生十月而孤,六岁入塾,颖异过人,发奋浏览汉唐大儒之诸经注疏,为实事求是之学。嘉庆元年(1796)举孝廉方正,得安徽巡抚朱筠的推荐,后成优贡。嘉庆四年己未(1799)入都考取八旗教习,教习期满,以知县用。嘉庆九年授徽州府训导,次年就任。任职期间以阐扬理学、造就人才为己任,以朱子读书法教授诸生,提倡由博返约、循序渐进。表彰前贤江永,推赏寒儒汪莱、程厚、汪文台等。胡培翚称其"爱才好客,竟日欢呼谈论，绝少倦容。见人有一节之长，称誉不止。"①嘉庆十五年（1810）丁忧家居，在家塾分经课子。道光元年再官徽州教谕，年七十乞养归，月余而卒。夏銮为学，初好词章，五十以后，究心程朱之学，尤以切于身心、裨于世事为急务。又善辨别名物，曾与程瑶田、翁方纲就一片古玉往复辩论。夏炘《先考行述》称其"尝谓国朝理学惟陆清献公为朱子嫡传，其余虽笃实如汤文正、苦节如李二曲，皆未能尽脱姚江藩篱。又病近世学者如《原善》《复礼》诸篇，皆穿凿义理，大为学术之害。"②所指近世学者乃戴震、凌廷堪，夏銮以为戴震之学青胜于蓝，但为文不似其师之切实，不满其力攻朱子。这也是夏銮对宋元以来的学术批判，不仅继承了徽州府于朱子一瓣心香的学术传统，也深刻地影响了他的四个儿子以及徽州府籍学者。

夏銮著述今所见者仅《朱孝廉标谢先生传》一篇，载于《海盐朱氏宗谱》。晚年与马步蟾纂修《徽州府志》，成书于道光七年（1827），是徽州府最后一部统志，也是现存《徽州府志》中资料比较丰富的一部。夏炘有《修徽州府志杂论》及《与王惺坡明府论省志书》，可以看出他曾在父亲的学署中深究此志。

夏銮继配吴氏，生炘、炯、燠、燮。吴氏宠爱四子，但督责很严，如幼子夏燮聪颖过其兄长，考取生员以后想买一袭衣度岁，吴氏坚持不允，云"汝三兄弟皆二十外始衣裘，何能为汝破例？"③夏銮极

---

① 〔清〕胡培翚《徽州训导夏先生墓志铭》，《续碑传》卷七十一，《清碑传合集》，上海：上海书店，1988年。
② 〔清〕夏炘《景紫堂文集》卷十三，咸丰五年刻《景紫堂全书》本。
③ 〔清〕夏炘《景紫堂文集》卷十三《先妣吴太孺人行略》。

力为儿子提供良好的学术环境。他官新安时，四子随宦，得聆听程瑶田、凌廷堪、汪莱等讲论，这种耳濡目染的启蒙培养，对一位学者的成长非常重要。他于家中设墨稼堂，购藏宋以来诸儒理学名著，及本朝经师学者的考据之作，作为学术导向①。他的藏书特点如夏燮所描述："一时坊中所购大率毛西河各种、钱竹汀文集，戴氏遗书，先大夫雅弗善也，语先生曰：'蜩螗沸羹，徒乱人意'。最后得陆清献公《三鱼堂文集》以及元程畏斋先生《读书分年日程》以授先生（按，指夏炘），曰'此圣学正传也。'自此先生始治学有定向。"②夏銮以为词章之学对学术研究裨益甚少，故四兄弟倾力为经史考据之文，鲜作诗词歌赋。夏炘著有《景紫堂文集》，所收均是读书笔记、题跋、与时人往复论学之书，以及碑传墓志之传记文字，均与吟咏风花雪月无关，更不用说夏炯之《夏仲子文集》，所收皆是论学之文，而《陈应和太学传》则为后人辑入。

关于夏氏四兄弟的学术成长过程，夏炯在《夏仲子集》的自序中所述最为明白："炯年十一二侍先君子官新安，一时与先君讲学诸先生若程征君瑶田、凌教授廷堪、及吾师汪先生莱，皆称海内通人。炯兄弟朝夕聆其讲论，得稍稍有志于汉唐诸儒之学。……辛巳以后再侍先君至新安，向时诸先生俱不可复见。逾年，新安开志局，常州宋孝廉因培、婺源余孝廉煌、皆应聘来局中。宋孝廉邃于经，余孝廉通天文算术，时江宁温检讨葆淳主紫阳讲习，究心六书

---

① 〔清〕夏炯《夏仲子文集》卷五《墨稼堂藏书记》："先训导公喜藏书，早年所购多汉唐儒者及国朝人说经之作，晚年乃尽蓄理学经济有用之编，故炯得有依据，不至汩没于口耳之陋。"民国十四年铅印本。
② 〔清〕夏燮《伯兄弢甫先生行状》，《景紫堂全书》卷首。

金石之学，歙江文学有诰精古今韵学。炯兄弟皆得而友之。每间日必聚，聚则论经史，论算，论六书音韵，各献其疑，以资集益。家本多藏书，宋元明三朝诸儒说理与国朝人说经之书，分数相埒。先君听鼓应公之暇，则手宋元明三朝之书一编，而炯兄弟与诸君互相驳难，先君虽喜其获益友之助，然时戒其涉于标榜，不宜收束身心也。"①

"至是（道光三年燮母吴孺人病卒）扃燮四兄弟于一室，俾于天伦聚首之中，兼学问切磋之益，一时讲学之彦，如长洲宋孝廉因培、江宁温检讨葆淳、黟俞孝廉正燮、歙江茂才有诰，每至学舍，先名宦公则启鑰纵之，谈论注疏、六书、音韵以及金石、地理之学。"②

所提余煌，嘉庆三年（1798）举人。精天文历算，著有《天官考异》等，江有诰（？—1851）师从江永，著有《音学十书》。俞正燮（1775—1840）著有《癸巳类稿》，均徽州府积学之士。

绩溪胡澍（1825—1872）应邀馆于夏氏陇上草堂以教夏氏兄弟，惜仅半年即以病归。四兄弟互相监督，彼此激励，夏炘较三弟分别长六、九、十一岁，故三人事兄如严师，倍书讲经，改削课作，以及洒扫应对之节，莫不奉令为谨。其后，分别他处，则书信往复商榷经史疑义，夏炯有《与伯兄论庙制书》《与伯兄论韵书》《再与伯兄论韵书》等。夏燮《伯兄弢甫先生行状》云："以抚则兄，以诲则师，负笈于少壮之年，邮筒于白首之日，每有撰著，必往返商榷，久而后定，所谓亲与于闻知见知之统者。"描述的就是兄弟之间亦师亦友的感情。

---

① 〔清〕夏炘《夏仲子集》卷首自序道光甲午（1834）自序。
② 〔清〕夏燮《先兄仲子行状》，《夏仲子集》卷首，民国十四年铅印本。

夏氏兄弟自为师友，学术旨趣相近，常合力编辑、校勘乡贤著述，尤其是夏炘与夏燮，夏燮校刊并跋汪莱《衡斋文集》，夏炘则有《汪孝婴遗书跋》；夏燮编定并跋沈衍庆《槐卿遗稿》，夏炘则有《跋沈槐卿手札》。而四兄弟之间的情深，不唯读书论学。长兄夏炘撰有《卯生和甫两弟行略》《祭仲文二弟文》以表彰二弟学行。夏燮作为季弟，得以总结先兄学术成就，先后撰有《伯兄弢甫先生行状》《先兄仲子行状》。今日研究四兄弟的生平与学术，皆赖此数篇。

二、学有经术，通知时事之夏炘

夏炘（1789—1871），字心伯，夏銮长子。传见夏燮《伯兄弢甫先生行状》[①]，而其《景紫堂自订年谱》，竟未见传。道光五年（1825）中举，后应京兆试不售，以制科考职一等以州同选用，任武英殿校录。彼时胡培翚以夏銮弟子自称，与夏炘治经讲学，是为执友，而夏炘在北京时也曾馆于胡培翚家，课其子侄。后校录馆书成，议叙以知县用，改就教职，任江苏吴江教谕，与李兆洛订交。道光十五年（1835）应会试，再报罢，遂弃举业，专意著述。道光十六、十七年主讲旌德下洋书院，后馆于中州王修允家三年，至道光二十二年，选授婺源教谕。

夏炘以幼读朱子之书、长好朱子之学、老官朱子之乡为幸事，所以督导诸生，一如其父，皆以朱子之学为教，自书其斋名"景紫

---

① 〔清〕夏燮《伯兄弢甫先生行状》见《景紫堂集》卷首。

堂",即寓倾慕紫阳先生之意。咸丰初年太平军至皖南,夏炘被请至江南大营办理文案,并回婺源办团练。咸丰十一年,左宗棠在乐平大败太平军,至婺源访夏炘,欲刊行夏炘著述,以手书"景紫堂全书"冠以卷首,集门下士叙次刊行于咸丰五年(1855),共八十一卷,时夏炘六十七岁。后以援浙案内保举,加四品衔。同治六年(1867)年定居彰溪,自此杜门著述,所著有《预祝节帅左季皋先生五十寿序》、《景紫堂斋中劝读书七则》、《染学斋诗集序》、《陶主敬年谱跋》、《易君子以录》、《闻见一隅录》、《圣谕十六条附律易解》(后增刻入《景紫堂全书》)、《墨稼堂诗钞》、《景堂自订年谱》。另外,还编有《儒林亦政编》、《祁门县志》、《贵池县志》。生平撰著,可谓宏富。同治十年,卒于家,年八十三。李士棻挽词云"闽洛渊源东南耆旧",胡寿椿(胡澍族人)挽之云"理学儒宗泰山北斗",其在学人中的影响,借此可见。李慈铭于时人不轻与许可,但读《景紫堂全书》后,称夏炘为"近日经学名家,紫阳之学,更推嫡嗣。自纪其道光戊子已官吴江教谕,迄今三十六年,犹秉婺铎,皋比皓首,穷经不倦,东南师儒,当为魁艾,不胜硕果之悉矣。"①

夏炘笃志于宋儒之学,成就主要在经学方面。门人王焕奎《述朱质疑跋》称:"先生恪遵先训,所学以朱子为宗,教人旨重伦纪,忠孝贞烈,阐扬不遗余力,下逮民生日用,靡不殚心究畅,以根极理要、端正厥趋为主。"这正是徽州学者的特征。《圣谕十六条附律易解》,经弟子胡肇智推举,得朝廷表彰:

谕内阁:前据侍郎胡肇智呈进前任安徽颍州府教授夏炘恭绎

---

① 〔清〕李慈铭《越缦堂日记》,同治二年十月二十四日,扬州:广陵书社,2004年。

《圣谕十六条》附《律易解》一卷,暨所著《檀弓辨诬》三卷,当交南书房翰林阅看。据称该员所辑附《律易解》尚得周官与民读法遗意,用于讲约,甚有裨益。其《檀弓辨诬》《述朱质疑》两书均能有所发明。该员年近耄耋,笃学不倦,甚属可佳,即著武英殿将该员所绎《圣谕十六条》附《律易解》刊刻颁发,其《檀弓辨诬》《述朱质疑》两书均著留览。①

当时夏炘八十岁。《圣谕十六条》撰成于道光二十七年(1847)夏炘五十九岁,在婺源学署。徽州作为宋代理学发源地之一,宋明以来社会教化程度相对比较高,贫穷之户也不废读书之声,号称文献之乡,儒家思想的影响也比较深远。当地的士大夫都注重乡约,通过宣讲圣谕,激发孝悌忠信礼义廉耻,加强对普通民众的教育。夏炘成长于儒家思想观念浓厚的士大夫家庭,又官教谕一职三十六七年,自然重视教化乡民。又如程瑶田,也将乡约视为士大夫的职务之一,宣讲之前,要整衣肃冠。夏炘六十一岁又作《朱子注释孝经庶人一章》:"今抄刻于后,吾父老其与子弟讲明而责之于身焉,庶几人心朴茂,风俗淳美,不愧为文公桑梓之乡也。"

徽州学者的特征之一,即重视平民的道德教育,以儒家伦理思想指导民生,宣讲圣谕,广教化而厚风俗。道光以降,国事日变,读书人能躬行实践,变通学术,有学有识,实为朝廷急需之才,故而光绪五年三月左宗棠上谕请将夏炘等四人事迹宣付史官立传,朝廷谕称"已故内阁中书、颍州府教授夏炘,学有经术、通知时事,曾在

---

① 《穆宗实录》卷二四七,同治七年十一月下,《东华录、东华续录》本,上海:上海古籍出版社,2008年。

营幕代筹军食,师得宿饱。……著照所请。"①《圣谕十六条·附律易解》以及《讲约余说》《讲约叙刻》《讲约又续》,充分体现出儒家的经世思想。夏炘官婺源教谕,掌管乡邦之教育,一秉朱子之教,深习儒家经典,化民为俗,不仅著述等身,且教导徽州弟子无数,为朱子之学的传衍有功大焉。

三、夏炯对乾嘉学术之批判

夏炯(1795—1846),字仲子,号卯生,夏銮次子。传见夏燮《先兄仲子行状》②。夏炘谓"仲弟天才亮特,读书务记大义,笃信朱子之学,于近儒多所纠正。所著仲子文集,凛然以闢异说、卫正学为己任责……罗椒生学使见其集,称为博洽精核,世罕伦匹。又集《三礼表》一书,未脱稿而卒。"③夏炯幼羸弱多病,但不废读,十几岁时就知晓本朝诸儒名作。后专治诸经注疏,旁及六书音韵之学。二十岁两应童子试不售,嘉庆二十一年(1816)白镕任安徽学政,留心经学,夏炯应试时广征博引,白镕惊为异才,遂拔第一,补诸生。道光元年,随长兄夏炘赴顺天乡试,不售,次年制科考职,得二等,授州吏目(佐治刑狱并管理文书),但揭榜次日即南归,于父亲新安官署键户读书,一意著述,绝意进取。父殁以后,取家藏宋元明以来诸儒说理之书互相印证,得其源流,又取本朝之书辨析殊为依傍、殊为尊崇朱子。夏炯之学,少年究心声音训诂,中

---

① 《德宗实录》卷九十二光绪五年闰三月,《东华录、东华续录》本。
② 〔清〕夏燮《先兄仲子行状》见《夏仲子集》卷首。
③ 〔清〕夏炘《景紫堂文集》卷十三《卯生和甫两弟行略》。

年研读诸经注疏,晚年始汇通。曾取郑玄、孔安国、贾谊之注三礼,成《礼志》一书,分通志、分志、杂志,搜辑考订成于一手,而绳头细草,卷数未定,仅成十之三四,猝然离世。又成《古音存》、《群经异字同音书》若干卷、《书程后议》七册①。而传世者仅《夏仲子集》六卷而已。

夏炘性情伉直,喜与贤豪长者交游论学,放言高论,近于狂。时人仰慕其才学,盛言赞之。姚莹、李兆洛、方东树、俞正燮、江有诰,皆与之交。夏炘归乡里以后,筑陇上草堂,潜心治学。读宋元明以来诸儒之书,逐一批评,渐次汇通,而成《陆王学术流弊论》《乾隆以后诸君学术论》《姚江格物辨》《淮南格物辨》《瞿塘格物辨》《明儒习气论》等诸篇;于宋明以及当朝学者及著作,能道其得失;而于本朝皖籍学者,夏炘最推崇吴曰慎、施璜、汪绂。他在《修徽州府志杂论》曾说:

> 本朝吴徽仲、施虹玉、汪双溪(按,"溪"当为"池"之误)皆卓然理学,徽仲为李文贞所佩,虹玉为汤文正所称,双溪生前虽不遇,而学问正大,没后配享紫阳书院,三人之书具在,规模宏远,岂江、戴所能及? 盖江、戴之学,三君皆精之,而实不屑言之也。志中于国朝人物,宜先表彰吴、施、汪三子,庶理学不至歇绝。②

夏炘以为,皖籍本朝学者学行卓然羽翼朱子者,仅此三人而

---

① 〔清〕夏炘《夏仲子集》卷六《与姚石甫署都转书》。
② 〔清〕夏炘《夏仲子集》卷五。按,此处"汪双溪"当是"汪双池"之误,综观夏炘文集中前后所论吴、施、汪,汪皆是,指汪双池而言。

已。汪绂为学一宗朱子,力学不辍,食贫居贱,不求人知,不仅戴震、金榜、程瑶田不能望其肩背,而且连好学不倦、不攻朱子的江永,也不过是考核名物制度、通晓声音文字、精究履历水地之源而已,至于义理之纯、学术之真、身心体验之实,均不及汪绂。夏炘家藏江、汪二人往来论学函札一册,汪氏乃经生常谈,而汪氏则由义理而深明经济,二人遗著数种,汪氏之规模宏大,自是无疑。"乾隆以后,学问日陋,儒者见识益卑,考据之习气,一往而不返,百余年来,仅汪氏一人能尊朱子,而任斯道,足与吴、施二子可追步国初理学诸公。"

对于当时学风的批判,夏炘一如方东树。其《与朱兰友宫赞书》云:

> 尊意谓排斥考据太过,恐开门户之见。所谓君子爱人以德也。但今日口耳之陋,稍知句读,痛诋宋儒,谓宋儒为禅学,谓宋儒腹中无书,谓义理之学虚谈心性,不切日用,凡此谬戾之说,启学者浮薄之风,为天下人心之害实非细。……汉学诸家,就其著述,求其实用,煌煌巨帙之中,独无一言关于身世,其视昔贤著书立说之意,抑何古今人太不相及也。一唱百和,破碎支离,乃复沾沾自喜,攻驳程、朱,若非大声疾呼,何以撤其蒙蔽![1]

夏炘自编文集时,虽然所取以评论汉宋诸儒为主,但其早年考据之作,也并收,以见其于汉儒之学,亦曾三折其肱。

---

[1] 〔清〕夏炘《夏仲子集》卷六。

就清代学术而论,夏炘极为推崇清初之张履祥、孙夏峰、李颙、汤斌,稍后之顾炎武、黄宗羲、阎若璩、万斯大、胡渭、全祖望等,因其所著仍有关世事,为有用之学。至若乾隆以后之学者,如江永、戴震穿凿义理,故作艰深;卢文弨据此校彼,改异为同;江声生今反古,以篆为真;钱大昕炫博矜奇,以多为富;洪亮吉传志之作(指《传经表》)不明体要;程瑶田专务名物考订;王念孙、王引之割裂本经变易传注;段玉裁著书多多鸣虫;凡此,清中期一流学者全在批判之列,因其书不足以发明义理,更无关于经济。夏炘以其学是否有关于世事为衡量学者的标准,这也是朱子之学的真旨。他特别强调学术之经世致用,推崇体用之学,注重实际生存能力、工作能力,他本人有《治生说》《治生补说》《选法私议》《河事私议》《盐政私议》,认为学无大小,以适于用者为贵。这也是徽州学者的特征。然而要求纯学术关乎日常实用,则不现实。他的反对考据之学的偏激观点就在学者都专务细碎的只言片语的考证,而且此风弥漫学界百余年,不得归转,其激切的心理可以理解。而他的激切言论被视为轻狂,也是能理解的。不过放回至他所处的时代,以及他的学术追求,也能理解他发论的出发点。这就是"同情"之理解。至于学术旨趣、方向的变动,他只能笼而统之,归为"循环之道"。其《说学上》:"学问一事不可变者也,而有时此兴则彼废,彼兴则此废者,习久则弊生,弊甚则变起,循环之道也。"[1]未能指出学术谱系的内在运动,这也是其学未及融会贯通的遗憾。

夏炘之足迹不出皖省,所结交之学者也以皖南为主,而其论学

---

[1] 〔清〕夏炘《夏仲子集》卷一《说学上》。

观点,也体现出嘉、道之际汉学衰退、部分读书人对汉学的反思乃至抨击这一时代特点。他主要是倡导朱子的体用兼备之学,也就是经世致用之学,故其友人将之比为顾炎武。即在宋学内部,他也廓清陆王学派,分析何为依傍,何为真解。他批评陆王,批判考据,都因其不关实际。在考据之学笼罩江南、宋儒屡遭攻击之际,作为朱子乡后辈,夏炘潜心精读宋以来诸儒之作,辨析源流,在汉宋之争中无疑被纳入宋学一派,甚至发论更为激切、极端,则应视为一种自觉的卫道精神。

四、夏燮之史学研究

夏燮(1803—1875),字谦甫,别号谢山居士,晚年又号江上蹇叟。墓志铭已佚,仅据夏燮所撰《伯兄弢甫先生行状》《先兄仲子行状》中所及其本人经历,考生平大略如下。道光元年(1821)恩科举人,二十一年官安徽青阳训导。道光二十五年入都。道光末年自江西奉调至江南大营,办理文案。咸丰九年避谤浙西,次年复返江西,曾国藩以两江总督驻祁门,召夏燮至幕府,咸丰十一年再回江西,因功被保举知县,分发江西,此后十余年,历任吉水、高安、永宁、宜黄知县。但他虽然满腹学问,却不擅长做官,吉水、高安、永宁任期内亏空数万金,例当革职,庐江刘秉璋(1826—1905)任江西布政使,面询之,夏燮对曰"侏儒饱欲死,臣朔饥欲死",表示他没有中饱私囊,承诺二三月内将可以交清亏款,但旋即去世。刘秉璋三子刘声木《苌楚斋随笔》之《五笔》卷五《夏燮亏空公款入儒林传》称,夏燮身后萧索,家人出售墨稼堂藏书来弥补亏空,《明通鉴》书版也上缴官书局。光绪中,左宗棠奏请恢复夏燮原官衔,并入《儒林传》,遭当局反对。而彼时尚有人读到《皇清奉政大夫授江西永宁县知县当涂夏公碑志铭》,而今已不见传。

据张守常推测①,夏燮在江西知县任内的亏空,大约都为刻书所"挥霍"。此说比较有依据。据夏炘同治五年跋《陶主敬年谱》时称:

以书告六弟嗛甫明经,报书云:"(陶安)桑梓之第一名臣,未可听其集之淹没,现刻吴忠节公《楼山堂集》二十七卷,又《东林本末》三卷、《留都闻见录》二卷、《熙朝忠节死臣传》二卷,并前所刻《剥复录》合之,题为《楼山遗书》,去冬开工,计五六月间可毕。如学士集到,即可续刻。"②

而《陶学士文集》遂于次年刊行,题"岁杜疆圉单阏永宁官廨开雕"。除以上吴应箕、陶安等人的著述,夏燮传世的几部著作,若《五服释例》《述均》《明通鉴》《中西纪事》《粤氛纪事》江西官廨,均刻于官署。尤其是《明通鉴》一百卷,可抵押一万五千金,其刻书所费之资大概可以推测。

但是夏燮身后之书如《谢山堂集》《明史纲目考证》《明史考异》,均散佚不传,一方面固然由于亏款查抄一事,但其《明通鉴》《中西纪事》,清廷曾列为禁书,其余之作为时所忌讳,也可想见。

夏燮的生平经历,固然以宦途抱负昭显。但他幼随诸兄读书,

---

① 张守常《中国发展与近代革命》,见《学林漫录》第十四集,郑州:大象出版社,2005年,第353页。
② 〔明〕陶安《陶学士文集》卷首,同治六年刊本。

在浓重的家教氛围中,性情、学问略同长兄夏炘,重有体有用之学,也是一位绩学之士。不过他的学术旨趣更接近时代,尤其是个人亲自经历、采编的几部史书,如《中西纪事》《粤氛纪事》为近代以来的学者所称道,有学者专门撰文述之,此不赘言,仅谈其成书经过。

《明通鉴》九十卷,目录二十卷,前编四卷后编六卷,题"同治癸酉检字刊于宜黄官廨","江西永宁知县当涂夏燮编辑",同治十二年刻于江西宜黄官署。光绪二十三年,又由湖北官书局重校刊行。是书费时二十余年,搜剔爬梳,得到同道高安朱航、舲、舫兄弟之相助,朱氏兄弟也究心明史,夏燮从其九芝仙馆抄录不少稀见明史料。另外山阴平步青时任江西粮署道,也措意于明季史料,增补考证《明通鉴》数十事,夏燮卒前托付平步青将《明通鉴》一部转赠在京师的李慈铭,李于此书多有褒扬,认为"夏氏此书,用力甚勤,采取诸书,虽不甚博,而尝得《明实录》,用以参校事迹之真伪,月日之先后,又博问通人,有所谘益,多著于说"①。相比较于清代私撰明史,如谈迁之《国榷》、陈鹤之《明纪》,《明通鉴》撰成后得以自行出版,虽一度遭禁,后仍大行于世,并引起学界的注意,应该说是幸运的,也可见清中期以后,清廷已经无力控制民间私撰明史的风气。

而夏燮另一史学名著《中西纪事》,成书背景是晚清所遭受的外敌入侵压力,此书所取得的历史影响,不输于《明通鉴》。该书之编写与《明通鉴》并时同行。同治七年刻于江西官廨,道光三十年原叙,称道光二十年(1840)英侵略军入侵中国,夏燮时任青阳训导,忧愤中搜罗邸报,录而存之,是为《中西纪事》之初稿,后十年,

---

① 〔清〕李慈铭《越缦堂日记》光绪七年六月初六日。

中英修好，夏燮居京候补，遂将昔日所录英人入侵本末诠次成册，以备他日史家采择。同治四年增订为二十四卷。夏燮是因为真实地痛恨列强的侵略，他的民族情感被激发，亲手搜辑第一手资料，前后二十余年才成书，期间并没有看到同类的著作如《海国图志》。出版时他担心此书会触犯朝廷的禁忌，署了"江上蹇叟"的名字，但还是因为触犯了洋人的淫威，被无能的朝廷列为禁书，五年后才重新印行，此后不断被出版，影响很大。其中第二十四卷《海疆殉难记》以时间先后记载定海、粤东沙角、吴淞、上海、京口等地殉难之官民，极具史料价值，并且褒贬与外洋交往之官吏，有鲜明的爱憎色彩。他自称"拾野史之诬，炫雷同之听，吾无取焉。"堪称信史无疑。

夏氏四兄弟之三夏燠（1798—1850），字和甫，增贡生，学优而不仕。邃音韵之学，校勘《四声切韵表》。其学行有夏炘所撰行略可见一二：

叔弟循谨过人，不敢放言于先儒学术异同，心知其意而未尝轩轾。精等韵之学，呼吸侈侈，辨入毫厘。江慎修先生《四声切韵表》一书，……叔弟一一校勘。客沔阳时陆立夫制军叹为精核，及总督江南，属姚石甫刻之而未果。①

另外，值得一提的是当涂夏氏对乡邦文献的整理，如夏炯极力推崇吴曰慎、施璜、汪绂；夏炘为当涂人陶安编《陶主敬先生年谱》，赞其高见卓识；夏燮仰慕明末的抗清英雄吴应箕，不仅搜辑刊刻其著作，而且编撰《忠节吴次尾先生年谱》，辑录并考证晚明以来有关吴次尾的记载，成《遗事》一卷，又编纂《高淳县志》。夏

---

① 〔清〕夏炘《卯生和甫两弟行略》，见《景紫堂文集》卷十三。

銮纂《徽州府志》,夏炘纂《祁门县志》《贵池县志》,都曾致力于乡邦文献。

五、道咸之际徽州的学风

清中期以后,朱子故里——以徽州府为主的学者,对弥漫江南的考据之学,有不约而同的反思。夏炘跋汪莱《衡斋文集》称:

癸酉夏(汪莱)过先君子青山草堂,颜色憔悴,悄然不乐,先君子强之著书,则曰:今世考据家陈陈相因,不过剿袭前言耳,非能发古人所未发也。去数月,而先生讣音至矣。

汪莱卒于嘉庆十八年,以精天文算学著名,生前贫寒,夏銮一见之即引为莫逆之交,两为荐之学使,遂成优贡。又命夏炘、夏燮兄弟从之受学。汪莱卒后,夏氏兄弟编刻其稿成《衡斋遗集》,汪、夏之交匪浅,学术旨趣也相近。汪莱深于十三经注疏,精于算学,一般都将他视为清学中的汉学家,他晚年对盛行的考据学风之忧虑,当属是汉学家内部的反思。

对于考据学风的批判,当涂夏氏中夏炯最为有力,其《与方植之丈书》云:

顷来邗上,适石翁以权都纂以尊著《汉学商兑》见示,披读之余,与鄙人之见,针芥相投,斯道真不孤矣。……迩来训诂之家,咬文嚼字,何益身心,何裨国,好为无用之辨,虚骄之气而已。其始也,如毛西河肆口诋訾,不过如蚍蜉之撼大树,于朱子何伤!臧玉林、惠定宇出,终日搜求古义竞炫新奇，已渐能锢蔽聪明之耳目，至戴东原、钱竹汀等谬为狂言，谓非训诂则不能通义理，一时学者从而和之，凌次仲之《复礼》、程易田之《论学》、阮芸台之《论语论仁》遂竟以训诂为义理之所处而居之不疑，天下聪颖特达之士，尽为训诂所牢笼而不知。①

方东树《汉学商兑》一书之缘起、立意等目前学界尚有争议，毋庸置疑的是，此书对汉学的冲击有目共睹，自此汉学的弊端不仅仅是尊崇汉学者内部的反思的暗涌，而被另一群反对立场的诉诸专书，这种公然的质疑、批判竟然来自朱子故里，这不能不被认为是儒学内部系统的自我调整。

而桐城姚莹(1785—1853)于夏炘、方东树之见，也信然从之，其序《夏仲子集》称：

> 国朝康熙中，大儒讲之于下，朝廷论之于上，虽门径不同，皆以义理为本，守之者硁硁，皆能气节自立。乾隆以后，四库馆启，天下学术为之一变，以义理为空疏，凡程朱所孳孳者一切鄙弃讪笑之，后生末学，靡然从风，嗟乎，学术如此，人心尚可问乎？②

并将夏炘之书引为方东树《汉学商兑》之同道，叹为天下之幸，其为学宗尚于此可见。其余若方宗诚等，也持此见。

---

① 〔清〕夏炘《夏仲子集》卷六。
② 〔清〕夏炘《夏仲子集》卷首。

夏銮及子炘、炯、燮最初出入经史，也运用考据之法，如夏燮之《五服释例》二十卷，这是乾嘉名物考据之作。由于考据之学的兴起，清代学者于《三礼》之衣服、饮食、宫室、工艺等考其异名别称、名实关系、渊源流变，如江永之《深衣考误》、任大椿之《深衣释例》、程瑶田之《九谷考》、任启运之《朝庙宫室考》、戴震之《考工记图》等，也是学术风气转变之一端。夏燮另一名著《述均》十卷，成于道光二十年（1840），对江有诰《音学十书》有所补阙。

但如夏銮，五十岁时为诸子讲解朱子所编《小学》，自悔先前溺于训诂而闻道之晚。夏燮虽著有《五服释例》《述均》《诗经廿二部古韵表》等考据之作，然更倾向于疏通大意，不惟考据之长，《述朱质疑》《学制统述》《学礼管释》等即是此类。

夏銮对义理之学的发挥，是"让"，甘恬退，敦愿让。夏炘《先考行述》："凡与人交，推诚相与，随至难处之事得府君一言，无不折服，而尤以让为先，好名者让之以名，好利者让之以利，以故终身无与府君争竞者。"①胡培翚也称"雅不欲与人竞长短，谓'让'之一字，终身受用无尽。"夏銮主徽州训导，其时程瑶田已致仕，夏銮常约请他谈论，二人于"让"字之学，必有交流。凌廷堪于嘉庆十二年（1807）主紫阳书院讲席，与夏銮、程瑶田的交往最为繁密。先是毛奇龄弟子方朴山主紫阳书院，人多以其雌黄程朱，心口不一，愚弄徽乡子弟。而凌廷堪却称方朴山仅以时文理学为教，并不见攻宋儒。②可见，在嘉道之际，虽然考据之学如日中天，即使肆力攻击宋儒之人，在朱子故里紫阳书院，也不敢轻易

---

① 〔清〕夏炘《景紫堂文集》卷十三。
② 〔清〕凌廷堪《凌廷堪全集》卷十四《与毕子廉书》，嘉庆十八年刊本。

雌黄程朱。

程瑶田也主"让",又称"让教",较之夏銮,则更自成系统,是儒家理论的新阐释。① 其实,徽州素称"礼让之国",以《朱子家礼》来指导、约束四民,风情朴厚。程瑶田的老师江永擅长礼学,其弟子皆秉承此学,戴震、金榜有礼学名作传世,而程瑶田关于三礼名物之考证,尤为精审。但难能可贵、不同于同时之学者,他能以所学反诸己身,以所领会到的儒家学说指导生活实践,且有所发挥。作为皖派的最重要的代表学者之一——程瑶田,他本人对于菲薄程朱的言论,虽然没有做出激烈的回应,但他自己运用考据之法取得一系列的辉煌成就之后,比如《考工创物小记》《仪礼丧服文足征记》《释宫小记》《释虫小记》《释草小记》《九谷考》,晚年编订全集,则取成书最晚者《论学小记》冠以卷首,其为学旨趣藉此可见;其中《主让》专篇,是程瑶田思想的集中体现,谈修身问题,仍是宋儒探讨的范围。在顾炎武之以讲经学之理学代不讲经学之理学、戴震之训诂明则古经明、古经明义理明的导引下,程瑶田最能完整体现清儒的治学目标,即以训诂通古经,以通古经而通义理,以通古经中义理而及古经外之义理。

宋代理学名家程颐、程颢以及朱熹都系祖籍徽州,朱熹曾时两回婺源省墓,期间开山讲学,广纳门人,从学者较多,有高弟子12人,遍及婺源、歙县、绩溪、休宁、祁门。徽州作为理学的发源地之一,儒家思想在此地影响非常深刻,社会教化逐步加深,《康熙徽州府志》载其时徽州有书院五十四所,这些书院既是士子习科举之

---

① 〔清〕程瑶田《读书必先解字举略》,《程瑶田全集》第二册,合肥:黄山书社,2008年,第511页。

所,也是公开研讨理学的正式平台。而徽州府的书院,凡六经传注、诸子百家之书,非经朱子论定者,皆不为教学。朱子之学虽光被四海,而其讲之熟、说之祥、守之固,无逾于徽州府学者。故代有名家,流风余韵,历千年而不绝。朱子之学历经阳明学之冲击,降至清初,歙县吴曰慎、休宁施璜讲学于紫阳书院,大兴朱子学风,从游者众,但已不及考据之盛,甚至遭到前所未有之攻击。施璜还编著《紫阳书院志》,以存朱学遗风。又有婺源汪绂,深悉儒经,尊信朱子,所著汇为《双池遗书》,影响较大。此三人对朱子之学的守卫最为有力,继之者夏氏父子,当仁不让,尤其是夏炘著《述朱质疑》,于朱子之学条分缕析,事必征实,既为入门之书,成学之士也可总会朱子立学之旨,其弟子余龙光跋曰:

夫陆、王以禅学攻正学,犹曰异端不同道也,至考据家同在一室之内,而搜爬琐屑,拾朱子之所究及而姑舍之者,以诋朱子,譬则子弟侮父兄,奴仆叛家主,犹堪诧异者矣。……天下不可无此书,朱子故乡尤不可无此书也。

此书又有夏炘门人,婺源若萧江清、江焕奎、程珮琳、汪恩政、王友迪、程式及通州白让七人跋之,服膺乃师学问,并盛推此书,则彼时徽州学人在考据学风笼罩之际,于朱子之学一瓣心香,研治清代学术史者不可不注意于此。

(原刊于《贵州文史论丛》2013年第3期)

论李慈铭的日记体散文

一

日记的起源,可以追溯到史官记事,现存最早的编年体史书《春秋》就属于史官记事之文。但个人化书写的日记要到宋代才出现,明代贺复征总结道:"日记者,逐日所书,随意命笔,正以琐屑毕备为妙,始于欧公《于役志》、陆放翁《入蜀记》。"①日记这种具有史料性、私人性的文体,自宋代以来逐渐得到文人学者的青睐。清代文人书写日记蔚然成风,有出征日记、流放日记、旅游日记、出洋日记、读书日记、生活日记,甚至有"晚清四大日记"之目。但若从文学的角度来考察,写得词采斐然的日记却并不多,一些仅是备忘录式的日记几乎没有什么文学价值。正如梁实秋所说,"我们中国文人也有不少写日记而成绩可观的,但是大部分近似读书札记,较少叙事抒情,文学史一向不把日记作者列为值得一提的人物"②。但有些作者"处心积虑地逐日写日记,准备藏之名山传诸后世,那就

---

① 〔明〕贺复征《文章辨体汇选》卷六百三十九,清文渊阁《四库全书》本。
② 梁实秋《雅舍杂文》,武汉:武汉出版社,2013年,第107页。

算是一种著述了"①。其实就是暗指李慈铭的日记。鲁迅曾批评李慈铭的日记"自以为一部著作"②，将之看成是日记的变体。这虽然是一种批评，却正中李慈铭日记的特点，道出了李慈铭有意将日记作为著述的目的。

李慈铭(1830—1894)，浙江会稽人，晚清著名文学家、学者。原名模，字式侯，以避祖讳改今名，字爱伯，号莼客，又号越缦、霞川。光绪六年进士，官至山西道监察御史。所著有《白华绛柎阁诗集》《越缦堂骈体文》《霞川花隐词》等，在晚清文学史以及学术史上有着重要的地位。李慈铭十六岁开始写日记，现存《越缦堂日记》卷首有《大事记》，回忆二十五岁前的经历，举关系家族至亲生卒之大事。自咸丰四年二十六岁时开始排日记事，凡天气变化、家国大事、生活琐闻、朋友往来、游山玩水、读书心得、时事见闻，以及诗文词作品也一一采入，至老不辍。中间偶有病重，愈后立即补记，前后四十年几无间断，其规模之宏大，内容之丰富，在清人日记中也不多见。日记一体虽古已有之，但李慈铭日记在继承传统的同时又有了创造性的发展。一般而言，"日记的主要特点就是面向自己进行写作，它是一种最纯粹、最隐秘的私人著述，其本意不仅无心传世，而且担心别人窥探"③。但李慈铭的日记在生前就向别人借阅抄录，并不忌讳；更重要的是，他的日记在日常叙事方面有着非常明显的文学特征，不但文笔优美，而且将精心结构的诗文词录

---

① 梁实秋《雅舍杂文》，第 106 页。
② 鲁迅《鲁迅全集》第四卷《三闲集·怎么写》，北京：人民文学出版社，2005 年，第 24 页。
③ 钱念孙《论日记与日记文学》，《学术界》2002 年第 3 期，第 215 页。

入,文采斐然;且在个人的经历见闻中记录了时事世态的某些片段,抒写自己在时代变幻、人事纠葛与世事变故中的情感反应和思想变化,也具有心灵史的意义。可以说,李慈铭的日记最大限度地突破了日记的传统模式,从文体学的角度来看,它是将日记发展为文学著述的代表之作,在日记文体演变史上也有着重要的意义。

关于李慈铭及其文学研究,近年已渐成一大热点,其散文有《萝庵游赏小志》《越缦堂文集》等专集单行传世,也是学界研究其散文创作的主要文本。需要指出的是,还未有人对李慈铭日记体散文展开研究,对其日记的研究,还停留在发掘社会史料与作家生平研究的层面,没有从文体的甚至是文学的层面对其日记进行探讨。李慈铭日记中的一部分文字,如抄录邸报、记载天气等属于备忘一类,读书札记属学术研究,并不具备文学创作的性质,但那些相对完整的山水游记、民情风俗、友朋交往等片段,大都清新简洁,生动流丽,文学性较高,可读性很强。我们将此类作品称为日记体散文,因为它是以日记的形式呈现出来的文本,篇幅长短不拘,但又可以相对独立成篇。这类随事而发、缘情而作的日记体散文,情与境会,属于即兴创作,直抒性灵,自成风格,是晚清散文创作的重要组成部分,是不可多得的文学遗产。研究李慈铭的文学创作,如果不研究这部分作品,就不能完整评价其文学成就。

其实,对于李慈铭的日记体散文的价值,学界并非没有关注,如郑逸梅、陈左高主编的《中国近代文学大系·书信日记集》及欧明俊主编的《明清名家小品精华》,都从《越缦堂日记》中节选了一些文学性较强的片段。郭预衡《中国散文史》在论述清代散文部分的《余论·日记之文》中,则指出李慈铭在日记中记述生活琐事"别有闲情逸致"①。这些都表明,在近代文学研究中,李慈铭的日记体散文是不能也不应该被忽略的作品。本文即在整理与研读李慈铭日记体散文的基础上,考察其日记体散文的内容、特点、影响及其在文学史上的意义。

二

日记是一种体裁自由、随意性较大的文体,所以内容显得博杂。日记中那些学术性很强的读书内容、史料性很强的邸报上谕,因为不具备文学作品的特性,故而从略。而成篇的诗词文,因为已选入诗文集,也从略。本文所考察的是散布在日记中的文学性较强的散文片段,这类日记体散文,从内容上大致有山水游记、情感自叙、友朋交往、臧否时事、民情风俗、名物考证等几类。

(一)山水游记

越中山水之胜,自古皆然,李慈铭少年时代就随祖父游遍绍兴,耳濡目染,雅嗜山水,足迹所至,皆有文字,也使得他十余岁即登词坛,引人侧目。在其日记中,此类山水游记最多,如:

> 比日往来山阴道上,晓夜风景,几无奇不出,虽时有触暑之苦,然所得较多。今晚出湖双村至画桥一路,尤领会不尽。无论山也,水也,榭也,桥也,寺也,村舍也,亭也,天之云也,露

---

① 郭预衡《中国散文史》(下),上海:上海古籍出版社,2011年,第621页。

也,晚烟也,风也,色色凑泊,成一幅绝好画图。即一人,一船,一渔竿,一桔槔,一树边乌桕,一浅滩立凫,一网叉,一笠帽,一鸡一犬,颠颠倒倒,随意位置,而正衬反衬,远衬近衬,皆似造化匠心,烘染无不恰到好处。人到此地,乃觉伎俩无所施耳。惜自来文人无参透个中消息者。①

中年后居京师,交游广阔,友朋相邀,多至京郊,而名刹古寺、湖光山色,时时流连。他出游也并非单纯的游赏,同时也是一种社交手段,往往三五好友结伴,或是接风饯行,或是文人雅聚:

> 上午出广宁门,至南花泡子看荷花。朱华正盛,香溢一里,独坐小舟,泛湖一匝。荇带交互,芡叶初出,蜻蜓掠幔,鸥鸟随篙,亦一时之佳赏。午入天宁寺,以是日与敦夫、书玉、介唐饯同乡陈云衢、沈伯翔、朱笏卿及心云于塔射山房,并邀定夫及敦夫令嗣士偶共集。林翠蔚深,蝉声不绝,夕阳时罢酒,阑槛之外金碧射人。傍晚复偕诸君游南花汫,久坐湖滨,香艳尤胜。是日两姬亦邀介唐夫人、书玉夫人饮寺之簪碧斋,酒毕亦泛舟湖上而归。②

此段文字间多用四字短句,语言之凝练、叙述之简洁,无一滞语。游赏者心情明快爽朗,读者也若置身其中。李慈铭本就擅长

---

① 李慈铭:《越缦堂日记》咸丰五年六月二十七日,扬州:广陵书社,2004年。以下所引该书简称《日记》。
② 《日记》光绪十二年七月初五日。

描摹山水，日记中的记游之作因其散漫无拘的行文方式，尤显洒脱、灵动、随意，可谓游记小品之杰作。

（二）情感自叙

日记作为个人日常化写作的载体，其书写的过程同时也是自我情绪的宣泄，一方面自我释放，一方面自我反省，因此心理学家认为日记具有心理治疗的功能。李慈铭是一位敏感而情绪化的文人，虽然他自称面淡口钝，但在其日记中敢于大胆暴露自己私领域的隐秘，在自省与自嘲中充分展现其真性情与名士风度。

晚清的京师流行男妓，时称歌郎，士大夫趋之若鹜，李慈铭自称好色，但不狎妓，他对待歌郎的态度有如贾宝玉对女性的尊重，却遭到周围人的嘲笑、诽谤，他在日记中这样记述：

> 余以冗官病废，劳心著述，同人过爱，时以食酒相邀，冀为排遣，虽甚勉强，偶亦追从。秋霞两郎，实所心赏，杖头稍足，花叶时招。而魑魅喜人，蜉蝣撼树，遂疵瑕颀叔，瘢厚鲁男，增饰恶言，快弄利口。其相爱者复劝泯其事迹，隐厥姓名，岂知野马满空，何伤白日？杂花乱倚，奚病孤松？既为之矣，讳之何益？①

他敢作敢当，不矫饰，"既为之矣，讳之何益"、"野马满空，何伤白日？杂花乱倚，奚病孤松"，其性情之率真如此，在反省的同时也在为自己的行为辩解。

他常入不敷出，不免告贷，京师乃漂泊之所，友人间借贷最为

---

① 《日记》光绪三年四月初七日。

忌讳，他又碍于面子不肯与富人周旋，在日记中一边自我批判不善治生，一边发牢骚：

> 比来窘甚，向不能治生，亦不以此为意，釜尘娄积，常晏如也。今年颇自戚戚，入夜尤甚，盖衰微也。生理渐绝，暮气已至，宣圣所云戒之在得者，非特言居货利不知餍足，亦言安淡泊者将事营求。故苦节之士或白首而不贞，固穷之贤或暮景而致滥，史册所书，不可殚述，学无真得，深以悚然。①
>
> 作书致牧庄，又致书知识数人，属其代营数十金度岁，后出息以偿，而皆不见答。余能忍寂寞、忍寒冻以读书，而不能忍饥饿，以此叹先儒三旬九食立志之坚不可及也。②

所谓"饥来一字不堪煮"，他以此来自嘲读书虽能排遣寂寞，却不能抵挡饥寒，求人"代营数十金度岁"，一个穷愁文士的形象顿时跃然纸上。李慈铭中进士后没有选择翰林院编修清要之职，仍司户部郎中，并非他避雅就俗，而是"羞与少年为伍"。他五十二岁才进士及第，同年中多是青年隽秀，且翰林院中不少编修、修撰都是他的后辈，为免于尴尬，自行回避。其实，这正是他孤傲清高之心在作祟，他在日记中剖白了心声：

> 未刻报至，得旨，准以户部郎中原资叙用。訾郎回就，桑榆之景已斜；流品既分，蓬瀛之路遂绝。虚望后车之对，长循

---

① 《日记》光绪七年七月二十七日。
② 《日记》光绪三年十二月二十六日。

选阁之名,虽出陈情,实非雅志。羞与少年为伍,乃与俗吏随波乎?金榜一题,玉堂永隔,当亦知己所累欷,后人所深喟者也。①

从"桑榆之景已斜"与"蓬瀛之路遂绝"可以看出他虽然金榜得以题名,但由于"羞与少年为伍",也不想"与俗吏随波",只能陷入深深的无奈与感喟之中,令人尊重之余,又生同情之心。

(三)友朋交往

李慈铭一生识见多而交游广,于朝中重臣、文坛名流、乡邑后辈多有来往。但友朋之义在一些序跋、传记、墓铭等文体中的表述可能有应酬的成分,因为这些大都是所谓的命题作文,容易陷入文章体制的成规,作者也未必能融入自己的真情实感。但在日记中,作者的行文思绪都较为自由,其真情也较易流露,如:

得王芝仙四月抄书。闻王眉叔病殇。眉叔少予一岁,未得乡举,贫悴以终。自去春得其书,尚未作答,近方拟报之,而已遽判幽明。迟暮之年,故旧日落,如眉叔者,自丙寅归里始识之,秣陵追答,无积嗛之未伸;朝歌叙亡,亦清游之良俦。徒以里社小集,时或流连,文字相诒,偶存篇牍,而斯人已逝,曩言莫赓。它日归田,累累宿草,暮天绝雨,浪浪在衣。总角皆隔世之人,倾盖半新鬼之录。苍茫四顾,叹怅弥襟。②

---

① 《日记》光绪六年五月初九日。
② 《日记》光绪七年五月十九日。

李慈铭在追忆与王眉叔的交往中,没有刻意渲染王眉叔的身世与成就,仅是回忆两人"里社小集"与"文字相诒"的平常点滴,垂暮之年,老友凋谢,作者倍感孤单寂寞,可谓语短情长,比起长篇的传记碑文更有感染力。

友朋之交既有亲密无间者,也有后来势同水火之人。李慈铭与周星诒、周星誉兄弟就由志同道合到分道扬镳。周氏兄弟对他们之间的恩怨讳莫如深,连早年与李慈铭的唱和诗词也全部删去,不留痕迹。李慈铭虽也在日记中涂抹有关周氏兄弟的文字,但对其交恶的缘由有较为清晰的记述:

> 此人十年来为予执友,常以道义性命之交自命,而含沙下石,极力挤予,致予流离困苦,屡濒于死。又给老母寿田金三百饼以去。呜呼!古来交道之不终者有矣,或势利相轧,或意见乖忤。若予与此人,骨肉倚之,惟命是听,而计陷之若是,真禽兽不食其肉者矣。予见其姓名辄痛愤欲绝,而年来踪迹甚密,日记中无一二叶不见其名者,不能尽去,随见随抹而已。呜呼!以予之深于友朋,惟恐伤交道者而至于如此,天下后世可以想见其人矣。李生而终贫贱则已,如其否也,以直抱怨,岂无其时乎?①

李慈铭并不隐晦与周星誉曾是十多年的挚友,而且过从甚密,只是不能容忍朋友"含沙下石",以致"流离困苦,屡濒于死"。他对

---

① 《日记》咸丰六年三月二十七日,当是咸丰八年重阅先前日记并加以涂抹时所记。

青年时代同周氏兄弟结"言社"的经过也有详细的记载。至于平时诗社的活动中与周氏兄弟的交往也多见于日记,并未删除,可见他对友情是珍视的,并没有一笔抹杀曾经的友好交往。虽然甚怒之下不免义愤填膺,但他也并非无情无义、穷追猛打之人,如:"周素人来,不得已见之。其人老矣,衰尫欹骸,意甚怜之,而语次屡及其弟星誉,余遂怒甚,不能自制,出言无次,狼狈走出。深悔学问不充,忿不思难,辱及人亲,君子所深戒也。"①周素人是周星誉之兄,见其老矣,又生怜意,对自己辱及人亲又多愧疚。从以上不难看出李慈铭交友的原则及其胸怀度量,其鲜明的人物个性也正在字里行间一一呈现。

(四)臧否时事

李慈铭才情纵横,一生沉沦下僚,有一肚皮的学问,也有一肚皮的牢骚不平之气,故喜臧否时事,无所顾忌,如:

> 北闱不知对策为何事,今日午刻多已完卷。其人皆蠢愚顽劣,不守法纪,恃众鼓唱,胁制官长,种种恶习,形同无赖,不可殚述。相习成风,愈出愈奇,主者畏事,多假借优容之,益不可制。此次科场犹为安静,然已氛嚣满目矣。②

这一段写北地士子(主要是参加顺天乡试)不知学问,无视考场法纪,而主考官怕事,也睁一只眼闭一只眼,将科场弊病暴露无遗。又如:

---

① 《日记》光绪十年五月初十日。
② 《日记》光绪十七年八月十五日。

闻郭嵩焘、刘锡鸿以二十五日赴西洋，故十五日召见二人，以请训也。……此议发于粤人陈兰彬，谓各国皆有夷官驻我都城，而中朝官无驻外国者，欲以知情伪、通信命，非此不可。谋国无人，曲意从之。不知夷人挟其虎狼之威、犬豕之欲，近据辇下，外扼各口，哇唻一言，上下惕息，要求劫协，无计不从。彼之监我宜也，我之使彼，形同寄生，情类质子，供其驱策，随其嚬笑，徒重辱国而已。虽有智者，无所施力，况皆驵侩奴隶之辈乎！兰彬嗜利小人，敢为大言，自以翰林改官，潦倒不振，涂穷日暮，倒行逆施，只以自便私图，不惜卖国，言之可为切齿。郭、刘衔命至英吉利，实以马嘉理之死往彼谢罪，尤志士所不忍言也。①

郭嵩焘为清廷第一任驻外公使，派往英国虽是为了解决马嘉理事件造成的冲突，在对外派驻公使已经是当时世界格局下的必然之举，李慈铭却以为此举"情类质子"有辱国体，故而加以讥刺，又见其保守。

李慈铭性格耿直又有些古怪，他是户部小京官，对官衙的形式主义作风非常不满。兵部侍郎薛允升，因为李慈铭迟到而"形色甚忤"，就被批评为老猾吏：

巳刻，诣天安门监掣兵部月选籤。署兵部侍郎薛刑侍允升，陕西长安人，老猾吏也，以余至稍迟，形色甚忤。余诘之

---

① 《日记》光绪二年九月十八日。

曰：前日兵部知会定长刻挈签，余以已出至，非迟也。且此是侍郎私期，非朝廷定限也。山西道稽察兵部每月挈选签，请御史监挈，是客也，礼宜侍郎先至以待御史，不得御史先至待侍郎也。薛无以对，唯唯而已。近日士夫阘冗，宪纲扫地，大率如此。①

（五）民情风俗

李慈铭对鲜衣美食、华灯烟火、梨园鼓吹、花鸟古董等有特殊兴趣。其日记中诸多描写唱戏、扫墓、竞渡的场面，既是妙文，也是绝好的文化史料：

> 盗不入五女门，越俗往往以嫁女破家。……月有问，节有馈，岁有献。以及生子，将临蓐，则先作衣服褓褓并裹粽以遗之，曰解胞粽。至三日，则具榛栗鸭子以遗之，曰洗儿。至弥月，则更制衣服、绣襦袍，刻镂金绮冠饰以百十数，及瑶环瑜珥以遗之，曰满月。及周岁，则更大冠若衣，又益以靴带诸绨绣之物，曰得周。而自解胞后，凡产母之一饮一食，曰问之母家。傅婢乳妪之赏赐，及收生妪之犒物，曰母家。弥月、周岁祀神之牲之醴之烛之楮，曰母家。一不具，则诃斥之至。甚至生男上学有礼，生女至裹脚则有礼。男女至十岁、至二十岁皆有礼，率如前。上者物以千数，次以百数，下者咸鄙夷之。……往往卖田宅、典衣物以济事。②

---

① 《日记》光绪十七年八月二十五日。
② 《日记》咸丰七年九月初一日。

李慈铭有三妹,长妹嫁郑氏,家稍富,二妹三妹所适皆贫,故日常往来颇费经营。写这则日记时,三妹刚刚出嫁,举债完婚,故发此叹,但通过他的记述,对越中晚清时期的婚嫁民俗风情也有了更加翔实的了解。

虽然越中山水常魂牵梦绕,但已经"但认长安是故乡",李慈铭对北京的都市生活有如下的总结:

> 夜与莲舟数都中风物,戏录于此。三恶:臭虫,老鸦,土妓。三苦多:天苦多疾风,地苦多浮埃,人苦多贵官。三绝无:好茶绝无,好烟绝无,好诗绝无。三尚可:书尚可买,花尚可看,戏尚可听。三便:火炉,裱房,邸抄。三可吃:牛奶蒲桃,炒栗子,大白菜。三可爱:歌郎,冰桶,萱席棚。……然亦有三不忧:不忧蚊,不忧蛇,不忧久雨。①

(六)名物考证

李慈铭是诗文名家,同时也是考据学家,所以,在他的日记中有很多关于读书考据的文字,这部分内容也被辑录为《越缦堂读书记》,为其学术成就的重要组成部分。但李慈铭日记体散文中还有一类带有考据性的短文,与读书记截然不同,颇具生活情趣,并非为了考据而考据。这类在日常生活的叙述中,很自然地展现其广博的学识,使得其日记体散文又充满了书卷味,可谓学人之文,这是有清一代读书人所追求的境界,讲究义理、考据、辞章的互补互动。如:

---

① 《日记》同治三年十月二十日。

比日庭树有小鸟似雀,褐色青斑,长尾,其声似莺而促,以夜鸣。前日有鼓板盲翁来,闻之言此名苇蛩,亦曰苇轧子,食苇中虫,每岁苇长至丈许即来。余案此即《尔雅》所谓鸐鹉剖苇也。鸐俗字,《说文》作刀鹉,郝氏《尔雅义疏》、桂氏《说文义证》皆详于北方物产,云多得之目验,而俱未言及之。①

他记考证鸐鹉,是由于看到庭树之上的小鸟不同寻常,并详细描述了小鸟的颜色、形状、声音,后请教鼓板盲翁得其名,在此基础上证以文献。又如考证朴花,亦是如此,都是由于日常所见,希望将其名实正本清源:

得王醉香书,赠厚朴花一匣,即复谢,犒使二千。厚朴者,榛木皮也。《广雅》重皮,厚朴也。今以榛为梓栗及荆榛字,而不知是厚朴矣。厚朴本以出安南者为良,《名医别录》云生交址、冤句。然冤句今曹州,而无有以为贵者,越南近亦不佳。以四川出者为上,河南次之,以厚而色紫皮卷者为上品。其花瓣长而厚,如皮亦紫色,以煎茶,气清而和,药中鲜用之者。然苏颂《图经》云厚朴红花而青实,李时珍《纲目》云五六月开细花,则今之所谓花,恐仍是皮之近花者耳。②

从以上对名物的考证,足见李慈铭见识广博,将之行诸笔端,生动活泼,绝非迂儒。

---

① 《日记》光绪十三年五月二十一日。
② 《日记》光绪十一年六月初七日。

总的看来,李慈铭日记体散文的内容以山水游记、臧否时事、民情风俗为主,间记生活琐事,别有闲情逸致。前期居越,越中山水奇绝,承袭张岱①等先贤名流余韵,描山状水,抒发村居读书之乐。中年后居京,都中名寺古迹,友朋会聚,流连忘返。讽刺时事则是一如既往,早年批判科举之弊与主考官之不学无术,中年后则讥讽官场之种种陋习,往往一针见血。

三

从上面的介绍中,我们可以看出李慈铭日记体散文内容的丰富多样,概括起来有以下几个特点:

（一）写实的手法

日记体散文,因为依托日记这种写实的文体,所以李慈铭的日记体散文记人叙事,写景抒情,皆扪心而出,信口而谈,直笔而书,尤其是生活琐事,朋友交往,不平之鸣,不假修饰。这在一定程度上,与道光以后知识分子所处的相对宽松的社会环境有关,此时清廷的文网已逐渐地有所松动,士人可以有相对的自由言论。李慈铭愤世嫉俗之语,时而不免过激,但当时就允许别人广为传抄,而不惧怕遭到禁止,臧否得失,月旦人伦,畅言无忌。可以说,李慈铭

---

① 《日记》咸丰五年正月十五日:"吾乡灯市,首属陶堰,明张岱《陶庵梦忆》言其山物、陆物、水物无不备至,灯乐之盛亦称是……自正月十三日始,至十八日止,游人纷沓,举国若狂。余家世严禁嬉游,故二十年来尝一至潞庄,然星火围绕着仅一歌台,仅高五尺,阔寻丈耳。余则城市间五里一吹唱、十里一灯毬,支吾点缀,只益萧条。求如《陶庵梦忆》中所谓纸灯竹棚者,亦不可得。然则,陶庵谓绍兴纸贱、竹贱、烛贱,故灯市甲天下者,尚是明季风气,缙绅富家好尚热闹,近则求田问舍之外,无余事矣。"

的日记体散文忠实地记录了作者自身的生活经历,日记之生命力,即在于此,如:

> 闻夷人仅焚园外官民房,又闻夷酋额尔唅期以明日进城换约,从德胜门入,即以夷兵守门。连日都人纷纷奔避,朝官多尽室行,常熟、寿阳二旧辅皆去。今日出城者犹众,车马络绎,坊市为空。其自海淀逃入城者,扶老襁幼,系路不绝。贵官有先避居海淀者,前夜忽闻夷人至,多弃家属赀装而逃。都御史沈兆霖宵行迷路,奔窜百余里,始狼狈入城。军民被焚之家,焦烂四窜,哭声震郊。以万余岛夷孤悬深入,而致辇毂之下惨变至此,可为长恸。①

这则写火烧圆明园的时事,当时咸丰帝北走热河,京师一片混乱,达官贵人倾家而逃,百姓流离。"万余岛夷"竟令清廷束手无策,弃都城而逃,"可为长恸",更令人深思。李慈铭时坐馆尚书周祖培家,听到不少内幕消息,尤其是咸丰帝贪生怕死、百般拒绝回北京之种种丑态,都记载日记中,其信笔直书,精神可嘉。又如:

> 午赴若农师之招,敬观慈禧皇太后墨绘菊花萱草直幅,气韵超绝,秀出天成,净色云光,照映霄表。盖古今莫能二也。晡后设宴,肴馔珍异,有熊蹯、鹿尾、鹿脍、蚝羹、鲅轩、燕窝,又有哈式螟羹,出盛京石泉之蛙也,絜白如豕膏,其橙酪一味最

---

① 《日记》咸丰九年八月二十四日。

佳。逮夜始散。坐有潄兰通政、伯肴祭酒、可庄修撰、张研秋编修、莤卿、爽秋、子培，更偕莤卿、爽秋、子培赴筱珊消寒第二集。佳鲭絮膳，左以鲜果蜜诸风味，香甘转胜，万钱一箸矣。①

李文田探花出身，时官礼部，入直南书房，获慈禧太后赠亲笔画，邀请朝臣名贵如黄体芳、盛昱、王仁堪、王颂蔚、袁昶、沈曾植、李慈铭等一同观赏，而餐饮更非寻常人所能备，珍禽异兽，"万钱一箸"，可见清季京官豪奢之风。正是这种写实手法的运用，使得李慈铭的日记更多地记录下了当时上至帝王下至仆役的众生相。

（二）性灵的笔调

所谓"率真则性灵现，性灵现则趣生"，李慈铭的日记体散文就充满了性灵笔调，因而谋篇布局长短不拘，自由活泼，优美隽永。《日记》中部分即兴文字，酷似晚明小品，如：

> 下午游湖南山村。桃李盛开，与瘦生花间觅径行，拾级直上，忽已至顶，盖去平地二里许。眺视州山、蔡堰诸村，菜畦麦陇，错翠散金，烟水如绘，前面花林高下接绕，真湖山胜绝处也。……尝谓"会稽诸山如名士，山阴诸山如美人"。余家西郭，每携舟出青电湖，即岩壑罗列满前，澄波万顷中，为十万长眉远黛，列侍明镜。由是溯湖桑埭、清水闸，昙酿村、柯山、州山、湖塘，已至越王峥，饱餐酣卧，真令人足一世流连也。人事牵扰，终年不得一二游，苦恼欲绝。然不能结屋，亦当浮家，山

---

① 《日记》光绪十三年二月十七日。

水有知,终券斯语。①

是真名士自风流,"会稽诸山如名士,山阴诸山如美人",将山比为美人,并不是李慈铭的创造,晚明文人黄汝亨在《姚元素黄山记引》中就说"我辈看名山,如看美人"②。而袁宏道写西湖亦云"山色如娥,花光如颊,温风如酒,波纹如绫,才一举头,已不觉目酣神醉。此时欲下一语描写不得,大约如东阿王梦中初遇洛神时也。"③面对如此湖山胜景,作者以"饱餐酣卧"四字来形容其感受,可谓情与景会。由于在山水美景的描摹中融入了自己的情思与逸致,使得简短的文字中透出一种灵动的意境。

(三)骈散结合的语言

日记的书写虽然较为随意,但李慈铭日记在语言上有很大的不同,其日记体散文有骈化倾向,语言多用整句,以散句连缀,张弛有度,文词干净,如:

> 午诣陶然亭,华陇吹凉,西山晴爽,书玉、敦夫、介唐、秋田、光甫俱已至,同坐江亭西槛看山。蔡松甫后来,招霞芬、玉仙、月秋及秋菱弟子杏云、霞芬弟子荔秋,下午命酒,藏钩赌饮。酒半,偕登文昌楼,望琼华岛,霞芬始至,复分曹送钩,娄负大醉。傍晚登城看夕阳,霞芬挈酒榼,寺僧送茶具。倚女墙,掳橹楼,四眺苍然,山天一碧,云物错采,绚以晚烟,林斋濯

---

① 《日记》咸丰五年二月十三日。
② 〔明〕黄汝亨《寓林集》卷三十,明天启四年刻本。
③ 〔明〕袁宏道《袁中郎全集》卷八,明崇祯刊本。

青,绘兹遥郭,俛数诸寺,如浮翠浪之中。横带遗宫,隐见紫霞之表。暝色渐逼,还饭亭下。树偕余映,画纳一窗,山衬夕霏,遽见重岭,蔚蓝胜画,丽嘱莫名。已闻寺钟,始理归骑,循声出寺,逮暝还家。①

京师陶然亭向来是士大夫的风流聚会场所,李慈铭及友人此行还请五位貌美善逢迎的歌郎佐酒。他善用四字词组,尤其是写景的片段,短短十数字间风景无限。多用四字短语,有一气呵成之感,可见其语言的张力。

又如后三日归途所见:

夕阳时过二闸方塘,数十区,引水种荷,小叶浮青,间以芦苇,沿堤放鸭,时避行舟,撒罟兜鱼,乱牵落日,蘩绿上袂,莎平藉轮,凤城晚霞,相映增丽,弥会骚人饫目、羁客醉心矣。傍晚入东便门,曛暮抵家,庭树过花,绿阴如幄,竹帘纱幌,夏景宜人。②

此段依然是多用四字短语,描写舟行中的荷叶、芦苇、鱼鸭、晚霞、花树,节奏明快,读来朗朗上口,不仅让读者领略到美景,也同时能体会作者轻快之心。李慈铭日记体散文在语言上的骈散结合,一方面是源于其较高的文学修养,他本身就是骈文大家,其语言惯性必然在日记中有所体现,二是体现了他有意著述的目的,也

---

① 《日记》光绪八年六月二十一日。
② 《日记》光绪十年四月三十日。

即有将日记当成文学创作的倾向,行文看似漫不经心,实则遣词造句大有讲究,这也是他的日记文学性较高的重要原因。

四

从日记文体的流变来看,日记经历了从客观日常生活的记录到个人主观抒写的演进历程。由于日记文体的松散与自由,李慈铭的日记体散文,有别于传统意义上的诗文辞赋"作品",所谓嬉笑怒骂皆成文章,在自我表现上比其他作品更为贴近生活的本真。尽管芜杂零碎,但由于没有了模式与陈规的束缚,显得更为自然与随性,如果把这些零散的篇章连缀起来,又能够更加立体地、真实地、全面地反映出人物的精神面貌与内心世界,这也是他的日记在生前身后都很风靡的重要原因。

现代文学史上郁达夫、鲁迅、丁玲、茅盾等人以日记的形式进行散文或者小说创作,将日记从应用文体转化为纯文学的文体,与清代日记体散文的发达不无联系。李慈铭的日记虽然还不属于日记文学的范畴,但其中的日记体散文,不论是言情述怀之作,还是叙事议论之章,都洋溢着作者充沛而鲜明的情感,时而锋芒毕露,时而温情脉脉,在建构作家心灵史的同时,绘就了一幅家国人事、风土民情的多彩画卷,将日记从记事、备忘的功能拓展到志感抒怀的更为广阔的表现领域。当然,由于时代的局限性,李慈铭并没有开拓日记文体的理论自觉,但他在继承传统的同时,无论是在内容上还是艺术手法上都强化了日记的文学功能,为后来日记文学的发展奠定了基础,这正是他对日记文体所作的重要贡献,正基于此，在日记文体的演进史上，李慈铭的日记理所当然成为其中重要的一环。由日记到日记体散文，再到日记文学，既是作家不断扩大表现领域的需要，同时也是文学自身发展的必然结果。李慈铭日记作为清代日记体散文的重要代表，研究其日记体散文，既是梳理日记文体发展的不可或缺的步骤，同时也是研究李慈铭文学创作的重要内容，其文学史意义正在于此。

（原刊于《兰州学刊》2016年第2期）

李慈铭的清学史观

——以《国朝儒林经籍小志》为中心

一、李慈铭的治学经历

李慈铭(1830—1894),浙江会稽人,晚清著名文学家、学者。初名模,字式侯,以避祖讳改今名,字爱伯,号莼客,又号越缦、霞川。光绪六年(1880)进士,官至山西道监察御史。李慈铭生长于越中耕读世家,耳濡目染,自幼喜读史书,十一岁抄《历代帝王谱》,二十八岁撰《崇祯五十相考》《庄烈帝论》。尽管他自称三十岁以后稍涉经史之学,实际在青少年读书时已经留心史学。他二十三岁应乡试,策对第二道为《史志策》,是科虽落榜,此文却是他措意所为,议论诸正史之志及"三通"、"续三通"、《四库全书总目》,如指诸掌,令人叹服。

李慈铭早年以词章名越中,喜作诗歌骈文,以为至业。道光二十四年(1844)吴钟骏视学浙江时,教导诸生治汉学,以形声、训诂为穷经之根柢,《史记》《汉书》为经传之羽翼。这种砥砺实学对李慈铭影响匪浅,自此,他逐渐开始系统地阅读乾嘉诸儒著作,吴钟骏实为其经史之学的启蒙老师:

（吴）尝举为学之方，分经学、小学、史学、文学、诗学、字学六条为告教，颁所部郡县学以招诸生。其经学、小学二条尤详慎，得读书之法，予之稍知向学实源于此。①

清代不少的著名学者都有这样的经历：早年以辞赋赢得声名，继而又专研学问，以为毕生之业，学人的意识比较强烈。比如乾隆时的洪亮吉、孙星衍最初被袁枚誉为天才诗人，后来却倾力于经史考据之学，大学者焦循、陈澧也有相同的经历；而最后他们都以学人的面目定格于历史，其早年的诗文也被视为学人之诗、学人之文。诗人黄仲则也曾被这种时代风气所熏染，以致要弃诗而为考据之学，经袁枚劝诫方止之。这种现象，正是清代以来涌动的知识主义思潮的反映。

咸丰十年（1860），李慈铭以捐官至京师，受到潘祖荫的引重。潘祖荫以金石收藏鉴定著称，士人多被其罗致；曾举消夏之会，聚集江浙士子，李慈铭被其罗致，亦渐涉金石。较之独居无友的绍兴家居，京师士子云集，书籍广泛流通，而各种雅集，使得他扩大了交游网络，也拓展了学术视野。他结识了治汉学者如周寿昌、王先谦、桂文灿、张星鉴等，相互讨论、影响。这时期李慈铭开始以密实求是的汉儒家法钻研经史，奠定了他一生的治学路径。

同治四年（1865），李慈铭由京师南归故里，受聘蕺山书院讲席，适逢浙江书局新建，巡抚马新贻聘其为总校勘，主持刊刻《礼

---

① 〔清〕李慈铭《越缦堂日记》咸丰十年十月初九日，扬州：广陵书社，2004年。

记》《通鉴辑览》等。他以校书之役,结朋友之缘,与局中诸子如谭献、黄以周、王棻、潘鸿等相切磋,并结识俞樾,渐以经术名杭郡。至此,他把精力主要投注于经典的研读,日以著述为事,不辍笔耕。晚年主讲天津问津书院十余年,提倡朴学,士子得其陶铸,无不服膺。介竹氏曾说:

> 其时李莼客先生亦主讲天津问学书院,提倡朴学,自姚姜坞先生以来,未之有也。其试经古之学者为学海堂月试五艺,曰经解,曰史论,曰策问,曰律赋,曰古今体诗,盖略同于浙之诂经精舍、粤之学海堂焉,凡十日始受卷。①

综观李慈铭的生平著述,其用力最勤者乃史学。他研读《史记》《汉书》《后汉书》《三国志》《晋书》《宋书》《梁书》《魏书》《隋书》《南史》《北史》,自少至衰,手不释卷;又长于人物研究,校勘史籍时也重在考证人物生平,专文则有《纣之不善论》《卫定姜论》《暨艳论》《王曾论》《李沆论》《唐宣宗论》等。李慈铭于浙江文献也用力较多,校勘《乾隆绍兴府志》《山阴县志》《越风》,提出《拟修郡县志略例》八则;对乡先辈著述也了若指掌,为多位浙人作碑传墓志,主持修葺京师浙绍乡祠,撰《越中先贤祠目序例》等。总的说来,其史学研究主要属于钱大昕考证史实之一派。

在李慈铭的时代,分别文学家、学者身份的意识与界限并不清晰,但他本人还是有所偏重。他是高自标置的文人,三十五岁撰联

---

① 〔清〕李慈铭《越缦堂时文书札》卷首,宣统三年印本。

有云"余事只修文苑传",《六十一岁小像自赞》则曰:"是儒林耶?文苑耶?听后世之我同。"①三十岁以后,他的经史研究渐有成绩,世人亦以考据家目之,对于秉持"词章乃学人之游艺"②的李慈铭来说,他孜孜以求者在于经史,所以更期望入儒林传。徐世昌《清儒学案小传·越缦学案》云:"越缦洞明三礼,尤精小学,博极群书,勤于考订,兼尊宋学,谓可以治心。生前为词章之名所掩,殁后遗书渐出,学者服其翔实,翕然称之,述越缦学案。"③而《清史稿》却将李慈铭置之《文苑传》,张舜徽也不认同李慈铭的学人身份,他在《清人笔记条辨》④卷九云:

> 李氏少时偃蹇乡里,徒骋词华。及至京师,益徇声色,以羸弱之躯,逐歌舞之地,亲迩卷轴,为日无多,故于朴学家坚苦寂寞之功,无能为役,《清史稿》置之《文苑传》末,实为平允。

李慈铭致力于穷经研史,无论酷暑寒冬,病床羁旅,皆手持一编,怡然自得。他初涉经史之时,深知其难仍心向往且终身事之,曾说:"汉学固不能无蔽也,而其为之甚难,其蔽亦非力学不能致也,特未深思而辨之耳。予亦非能为汉学者也,惟深知其难,而又喜其密实可贵耳。"⑤阅读他的日记可以看出,虽然他体弱善病,又常留恋于雅集酒宴,热衷于人际交往,但珍惜光阴,自排课程,未尝

---

① 〔清〕李慈铭《越缦堂文集》卷十一,民国九年铅印本。
② 〔清〕李慈铭《越缦堂文集》卷六《书沈光禄起元题水西书屋藏书目录后》。
③ 〔清〕徐世昌《清儒学案小传》卷十九,台北:世界书局,1965年。
④ 张舜徽《清人笔记条辨》,武汉:华中师范大学出版社2004年,第338页。
⑤ 〔清〕李慈铭《越缦堂日记》同治二年正月二十一日。

一日废读,故而张舜徽称他"于朴学家坚苦寂寞之功,无能为役",并不符实。

李慈铭早岁列词坛,负文名,其诗文词集、日记一刊再刊,学术成果则多是后人据其《越缦堂日记》、藏书题跋辑录而成,如《越缦堂读书记》《越缦堂读史札记》《越缦堂读书简端记》等。学界评论李慈铭的学术成就主要依据这些辑录成果,但辑本无序跋,其撰述时的学术思路难以知晓,故而较长一段时间内,世人并不以朴学家视之。经史著作如《越缦经说》①、《明臣谥录》、《国朝文臣武臣谥录》、《受礼庐丧服经传节要》等皆未刊稿②,长期不为人知。其自视甚高者若《正名》《说文举要》《元代重儒考》等独立成篇的重要学术著作又未见传,这也是李慈铭的学术成就不被重视的根本原因。

笔者近期阅读到李慈铭《国朝儒林经籍小志》未刊稿,此书是他对清前中期两百年学术史的思考,也突出了他经史研究的成绩,对于客观评价其学术立场、学术地位有重要的价值。

二、《国朝儒林经籍小志》的编撰

李慈铭在咸丰初年跋钱大昕《十驾斋养新录》,自称有意作《国朝儒林小传》,拟收入乾嘉诸名儒如钱大昕、惠士奇、惠栋、戴震

---

① 〔清〕李慈铭《越缦堂文集》卷五《复王益吾祭酒书》:"蒙索拙著经说,本多口耳之学,无可采者,以散在日记及经籍眉端,一时辑录不易,又苦乏写官,拟俟病愈招邑子及门生一二人处之寓斋,写出数卷,名曰《越缦经说》,奉正台端,以待别裁。"

② 今稿藏中国科学院图书馆。

等①,后撰写《戴震遗书》读书记,综述清前中期学者达百余人,对当朝学者多有批评。同治二年五月,他读阮元《国朝儒林传稿》,因是稿本流传,世所稀见,他抄录了其中的经史汉学家名录,并评论道:

> 文达此稿,本未尽善……王而农说经不甚醇,高紫超、曹欣木学业不概见,然王氏著述颇多,高氏接派东林,曹氏遭逢圣祖,蔚为儒臣,为立专传犹可也。他若谢秋水、严永思、潘锡畴俱可附孙钟元传,李刚主可附毛西河传,薛仪甫可附梅勿庵传,钱饮光可附王而农或黄梨洲传,以三君皆明遗臣,而钱氏学术又不足为桐城倡,刘昆石可附其乡人张稷若传,范彪西可附陆桴亭或方紫超传,以学术相近也。邵念鲁可附黄梨洲传,武虚谷可附朱竹君传,李耜卿自应附其兄文贞传,而文贞在大臣传中,不能照覆,姑为立传以存其人。②

他指出阮书专传、附传多处失宜:邵晋涵、王鸣盛、凌廷堪、汪中皆不间出之学者,自当独立专传;朱筠虽然著述无多,然提倡儒林,有功朴学,不应附其弟朱珪,也须立专传;万斯同成就过于其兄,自当以兄附弟;惠氏三代,自当以惠栋专传而其父其祖附焉;尤其是将桂馥、马骕、张尔岐因籍贯而强合传,实在无绪;任启运经学实胜徐文靖,反以任附徐;凡此等等。如此详细地评论《国朝儒林传稿》的缺失,可以推测他或有计划重编一部学术小史。

---

① 〔清〕平步青《霞外捃屑》卷一所录李慈铭撰《儒林小传》,民国六年刻本。
② 〔清〕李慈铭《越缦堂日记》同治二年七月初二日。

《越缦堂日记》同治元年二月十七日:"辑《国朝儒林小志》。"可见此时已经开始编撰工作。《越缦堂日记》同治三年二月初六日:"余辑《国朝儒林小志》,惟载汉学名家,虽姚惜抱、程绵庄、程鱼门、翁覃溪诸公自名古学者,皆不列入。"同治七年十二月他致书平步青,言《小志》已编撰完毕①,则迟至同治七年已经完成。但长期以来,此稿不为人知。陈鸿森先生曾致信漆永祥询问该书,漆在《江藩与〈汉学师承记〉研究》一书中则称多方访查亦未见传②。

成书的《国朝儒林经籍小志》稿本,今藏中国科学院图书馆③,蝇头小楷,夹页签条屡见,眉注皆满。其自序云:

> 说经之学,国朝最盛,有汉唐所不及者,皆汉儒之学。其著书满家而无当古义者,如桐城方侍郎苞、安溪李秀才光坡、光山、胡文良煦、嘉善陆清献陇其、高安朱文端轼、桐城姚郎中鼐,皆在所屏。虽以安溪相国李文贞之遍注六经,一时称名儒名臣者,亦不及也。而歙程编修晋芳、大兴翁学士方纲,虽名古学,出入无主,编修至诋《说文》,尤不可训,盖从删削。至于应氏㧑谦、姚氏际恒、王氏夫之、焦氏袁熹、程氏廷祚,皆当有撰述,多可取裁,而学无家法,自出新意,存备石渠之藏,未容

---

① 〔清〕李慈铭《越缦堂诗文集·越缦堂文集补》卷二,刘再华校点,上海:上海古籍出版社,2008年。《再答平景苏书》:"旧所辑《国朝儒林经籍小志》,时拟增订之,人为一传,而最其所著书要旨及得失大略。顾出都后见闻更隘,越中无一家可借书、一人可语此者,深悔尔时不与景苏共成之耳。"

② 漆永祥《江藩与〈汉学师承记〉研究》,上海:上海古籍出版社2005年,第343—344页。

③ 〔清〕李慈铭《越缦堂杂著》之一。卷首钤"荀学斋""莼客"朱文长方印。朱丝栏,每半叶十行,行四十五字。

经师之席。凡兹等类，宁略无详。若夫吾越黄梨洲为明遗臣，其书亦未专研训诂，故以昆山顾氏始。昆山虽以胜国遗老自命，而南渡授司务、唐藩拜职方，皆未尝赴，考正经注之学又自先生始，不可不以为冠云。

该书共收顾炎武，张尔岐，朱鹤龄，马骕，陈启源，万斯同，毛奇龄，朱彝尊，阎若璩，胡渭，臧琳，陈厚耀，惠士奇，郑江，顾栋高，王懋竑，任启运，齐召开，沈彤，徐文靖，江永，赵佑，惠栋，江声，余萧客，沈大成，庄存与，褚寅亮，卢文弨，王鸣盛，钱大昕，茹敦和，翟灏，纪昀，朱筠，戴震，段玉裁，胡匡衷，胡匡宪，钱大昭，毕沅，谢启昆，程瑶田，任大椿，孙志祖，孔广森，陈昌齐，邵晋涵，金榜，王念孙，洪榜，武亿，程际盛，庄述祖，李惇，钱塘，丁杰，汪中，刘台拱，钱坫，瞿中溶，刘履恒，刘玉麐，谈泰，金曰追，孙星衍，王煦，何治运，阮元，洪亮吉，凌廷堪，桂馥，王绍兰，姚文田，王引之，郝懿行，胡秉虔，陈寿祺，张惠言，许宗彦，焦循，江藩，汪德钺，朱琦，胡承珙，李兆洛，徐养原，李黼平，李锐，汪莱，洪颐煊，刘逢禄，胡培翚，钮树玉，顾广圻，陈鳣，臧庸，凌曙，薛传均，金鹗，陈奂，吴钟骏，陈庆镛，施彦士，陈立，丁晏，郑珍，朱骏声，连鹤寿，林昌彝，黄奭，魏源，陈澧，邹汉勋，王筠，汪士铎，王谟，孙经世，张文虎，宋翔凤，林伯桐，侯康，王鎏，苗夔，沈钦韩，张穆，俞正燮，严长明，王昶，谢墉，翁方纲，叶佩荪，刘凤诰，徐松，朱为弼，叶志诜，梅文鼎，范家相，王宗炎，戴敦元，姚文田，汪继培等一百四十四人。又附传潘耒，张弨，刘孔怀，盛世佐，韦协梦，李文藻，江德量，贾道孙，李赓芸，吴凌云，梁玉绳，梁履绳，江承之，朱为弼，钱仪吉，雷学淇，张聪咸，程恩泽，袁廷梼、方观旭、冯桂芬、毛岳生、柳兴恩等二十三人。

综计收清前中期二百年间经学名儒百六十余人，其去取较为严苛。首先，宋学家不取，如方苞、李光坡、光山、胡煦、陆陇其、朱轼、姚鼐，皆在所摒。其次，虽名古学而出入无主者不取，如程晋芳不录；虽有经学撰述而于古义无益，亦不录，如应为谦、姚际恒、王夫之、焦袁熹、程廷祚等。清儒治经学者数千人，若非了然于胸如指诸掌，严遵体例，便易流入泛泛。

《国朝儒林经籍小志》的体例是著录人物籍贯字号、经学书名卷数，不列行事，不作引述、评介，可谓精简之极，迥然有别于学案体。可见，李慈铭注重的是"经籍目录"，意在以书存人，故而亦可视为一部清代经学经典著作目录。如其首条云：

> 顾炎武，初名绛，字忠清，又名圭年，字宁人，号亭林。江苏昆山人。著《日知录》三十二卷，《音学五书》共三十八卷，《左传杜解补正》三卷，《石经考》一卷，《九经误字》一卷，《五经同异》三卷，《求古录金石文字记》六卷。弟子潘耒，字次耕，吴江人，官检讨。校刊顾氏遗书，著有《类音》。

当时他拟以黄宗羲开端："辑《国朝儒林小志》，以吾乡黄氏宗羲始。予自庚申夏欲辑是书，以未得江氏潘《汉学师承记》、阮氏元《儒林传稿》而止。今惟即所见者缀集而已。黄氏虽明臣，然开国朝之学，又卒于康熙中，故以为始也。"①然而实际成书的《国朝儒

---

① 《日记》同治元年二月十七日。

林经籍小志》则未录黄宗羲，大约考虑到黄氏既未专研训诂，也无代表性的经学著作；而顾炎武著《日知录》《音学五书》等开辟荆棘，实为造汉轨者，故以其为始。

此书为李慈铭初稿，其顺序有待调整者，如赵佑、惠栋之间眉注云"惠氏宜移在沈彤之下、江永之上，徐文靖宜移在江永之下"；段玉裁、戴震之间眉注云"戴氏宜移在毕沅下、谢启昆上，段氏宜移在王氏念孙下、武氏亿上"。又有待增入者，如阎若璩条眉注云"阎下附张弨"，褚寅亮条眉注云"褚下附严长明"等，又有另页夹入，皆是增补者。可见此书尚不是满意的定稿，后来他曾计划为每人写一传、每书写一提要，彼时他丁忧家居，以卖文自活，无暇为此；且经太平军乱后，越中私家藏书多被焚毁，欲撰汉学者著述提要并非易事。但在此后的三十年间李慈铭没有继续修订完善，十分遗憾。

与李慈铭同时且总结清儒成绩的有张星鉴、桂文灿、赵之谦三家，李慈铭与三人皆相识相交。张星鉴《国朝经学名儒记》收录尊崇汉学家法的经学名家一百三十五人，专录经学著述，与李慈铭《国朝儒林经籍小志》旨趣相同，同治初李慈铭曾为之序。桂文灿在咸丰末继江藩《汉学师承记》而作《经学博采录》，录乾、嘉、道、咸四朝经学名家，既言"博采"，宋学家的经学著作亦阑入，故录至千余家之多。同治初，李慈铭与桂文灿因潘祖荫之介相识，后书札往复论学，惺惺相惜，但李慈铭似未读过桂氏《经学博采录》。又同时赵之谦也撰有《国朝汉学师承续记》，依江藩体例，专人专记，也是稿本流传。而李慈铭与赵之谦虽然有乡谊姻亲，因各不相能，似乎也未寓目赵书。李慈铭的《国朝儒林经籍小志》比桂文灿《经学博采录》、赵之谦《国朝汉学师承续记》略显简略,与张星鉴《国朝经学名儒记》篇幅相等。值得注意的是,稍后曹允源有《国朝经师撰述录》,梅毓有《续汉学师承记商例》,可以说,《国朝儒林经籍小志》的编撰,也正反映了自《汉学师承记》以来对当朝汉学的总结、梳理的风潮。

三、李慈铭的清学史观及汉学立场

李慈铭生在道光末年,时经学日衰,朴学大师凋零殆尽,经典文本的研究空间日益缩小,而由于出土文物的涌现,不少学者转而研治金石,学风一变。其实,李慈铭在金石学方面也有涉猎,王欣夫先生从《越缦堂日记》辑有《越缦堂金石题跋》,但李慈铭对不读经书原典、仅凭断碑残石而轻疑甚至篡改经典多有批评:

> 嘉庆以后之为学者,知经之注疏不能遍观也,于是讲《尔雅》,讲《说文》;知史之正杂不能遍观也,于是讲金石,讲目录。志已偷矣。道光以下,其风愈下,《尔雅》《说文》不能读,而讲宋版矣;金石目录不能考,而讲古器矣。至于今日,则诋郭璞为不学,许君为蔑古。偶得一模糊之旧椠,亦未尝读也,瞥见一误字,以为足补经注矣。间购一缺折之赝器,亦未尝辨也,随摸一刻划,以为足傲汉儒矣。金石则欧赵何所说、王洪何所道,不暇详也,但取黄小松《小蓬莱阁金石文字》数册,而恶《金石萃编》之繁重,以为无足观矣。目录则晁陈何所受、焦黄何所承,不及问也,但取钱遵王《读书敏求记》一书,而厌《四库提

要》之浩博，以为不胜诘也。若而人者，便足抗衡公卿，傲睨人物，游谈废务，奔竞取名，然已为铁中之铮铮、庸中之佼佼，不可痛乎。①

学术风气，一方面固然受执政阶级意识形态左右，在满清贵族的统治下，儒士之讲求终不能胜朝廷之功令。而学术内部的发展、学者的自主选择才是学术发展的核动力。清初治汉学者诋宋学，予人口实，继而遭宋学派如《汉学商兑》之攻击；延至同光朝，经曾国藩等人之推扬，宋学风头直上，而汉学末流舍难求易，积弊日深。鉴于经学极盛而衰的现象，李慈铭早在咸丰末已开始有计划地编撰当朝经学家著述目录，来对抗当时的轻浮学风，欲以一己之力障其横流，有扭转风气、重建汉学气象之理想。

李慈铭极力称赞阮元能引领风气，惠及天下学人，对其推崇备至，至谓阮元之卒为学术之衰。他对阮元的继承表现为推尊毛奇龄，毛奇龄在清初学术地位不高，且屡遭贬斥，全祖望作《萧山毛检讨别传》称其道德文章为儒者所不为，阮元序《西河全集》时却赞誉非常。李慈铭在同治元年（1862）作《书鲒埼亭集外编萧山毛检讨别传后》②，观点一同阮元，云：

> 西河固非醇儒，而谢山骂之不遗余力，至讦发其阴私，亦几为市井无赖之叫嚣矣。……予尝谓西河史学实疏，又因恶宋儒性理空疏之学，不读其书，遂并宋以后之史俱以未读，此

---

① 〔清〕李慈铭《越缦堂日记》同治十一年十月初七日。
② 〔清〕李慈铭《越缦堂文集》卷六。

所以来后人之讥弹。要其经学、文章，不特吾郡之冠，亦天下之杰也。善乎阮文达之序《西河全集》曰……其引证间有讹误，则以检讨强记博闻，不事翻检之故。恐后人欲定其误，毕世不能也。云云。可谓先得我心者。

李慈铭敬仰乾隆朝经学的辉煌，内心存有振复汉学之志。虽然他也肯定"《诗》之欧本义、朱集传，《书》之苏传、蔡传，其议论亦间有较胜汉儒者"①，但又认为宋儒的治学方法并不可取，其师心自用，轻浮叫嚣，并非学者气象，就治学而言，他认为宋儒不能与汉儒并论。所以，理学名臣如陆陇其、沈德潜、程晋芳、程廷祚、朱仕琇、翁方纲、方东树等人，都被李慈铭讥讽为愚而自用，谬种遗患。可见李慈铭治学，依旧遵循乾嘉诸儒实事求是，许、郑家法是其不二法门。面对纷纭的汉宋之争，他选择编写一部经学小史，虽无理论阐释，但从他选取经学名儒，摈弃理学家甚至经今文学家，已经表达了他的立场与旨趣。既然不能、不屑与"呹呹陆王之异辞，津津程朱之弃唾者"争口舌之长，故著书备忘以昌明来学，通过别裁学人著述来总结清代学术。

另外，李慈铭对清代学术史的总结并不限于《国朝儒林经籍小志》，他陆续在诗文、书札中阐释清代学术，如《答王子常同年咏霓见赠之作》②：

---

① 〔清〕李慈铭《越缦堂文集》卷四《复桂浩亭书》。
② 〔清〕李慈铭《白华绛柎阁诗初集》卷壬，光绪十六年刻本。〔清〕王咏霓《函雅堂集》，光绪二十二年刻本，卷四《赠李爱伯户部》有"念子富文史，并世推经神。七略秘津逮，斗室安诵炫。实学苦宗守，义理芟清玄。力挽沧海流，将以障百川"。故李慈铭有感而引申论之。

圣清励实学，经训勤疏治。阁顾朱胡陈，筚路先驱驰。硕儒启小惠，摅宿穷娥羲。一传得艮庭，写经参籀斯。卢褚实骖靳，王钱共维持。孔邵孙洪凌，继起分缁甾。元明积壅薉，悉辞而辟之。万汇索奥嘖，千秋绝攀跻。是皆宗高密，经神无它师。洙泗恃一线，微言接缁帷。别出有江戴，金段相追随。稍逊惠学宏，未与郑志违。幸际高宗朝，千载开昌期。大典搜秘逸，石经正讹遗。翘材列四库，章逢赓委蛇。典礼及名物，爬梳咸受比。训诂及章句，斠董罔弗厘。粲然六经籍，巨细长昭垂。中天竟再睹，轹汉凌苍姬。家法贵墨守，大道讵有岐。世儒好衒鬻，立异不知归。通艺务博物，昧经标正辞。制度勇臆改，科旨纷讹滋。此虽名古学，实已招瑕疵。桐城遂猖狂，捐本升其枝。拊搯八家语，小文炫群儿。斯藩一以坏，雷鸣聒蛙黾。聋子瞽厌摘索，虻蝨肆謷訾。鹣楼傲㧏冕，豕盆蔑尊彝。空言讲性命，圣道日陵夷。不学为知本，师心恃可欺。六书屏不讲，三礼纷致疑。驯至酿大乱，痛溃连心脾。五斗各立教，天主奉泰西。痛兹谬种害，迁流忘其非。有识或疾呼，楚咻舌为疲。硕果已尽落，弦诵声何稀。京师盛冠盖，杖杜贯雌霓。讲章秘枕宝，兔园不敢窥。其间号才俊，佻达矜羽仪。乱抹尤侗集，高诵袁枚诗。孤凤偶一出，环噪惊群鸱。予生夙婴疢，许郑心所跂。健忘屡迷复，望洋惮钩稽。……汉学或复振，大厦群支楣。

简短六百字基本概括二百年间的学术大势，从"许郑心所跂"与"汉学或复振"来看，李慈铭的汉学立场是不难归纳的。又

《国子监宜改立专经博士议》①纵论经学名家;《复王益吾祭酒书》②数千言,与王先谦讨论《皇清经解续编》应增删名录;《复桂浩庭书》(《文集》卷四)、《书沈清玉先生冰壶集残本后》(《文集》卷六)、《昆山张纬余明经星鉴国朝经学名儒记序》(《文集补卷二》)、《游太学赋》(《越缦堂骈体文》卷一)等评论当朝经儒;尤其是在读《戴震遗书》后,他一方面对毛奇龄、朱彝尊虽厕身文学侍从,但不久即遭废退,以及胡渭、臧庸、万斯大斯同兄弟等皆布衣终身深表遗憾;另一方面则对渊源宋学者如李颙屡受朝廷征召,李光地、朱轼以理学侍臣名位并隆表示了极大的不满。他认为经学昌盛固然由朝廷稽古右文,但即便如乾隆朝之开四库馆,儒士仍不得重用,几大部分士人穷经治学,终身布衣,生前飘零,身后寂寞。这种仕途龃龉、食贫力学的遭遇他感同身受,遂有意编一部经学家的著述目录,辨章学术,考镜源流,以成一家之言。故其感叹道:

> 呜呼!由斯以观,则诸君子之抱残守阙,断断缣素,不为利疚,不为势诎,是真先圣之功臣,晚世之志士。夫岂操戈树帜,挟策踞座,号召门徒,鼓动声气,呶呶陆王之异辞,津津程

---

① 〔清〕李慈铭《越缦堂诗文集》之《越缦堂文集补》卷一,上海古籍出版社,2008年。
② 〔清〕李慈铭《越缦堂文集》卷五。李慈铭和王先谦是较为知心的文字之交,他们曾就荀子研究、《东华录》讨论过,王先谦还刻了李慈铭骈体文,并题李慈铭诗集,而李慈铭也为王母作墓志铭。光绪十三年八月他《复王益吾祭酒书》,就王先谦所编《皇清经解续编》所选诸家,提出自己的建议,应该删去者数十家。王先谦复书李慈铭(《越缦堂日记》光绪十三年十月二十一日),云《续经解》中洪亮吉《左传诂》、宋确山《周礼故书疏证》、《仪礼故书疏证》、邵懿辰《礼经通论》俱已刻,无法删去。参考李慈铭的建议,抽去戴望《论语注》,桂馥《说文义证》也拟缓刻。

朱之弃唾者所可同年语哉？①

李慈铭卒于光绪二十年，《国朝儒林经籍小志》成书于同治三、四年，无法完全概括晚清，但他与晚清著名学者俞樾、缪荃孙、沈曾植、黄以周、王先谦、孙诒让、平步青、谭献、张之洞、傅以礼、桂文灿、杨守敬等等交谊匪浅，对他们的著作也都曾涉猎和评判②，在《越缦堂日记》以及诗文、书札中皆有表现。因此，他对清代学术的总结仍不失为全面。《国朝儒林经籍小志》连同《受礼庐丧服经传节要》《明臣谥录》《国朝文臣武臣谥录》等未刊稿的发现，使得李慈铭经史大家的学术地位得以确立；而他毕生孜孜不倦研经治史，创获良多，是同光之际主流学派的中坚力量，被誉为"清学殿军"，可谓实至名归。当然，我们也要看到，李慈铭身处学术风气将大变而未变之迷茫时期，他追寻百余年前大儒之足迹，欲凭一己之力有所创造但已不能发明。他曾对沈曾植说"处今世而治经，但当守孟子博学详说四字，不必要求新异也"。③

李慈铭生活在道咸同光四朝，属于晚清这个长时段范围，此间，创造里程碑式成绩的乾嘉汉学时代渐去渐远，世界格局的变化也悄然影响到了学界，新学、西学逐渐打开了士子文人的视野，经

---

① 〔清〕李慈铭《越缦堂日记》同治二年正月二十四日。上海师范大学图书馆藏《越缦堂遗稿真迹》，将李慈铭读《戴氏遗书》后之议论文字，独立成篇，题作《国朝儒林论》。
② 〔清〕李慈铭《越缦堂诗文集·文集补》卷二，《再答平景苏书》评同时浙江学者云："近日浙江学者有嘉兴锺孝廉文蒸子勤、归安汪教谕曰桢谢城、德清编修樾荫甫、定海黄秀才以周元同、仁和谭廷献仲修，皆综研群籍，多所论著；而黄君承其父薇香先生式三之学，潜心说经，实事求是，视俞、谭诸君为优。"
③ 《日记》光绪十七年十月二十九日。

世致用之学笼罩了学界，这就是王国维先生所云"道咸以降之学新"。学者浸淫在这种气氛中，各自选择了适合自己的学术道路。李慈铭心仪乾嘉诸儒的实事求是，继续经史考据，与俞樾、张文虎、桂文灿、杨守敬、王先谦、周寿昌、孙诒让等同属乾嘉汉学的继承者，当时不少学者都选择了继续经史考证。但乾嘉诸儒的考证工作已经穷尽经典文本，一些学者另辟蹊径转而投向金石学、元史及西北地理学、诸子学，也取得不俗成绩。他们是正统派、保守派，但同时也是没落派，因为学界的动力及中枢已经转到外来思想及文化的吸收，尤其是经世致用之学吸引了大批青年才俊，同时西学东渐，热衷西学的人越来越多，这些都彰显出晚清考据学的艰难处境。故而，执着于考据学的大师通常被视作"清学殿军"，如李慈铭、章太炎等皆有此誉，而李有《国朝儒林经籍小志》，章有《清儒》，他们都自觉地总结清学。至梁启超与钱穆两先生先后撰《中国近三百年学术史》，细致论述了清代学术成就及发展的轨迹，是为研究清代学术的必读经典。然而，那些开清代学术研究风气之先的著作，如李慈铭《国朝儒林经籍小志》，其本身即是清代学术的内容之一，认真研读它，必然利于我们对清代学术史的整体认知。

（原刊于《中国典籍与文化》2015年第2期）

周作人、鲁迅与李慈铭

一、鲁迅和《越缦堂日记》

民国时,在读书人的世界里,有一部书的影响非常大,那就是上海商务印书馆影印的李慈铭的《越缦堂日记》。先印的是这部日记中间的五十三册,尚未印行就被预定了三百部,发行后在读者间迅速引起轰动,包括蔡元培、张元济、胡适、鲁迅等大批学人争睹为快。十余年后,又印了这部日记的前十一册,皆告售罄,其风靡之状可想而知。胡适先生读后认为,这部书内容纪实,很有趣味,且读书札记及时事价值很高,为之题九首诗云:

五十一本日记,写出先生性情,还替那个时代,留下片面写生。

三间五间老屋,七石八石俸米,终年不上衙门,埋头校经校史。

宁可少睡几觉,不可一日无书,能读能校能注,先生不是蠹鱼。

前日衙门通告,明朝陪祭郊坛,京城有那么大,向谁去借朝冠?

最恨孝廉方正,颇怜霞芬玉仙,常愁瓮中无米,莫少诸郎酒钱。

这回先生病了,连个药钱也无,朋友劝他服药,家人笑他读书。

猪头私祭财神,图个文章利市,祭罢放串爆仗,赶出一窝穷鬼。

买了一双靴子,一着就是十年,当年二十四吊,今回二两几钱?

铁路万不可造,彗星着实可怕,四十年前好人,后人切莫笑话。①

胡适先生的题诗,总括了日记的内容以及作者的形象,代表了当时大部分读者的看法。但也有人认为这部书并没有那么好,比如鲁迅先生读了这部书后说:

> 吾乡的李慈铭先生,是就以日记为著述的,上自朝章,中至学问,下迄相骂,都记录在那里面。果然,现在已有人将那手迹用石印出了,每部五十元。在这样的年头,不必说学生,就是先生也无从买起。那日记上就记着,当他每装成一函的时候,早就有人借来借去的传钞了,正不必老远的等待"身

---

① 胡适《胡适全集·日记》(合肥:安徽教育出版社,2003年)民国十一年(1922)七月十八日:"读李慈铭的《日记》,很有趣味,晚闲在床上作了几首六言的诗,题这部书。"《病中读〈越缦堂日记〉戏题》。

后"。这虽不像日记的正脉,但若有志在立言,意存褒贬,欲人知而又畏人知的,却不妨模仿着试试。①

《越缦堂日记》因为名气响、部头大,售价不菲,故而鲁迅先生都自叹买不起。未几,许寿裳送了他一部,鲁迅《鲁迅全集·日记第十》民国十年(1921)书账记道:"《越缦堂日记》五十一册,许季黻赠,九月三十日。"而鲁迅也报许以《越缦堂骈体文》一部②。许寿裳对李慈铭的日记也用力研读过,民国二十九年(1940),许寿裳在金大理学会演讲《李慈铭与翁同龢二人日记之比较》③。民国二十三年(1934)商务印书馆又影印《越缦堂日记补》十三册,鲁迅的三弟周建人立即买了一部给他④,可以看出,鲁迅对这部日记很关注。

但是,鲁迅先生在读李慈铭日记的时候,感到李慈铭很矫情。他认为《越缦堂日记》的写法有点不伦不类,除了日常生活、读书札记,还抄录新闻时事以及别人的诗文,着实很笨重。鲁迅本人的日记则非常简洁,仅记购书、交游以及少许日常琐事,有时仅记作"无事"。而李慈铭则把日记当作著述来写,且当日就由人传阅,似乎迫不及待地宣扬自己,不免名士气:

---

① 鲁迅:《鲁迅全集》第三卷《华盖续集·马上日记》(1926),北京:人民文学出版社,2005年,第326页。
② 鲁迅《鲁迅全集·日记二十五》民国十年(1921)十二月十六日:"许季茀来,赠以《湖唐林馆骈文》一册。"
③ 许寿裳《许寿裳日记》(福州:福建教育出版社,2008年版)民国二十九年(1940)十二月初四日:"至金大理学会演讲,题为《李慈铭与翁同龢二人日记之比较》。"
④ 鲁迅《鲁迅全集·日记二十五》民国二十五年(1936)十月初三日:"夜三弟来并为买得《越缦堂日记补》一部十三本,八元一角。"

《日记》近来已经风行了。我看了却总觉得他每次要留给我一点很不舒服的东西,为什么呢?一是钞上谕,大概是受了何焯的故事的影响的,他提防有一天要蒙"御览"。二是许多墨涂。写了尚且涂去,该有许多不写的罢?三是早给人家看钞,自以为一部著作了。我觉得从中看不见李慈铭的心,却时时看到一些做作,仿佛受了欺骗。①

关于引起鲁迅先生不舒服的三点,这里有必要多说几句。首先,关于钞上谕,李慈铭每日读《邸报》,这是掌握朝章国事的最便捷途径,他所关注的是官员升迁、谏臣奏疏以及宫内大事,将《邸报》中相关内容抄录日记中,便于自己翻检,有时还长篇累牍地发表己见。他著有《国朝王公贝勒子将军谥》《国朝文臣谥录》《国朝武臣谥录》以及增注同治、光绪两朝《缙绅录》,可以理解,他之所以抄录《邸报》,是为积累文献资料。如果他想日记蒙御览,就不会将自己的讽刺时事诗也记录在里面。

其次,关于涂抹,《越缦堂日记》现已全部影印出版,其中涂抹不过百余处,总计不过千余字,而且集中在日记的最初几册,从咸丰三年至十一年(1853—1861)。一方面是抹去厌恶之人姓名事迹,因先前交好,交恶后遂隐去其名,如周星诒、星誉兄弟及赵之谦、杜五楼等。这并不影响日记的真性流露,嬉笑怒骂皆成文章。另一方面是对读书作文的修改,先前读书功力尚浅,识见不足,日后修订,亦属正常。如咸丰五年(1855)三月初二日抹去词两阕,眉

---

① 鲁迅《鲁迅全集》第四卷《三闲集·怎么写》(1927),第 24 页。

端注云:"两词初就时甚不惬意,逾五六月始改定,几尽一日之力,从来无此□滞,然竟得'夕阳无处好'五字,亦不负苦心也。自记。"①

再次,供人传抄。李慈铭喜欢交接士子文人,时亦不免卖弄文才。他当日的全部著述包括诗文辞赋、读书札记都在日记内,朋友间交流切磋,常被借去阅读。咸丰末年他进京,潘祖荫的父亲潘曾绶闻声亲自登门求阅日记,他是李慈铭日记的第一读者,每隔一段时间就来借阅,还摘录为《莼记摘隽》(李慈铭号莼客)。他常在日记中评论时政、讽刺官员,故而时人津津乐道于其记载,争相传阅。鲁迅先生大概认为日记是私密不能给人传看,可是晚清民国以来的文人都喜写日记,内容庞杂,学术札记、诗文辞赋都阑入,可能日记已经渐渐演变成一种著述体例,而不仅仅是日常生活流水账、仅供自己检查的记录了。

二、周作人与李慈铭

周作人对李慈铭则表现出与乃兄不同的兴味。他的《老虎桥杂诗·往昔四续六首》之四咏李慈铭曰:

> 往昔论乡人,吾爱李越缦。诗语所不晓,文喜杂骈散。日记颇可读,小文纪游览。一卷《萝庵志》,书斋自清玩。流派虽不同,风味比文饭。惜哉性偏激,往往坠我慢。益甫与景孙(赵

---

① 〔清〕李慈铭《越缦堂日记》,扬州:广陵书社,2004年,第173页。

之谦与平步青),廉语恣月旦。瞋目骂季周(星诒),只是由私怨。岂因山川气,奚刻成疾患?喜得披遗编,胜于生对面。①

对于这位晚清之际品性、学问、诗文都是最有名的先贤,周作人最服膺他的考证及游记文字,《越缦堂日记》他是从头到尾翻阅一过的,比如他偶然淘到了李慈铭的家书四通、潘祖荫与李慈铭书二十七通,便查阅《越缦堂日记》,考察这些书信的写作时间。又有李慈铭与内子书一通、《戏拟六朝人与妇书》,按之《越缦堂日记》考察李慈铭与内人的冷淡关系②。民国间,李慈铭的藏书略有散出,周作人也从旧书店收集李慈铭的著述。他最喜读李慈铭的《萝庵游赏小志》,他还撰文写收藏、阅读这本书的始末:

《越缦杂著》抄本一册,从杭州书店得来,内为《萝庵游赏小志》《霞川花隐词抄》《乐府外集》共三种,书面题"龙集光绪二十有四年九月霞庐主人志庚甫假傅氏抄本录竟题面",朱文长印曰"太原公子",内又有印曰"志庚珍藏"。……案,此盖指壬子二月条下原注"断断诉比匪破家事",似当时读《小志》者多注意及此。《越缦堂日记补》壬集同治十月二十三日项下录有《复潘祖荫书》,起首云:"顷奉手谕,并蒙掷还《萝庵小志》。奖饰逾恒,遂使腐札回荣,枯词溢润。《语林》未出,见赏庚郎;

---

① 周作人《老虎桥杂诗》后记云:"去年五月末自北平移南京,居于老虎桥,长夏无事,偶作小诗……三十六年一月二十日知堂记于南京。"石家庄:河北教育出版社,2003年。

② 在周作人《药堂杂文》之《名人书简钞存一》《名人书简钞存二》,石家庄:河北教育出版社,2003年。

《本论》初成,折衷叔夜。方之鄙作,深愧昔流,虽知过情,能无感发? 承示《志》中宜删一节,具承风义,勉我古贤,刻状魑豺,诚污简牍,当如来旨,即事芟除。"但以后接叙二周前事,凡费四百余言。①

关于周作人的这段文字,国家图书馆藏《李越缦先生杂著》可与之印证,共收《萝庵游赏小志》《霞川花隐词钞》《乐府外集》三种。《萝庵游赏小志》首有"苦雨斋藏书印""知堂所藏越人著作"及"志庚珍藏"三印。周作人跋末钤有"知堂书记"朱文长方印。

《李越缦先生杂著》抄本一册,从杭州书店得来,定价二百元,折实为北京通行币四十五元也。署名志庚,又有太原公子印,当系王氏。卷首附有任秋田手札,察语气当是师弟关系。案,任君遗稿《倚柁吟》,章琰其跋中说及王君子余为昔日门下士,然志庚即王子余世裕无疑。王君关心越中文献,曾于绍兴公报社印行《文献辑存书》一二辑及《越中三不朽图赞》。此稿云从傅氏传录,或是节子原抄本欤?《乐府》有萧山钟氏刻本,《小志》仅有晨风楼铅字本,他日如有机缘,颇思重付剞劂,作为《一蒉轩丛刻》之一也。民国壬午大寒后二日,知堂识于北京。

此序写于民国三十一年(1942),从序中可见,他计划将此收入《一蒉轩丛刻》。周作人曾亲笔楷书《萝庵游赏小志》的内容赠送友

---

① 周作人《书房一角》,石家庄:河北教育出版社,2003年。

人,2010年春国内一个拍卖会上就出现过周作人民国二十二年(1933)十一月于北平苦茶庵录李慈铭《萝庵游赏小志》,赠大本先生,可见他对此书的喜爱。

周作人还收藏李慈铭《白华绛跗阁诗》,这部诗集鲁迅曾寄给他一部,他又自购一部:

> 《白华绛跗阁诗》十卷,光绪十六年刻,而印书似不多,市价乃踊贵。近年杭州抱经堂朱氏书肆觅得旧板,重印行世,字画完好无缺,且卷首多有平步青撰传一篇,尤为可喜,可见新印本有时亦较旧者为胜也。传后有自记八行,中有云:"君尝言文非予所长,最为知己。自闻恶耗,雪涕沾衿,即思为诔及哀辞,以舒四十五年同案之悲,苦不成一字,江郎老尚才尽,况不通如予乎。"语颇诙诡,李君如地下有知,亦当干笑。平步青这样写了,王继香亦遂刻在诗集里边,都不愧为达者,俗人便不能知道这些,以为不雅驯,乃抽去不印,如不是此次旧板新印,我们将不知有此一回事矣。甚矣,俗人之误事,而旧书之后印本亦有时会有用,不可一笔抹杀也。①

周作人不仅乐于收藏李慈铭的著作,连李慈铭罕见题跋文字也过录,如《陶集小记》备列他所藏陶集,其中有陶澎宣稷山楼重刻汲古阁本,其上有李慈铭跋,周作人便全文移录,而此文并未收入李慈铭的文集。

---

① 收入《书房一角》时改名为《李越缦诗》。

《越缦堂日记》中关于越中风俗掌故颇多，这也是周作人措意之处。周、李都在绍兴城居，足迹多有重合。譬如，《书房一角》之《越王峥》就是读了李慈铭日记中关于越王峥欧兜祖师道场事，周作人就此记载考察一番。如《关于王谑庵》，也是读了《越缦堂日记》中关于杜甲刻《传芳录》有王遂东的绘像系赞，所以花钱买回此书，细细研读。另一方面，李慈铭对越中文献的搜辑、考证、整理，如校阅《山阴县志》《绍兴府志》《越风》，撰《越中先贤祠墓序例》《越中三不朽图赞跋》等，对乡后辈来说，读书知史时总是绕不过，这些文字周作人都曾提到过。

周作人的生活与文风都很雅致，李慈铭的游记小品以及日记中短短数十字写景状物抒怀，都极典丽隽永，很贴合周作人一贯的追求。李慈铭博雅生活写作的背后还有另一面，那就是对世道人心的冷嘲热讽，口诛笔伐的能力过人，关于这点，鲁迅先生倒是和他有几分相似。

三、李慈铭与周福清

鲁迅、周作人兄弟对李慈铭的关注，可能还因为乃祖周福清与李慈铭也有不错的交谊。因为鲁迅先生的大名，他对李慈铭的冷嘲热讽难免让人联系到了李慈铭日记中的月旦雌黄及怒骂的文字。所以，曾有人揣测是否李越缦在日记中抨击过周福清，尤其是周福清科场舞弊案发入狱，可能李慈铭就此鄙薄过这位同乡，所以引起了鲁迅的反感。

事实上，《越缦堂日记》中谈及周福清的次数颇多。同治十年(1871)周福清进士及第,李慈铭记录道:"是日榜发,山、会两邑只一人,曰周福清。"①不过,其下两行涂抹,未知何故。这恰恰成为鲁迅讽刺《越缦堂日记》涂抹的注脚。同治四年(1865),李慈铭由京城返乡,马新贻聘其督修西塘,因利益关系,他与地方乡绅章嗣衡、沈元泰、周以均并不融洽,曾于日记中责骂周以均素行无检、沈元泰侵盗木税。而周以均即周福清族叔,沈泰元则是周福清问业师,或可推测李慈铭迁怒于人,对周福清亦无好感;而且,周福清言语尖刻,也有些愤世嫉俗之举,所以李慈铭抹去之文字或是对周福清的微词也未为可知。

周福清中进士后入翰林院,三年后散馆,以知县分发金溪,时李慈铭居京,所以他来向李慈铭拜别。"乡人周福清以庶常散选得金溪知县来辞行。言金溪刻书甚贱,可任剞劂之事,此人能为此言,盖窥予所好也。因属其购王氏谟所著书。"②李慈铭是京官,又主持京师的浙绍先贤祠,所以浙江的士子官绅到京师,总要去拜访这位大名鼎鼎的乡人。周福清以翰林院庶吉士散选得江西金溪知县,到李慈铭府上辞行,这是二人正式有交往,那时李慈铭的名气已经很大,周福清作为同乡来辞行,人之常情。周福清来辞行也许还有另一层意思,即李慈铭的六世祖李登瀛曾出任江西安仁、鄱阳、万年三地知县,又于雍正元年(1723)江西乡试同考官,《江西通志》载其事,周福清此行到江西去做官,大概慕名这位乡贤,临行到李慈铭府上小叙,也是情理之中。无论如何,周福清从科名上优于李慈铭,他能亲自登门辞别,说明二人并无嫌隙。

---

① 《越缦堂日记》同治十年(1871)四月十一日。
② 《越缦堂日记》光绪元年(1875)正月二十二日。

光绪十四年(1888),周福清补授内阁中书,做了京官,与李慈铭的联系日渐繁密起来,李慈铭在日记中屡屡提及,他们常邀集同乡京官宴饮①、出游②、听戏③,参加浙绍乡祠的祭拜活动,款待来京应试的同乡士子④,《越缦堂日记》中记载的略有:

下午诣方勉夫、周介夫,晤介夫。(光绪十三年十一月十三日)

晚诣福隆堂,邀方勉夫、郎仁谱、傅子薄、敦夫、介唐、介夫、胡梅、梁伯荣、娄俪笙饮。(光绪十四年二月初二日)

作书致书玉、介夫,以今日辛酉、辛未两科在财神馆团拜,介夫邀观夜剧,故托两君于近台留一坐地,以便老眼。(光绪十四年三月初七日)

周介夫来。(光绪十四年四月初四日)

下午诣周介夫贺其中书补缺。(光绪十四年四月初十日)

晡后同入城,偕介夫、书玉同宿内阁满票签处,夜偕诸君小饮就卧。(光绪十四年四月十四日)

晨诣先贤祠,黼卿、敦夫、秉衡、介唐、莫坚卿、陈心斋、朱少菜、胡伯莱、周介夫、马介眉先后至,已刻以特羊祀先师孔

---

① 《越缦堂日记》光绪十三年(1887)六月十九日:"晚邀书玉、介唐、周介夫、沈子敦、张拜庭、胡伯荣、孟益甫饮,并招霞芬。"
② 《越缦堂日记》六月初六日:"午后入城至什刹海庆和堂,以张拜庭、胡伯荣期饮于此也。……偕敦夫、介唐、介夫延伫堤间,夕阳渐敛,湖风稍起。"
③ 《越缦堂日记》光绪十三年(1887)闰四月初四日:"下午诣三庆园偕敦夫、介夫,邀仲凡、张拜庭、介夫、书玉听三庆部。"
④ 《越缦堂日记》光绪十五年(1889)四月初二日:"上午诣余庆堂偕敦夫、介唐、子尊、秉衡、伯循、介夫为山,会两邑公交车接场设宴,到者三十余人,共坐四席。"

子。(光绪十四年八月二十七日)

作片致弢夫、周介夫,约今夕小饮。(光绪十四年九月十九日)

周介夫约初五夜文昌馆观灯剧。(光绪十五年正月初三日)

以先贤祠旁灵氿分祠所供蜜果两树诒周介夫。(光绪十五年正月十八日)

光绪十四年(1888)六月,李慈铭夫人病逝,周福清来吊唁。光绪十五年(1889)先贤祠秋祭,周福清参加,李慈铭主祭;是年十二月二十七日李慈铭六十一岁生日,周福清还到李慈铭府上来拜寿。光绪十七年(1891)九月初八日,周福清赠《续刻皇朝谥法考》:"周介夫来,以王幼遐《续刻皇朝谥法考》一册见赠。"可见,李慈铭和周福清属于关系不错的同乡京官,他在日记中并没有任何反感周福清的文字,也没有任何对周福清不利的文字。

光绪十九年(1893)二月,周福清丁忧家居①,而主是年浙江乡试主考官殷如璋是周福清同治十年(1871)及第时同年,周氏族中参试士子请求周福清贿赂殷如璋以便取中进士,而周福清竟从之,于殷如璋赴杭州的苏州途次进拜殷如璋,当场案发,下苏州府审讯,迅即移送浙江,并呈报刑部。在秋闱之前竟有此丑闻,刑部以肃清考场,下令严惩不贷。而素居京师、消息通灵的李慈铭、吴讲、鲍临等人也第一时间得到消息,乡谊亲洽,他们设法施救。李慈铭

---

① 《越缦堂日记》光绪十九年(1893)正月初十日:"诣周介夫,闻其家中有急报也。"周福清接到母亲病卒的电报,必然要告知诸同乡,所以李慈铭也知道这个消息。二月十二日周福清奔丧,李慈铭亲往送别:"晡后出城诣上虞馆,送周介夫奔丧回里。"

"作书致敦夫,以闻周介夫已被获,是月二日由绍兴逮赴省垣对簿矣。自作之孽,夫将谁怼。然念桑梓之谊,且十余年来同官京师,一旦涂地至此,朋友急难,不能已也"①。次日又记:"得敦夫书并介唐书,余初约与两君致书浙臬赵君及越守霍君,以介夫之事果真,自有国法,乞饬狱吏少假借之,勿致狼藉,且护持其家属。两君以与赵无素分,其人法吏,天资近刻,又闻介夫连引副考官及前两科副考官,不便为言也。"②

李慈铭与同乡京官鲍临、吴讲致书浙臬越守,恳请护持其家属,但是严重的是,周福清可能前两次乡试时也曾贿赂考官,所以牵涉太广,周旋不得,更不便联名说项,但此中可见李慈铭的古道心肠。

遗憾的是,鲁迅先生生前并没有看到上面所引用的李慈铭记述其祖父的文字,因为这部分记载来自《越缦堂日记》的最后十三册,其稿本民国间流落海外,直至 1988 年由北京燕山出版社影印出版,世人才得读其晚年日记。

虽然,周作人也没有机会看到李慈铭对乃祖的乡谊,但他还是对李慈铭充满了浓厚的兴趣,折服于他的博雅,写诗咏叹这位乡贤,收录其手札,题跋其著述,可见文字之缘,无关其他。

鲁迅于民国元年(1912)五月五日到北京,当晚即访许铭伯,获赠《越中先贤祠目》一册,此即李慈铭所撰。而十二月二十八日买《中国学报》,只因为上面有李慈铭的日记节选③。后来,他又陆续

---

① 《越缦堂日记》光绪十九年(1893)九月二十一日。
② 《越缦堂日记》光绪十九年(1893)九月二十二日。
③ 《鲁迅全集·壬子日记》:"赴留璃厂购《中国学报》第二期一册,四角,报中殊无善文,但以其有《越缦日记》,故买存之。"

购买了李慈铭的《白华绛跗阁诗集》《越缦堂骈体文》《萝庵游赏小志》①,并且将之寄给了周作人、赠给了朋友。尤其是民国九年(1920)李慈铭日记印行后,周氏兄弟也陆续购买、阅读,而且发表议论。这表明,当时周氏兄弟对李慈铭的著述很关注②,只是周作人对李慈铭的兴趣持续比较久,直到新中国成立前夕,他还不断撰文记述他与李慈铭的文字缘,无形中推动了民国间李慈铭研究的第一次热潮。

(原刊于《天一阁文丛》第 12 辑,2014 年)

---

① 《鲁迅全集·壬子日记》五月二十一日:"上午寄二弟书两包,计……《白华绛跗阁诗集》两册。"十二月初七日:"买得《越缦堂骈体文》附《散文》一部四册,一元。板心题'虚霩居丛书',其全书未见,当是未刻成,或已中辍矣。"二十五日:"上午寄二弟信并《萝庵游赏小志》一册。"

② 事实上,民国期间,学界对李慈铭的文字普遍都比较关注,翻阅当时的《大公报》《绍兴公报》《古今》等,关于李慈铭的著述文字、个人恩怨以及各种绯闻猜测,通常都是热点,甚至有人伪造李慈铭书札诗文以牟利。

《越缦堂日记》的传播与影响[*]

一、个人心境与时代风气

李慈铭十六岁开始写日记,时断时续,从二十五岁开始逐日记录,并确定题名,日记卷端题"越缦堂日记",序云:

> 余幼而失学,浸寻岁月,无足纪述。顾素好弄笔,自乙巳即有日记,至戊申忽中辍,迄今忆之,梦缘断续,鸿迹迷茫,几不知前身后身、是人是我矣。嗣是而后,中年哀乐,易感于予心;卜砚光阴,多磨于人事。命宫缠蝎,陈迹蹈牛,倘非日记其所存,曷鉴失时之不学?爰于今上咸丰四年甲寅三月十四日始逐日记之,略参国事,感天意之苍流;间采诗词,惧风骚之泯没。至鄙人之断句,亦赘附于行间;即良友之清谈,尚缀存于纸尾。贞淫杂咏,皆李玉溪寓意之言;细大必书,师赵阅道焚香之告。朝婴夕侧,讵资风月以助谈;积玉碎金,聊纪见闻于困学。语无伦次,所不暇详,功有累增,即兹可证。

---

[*] 本文系2021年度高校古委会直接资助项目"李慈铭全集"(批准编号2153)阶段性成果。

"乙巳即有日记"，乃道光二十五年，才十六岁；"戊申忽中辍"，乃道光二十八年，十九岁。至二十五岁重头再记，并郑重保存下来。此时他是沉迷于辞赋且小有名气的文学青年，与同乡的十多位好友结成文学社团——言社，恰去王右军兰亭修禊千五百年，以风流自许，吟诗作文，定期雅集，与兴教寺诗僧澈凡唱酬，俨然太平盛世江南士子风流。他的家族号称越中四大巨室之一，郡中名望。但他的父亲出继族叔，田产无多，无功名且早逝。李慈铭是长子，有三弟三妹，他的母亲操持家政，节衣缩食，以助他悠游、沉浸于文学生活。但其时天下巨变，江南世族殷实的小康生活被天灾、战乱打破。他虽然才名早著，却迟迟未能中举，身处末世，前途迷茫，心怀寥落可想而知。

（一）立意较早

李氏日记自序开篇所称"余幼而失学"，颇可以窥见他的自省功夫，及以学业为职志的终身追求。他决定写日记，记录诗文作品，记述交游，记述省过、情绪，记学林见闻掌故及政事，不仅为备忘，且藉此考察"功有累增"，回顾学业积累、思想进步之历程，作为传世著述来写，其立意极为明确。

日记是一种非典型性的文体，虽然发源较早，近年出土的秦汉简牍中已有逐日记事的日记体内容，因其无需高超的写作技巧，虽如黄庭坚《宜州家乘》、陆游《入蜀记》之风致天然，广播士林，终难登堂入室，并未成为文学家正式的书写模式。

私密性是日记的天然特性，撰述者一般秘不示人，但从现存可见唐宋以来的日记著作（有时使用录、志、日历、日志、日注、纪闻、纪略等等名称）来看，这些日记的作者是有意传世，私密性便是相对而言。李慈铭以日记为立言，自然蕴含"三不朽"之意图，他对名的追求显而易见。

李慈铭以日记为立言,其后四十年如一日,都是以此范式写日记,虽然他别有诗词稿、丛稿、丛抄等集子,但日记几乎包罗所有著述文字。他本人晚年也从日记中摘录出诗歌、游记、骈文、读书笔记等,结为专集,这也佐证他将日记作为著述来写作的特别之处。

日记是排日记事,但未必每日都记,也可能事后数天追记、补写,也会重温、修改,能始终坚持不辍,须有过人之毅力。

> 终日惫甚,多卧,阅丙辰、癸亥两年日记。①
> 夜校日记。②
> 夜补写元日以后日记,颇费记录。③
> 补写日记讫。此亦近年功课不能中程之一端。④
> 夜补写正月以来日记,追忆甚劳,至三更就寝,达旦不瞑。⑤
> 自三月以后日记亦久辍,昨始拟自七月补写之,竟不能记,姑托始是月朔夜。⑥
> 偶取庚申日记检一事,因将其中怒骂戏谑之语,尽涂去之。尔时狎比匪人,喜骋笔墨,近来偶一翻阅,通身汗下,深愧

---

① 李慈铭《越缦堂日记》光绪四年六月初六日。扬州:广陵书社影印本,2004年。以下简称《日记》。
② 《日记》光绪七年九月初十日。
③ 《日记》光绪十五年正月二十日。
④ 《日记》光绪十五年五月十八日。
⑤ 《日记》光绪十八年二月初二日。
⑥ 《日记》光绪十八年九月十四日。

知非之晚。①

改旧作日记。②

自前月校书甚忙,至无暇写日记,皆草草札记之邸抄面纸,今日始自前月初四日后补录之。③

两日检阅历年日记。④

终日阅旧日记,稍稍涂改之⑤

偶阅旧时日记,觉其中多有疵谬,岁月有限,学问无穷,以我曹之荒瞀淫佚,《荀子》所谓出入不远者尚过时知非如是,况精进之士乎?少不努力,良深怅惧。⑥

阅旧时日记,至去年今日是德夫诀绝之辰,追念黯然,为之掩卷。⑦

相对于诗文辞赋,日记的写作难度要低很多,但若将日记写的雅俗共赏、辞采斐然、篇幅可观,令人百读不厌,却非易事。作者经历丰富、见闻广博固然重要,文学才华更为重要,但最重要的是坚持。若无自律、持之以恒,断难写成规模可观、令人叹为观止的日记。

李氏特别颇注意对日记的保存,"装订乙丑至今日记,共十五

---

① 《日记》光绪二年二月初六日。
② 《日记》咸丰十一年六月十四日。
③ 《日记》同治十一年十二月初六日。
④ 《日记》光绪十年五月十九日。
⑤ 《日记》同治六年十一月二十八日。
⑥ 《日记》同治七年四月二十四日。
⑦ 《日记》同治四年十一月十一日。

册,分为两函,今日标写签树,颇极精整"①。由于李慈铭写作日记、传之后世的坚定心态,在他病重时,托沈曾植等人妥为照管,逝后二十余年便得以影印出版,广为流传,赢得学界的高度关注。

李慈铭在二十几岁即自律地撰写日记,并非在三十几岁遭遇不幸后才以日记为阵地,批评时政、月旦人伦。他是冷静、敏感、自信、执着的性格,日记书写决非一时兴起,或遭遇巨变后突然产生的念头,含有以立言为不朽的写作意图。当然,他因捐官入京而交游广泛、见闻日增,日记内容更为丰富,又因遭遇不测而愤世嫉俗,表达情感更为激烈,牵涉人事更多,引发关注更高,以日记为立言传世的决心更为坚定,饱含"日记百年万口传"②的自信。

(二)绍兴、京师士子文人间传观日记的风潮

早年乡居,李慈铭的朋友们也热衷写日记,如周星誉之《鸥堂日记》、王星诚《西凫日记》、周星诒《窳堂日记》、杜凤治《望凫行馆宦越日记》、平步青《栋山日记》,他们互相传观、品评,以为切磋,如:

> 是日阅叔子日记(《鸥堂日记》),内有友评一则。谓古今名流,虽性情学术有不同,要其源不外一清字。因称许太眉(名槭,阳湖人)清远,子九清和,雪瓯清豪,孙莲士(名廷璋)

---

① 《日记》同治十三年十二月十五日。
② 曾朴《孽海花》第二十回以浓墨描写李治民的生日宴会,地点在满族官员盛昱的"云卧园"。当时盛昱遍请京师名流,讨论学问,抽签联句,即行口占,要求诸人"炫宝"。李治民因贫病交加,只能吟一句写实的"日记百年万口传",赢得了满堂喝彩。这是曾朴对李慈铭日记流传情况的一种理解,但毋庸置疑,此语真实反映了李慈铭本人的愿望。《孽海花》(增订本)第二十回,上海:上海古籍出版社,1981年,第188页。

清超,平子清隽,而以清刚目予。予自谓未确,而叔子谓余作事作文无一不刚,真不知何以得此美名也。①

夜阅素生日记,大有名理,中有王某征铭录上海书事两文,尤佳。②

莲士持予去年日记去。③

阅平子日记。④

阅周素人日记,素人工古文,而喜谈禅,悟肤似宗门,是其癖也。⑤

傅节子书来,假日记,即复。⑥

吉庵来还日记。⑦

得余晓云片,并以日记见还。⑧

叔子以日记见示,内有《海上将归寄季贶》五律两章最佳。⑨

读叔(周星誉)、季(周星诒)两君日记,甚愤惋予之不得一第,言之伤心,不特过于骨肉,并有非仆所能自言者,甚至其闺人孺子亦形愤叹之声。⑩

叔子昨日至复持予日记数册去,盖亦四五过矣,无俚之

---

① 《日记》咸丰五年四月初五日。
② 《日记》咸丰五年四月十三日。
③ 《日记》咸丰五年五月十四日。
④ 《日记》咸丰五年五月二十五日。
⑤ 《日记》咸丰六年五月十六日。
⑥ 《日记》咸丰六年五月二十三日。
⑦ 《日记》咸丰六年十月初一日。
⑧ 《日记》咸丰八年二月十九日。
⑨ 《日记》咸丰八年九月初九日。
⑩ 《日记》咸丰八年十一月二十四日。

况,概可想见。①

夜看叔子日记,多记近日时事,俱简雅可喜。②

咸丰末年李慈铭入京,发现京师中日记传观也自成风气,具有自荐及交流的功能。

再得绂翁书,言于鄙作日记及《东鸥日记》摘成两书,曰《莼记摘隽》《云记摘艳》,并以所录见示,皆系手写书。其虚怀嗜学,老而益勤,可谓至矣。即作复书谢之。③

定子书来,索日记及《水仙花赋》,作书复之。④

子恂来久谈,携日记一册去。⑤

夜作书致杜五楼,……以予颇有时名,益忌很,其日记中极口毁蔑,若有杀其父母之恨。予初不知,洎有人为予言,予亦笑置之,反待之益谨。⑥

得谱琴书,索日记,即复。⑦

得德甫书,索诗集。复德甫书,以近日日记寄阅。⑧

得桐孙书,还日记,即复。⑨

---

① 《日记》咸丰十年二月初六日。
② 《日记》咸丰十年七月初四日。
③ 《日记》咸丰十年六月十八日。
④ 《日记》咸丰十年十月二十七日。
⑤ 《日记》咸丰十年十一月初七日。
⑥ 《日记》咸丰十一年二月初一日。
⑦ 《日记》咸丰十一年五月十五日。
⑧ 《日记》咸丰十一年七月二十五日。
⑨ 《日记》光绪十年四月初一日。

得伯寅侍郎书,惠银十两。言昨见日记,知其乏绝,故复分廉,甚可感也。①

作书致书玉,以丙辰春夏日记借之,取还今春日记。②

夜得弢夫书,还日记一帙,即复。③

得介唐书,还日记并送所抄出笔记两册来,甚可感。④

珊士来还日记。⑤

得伯寅书,索阅近年日记,即复。⑥

得平景荪书,借观近来日记。⑦

作书致景荪,以日记送阅。……得敖金甫书,借日记。⑧

得晓湖书,借近年日记,将续抄拙诗也。同乡中酷嗜予文章者无如晓湖矣,自愧近来学无寸进,尤懒作文字,甚无以对良友。⑨

杨理庵片来,送还前卷日记,作一书复之。⑩

作书致若农、香涛两君,索还日记及所托书纨扇。⑪

作片致孙子宜,索还日记。⑫

作书复子宜,借以近年日记三册。⑬

---

① 《日记》光绪四年十月初六日。
② 《日记》光绪十一年九月初一日。
③ 《日记》光绪十六年正月二十八日。
④ 《日记》光绪十六年二月十五日。
⑤ 《日记》同治二年三月二十四日。
⑥ 《日记》同治二年四月二十日。
⑦ 《日记》同治二年十一月十八日。
⑧ 《日记》同治二年十一月十九日。
⑨ 《日记》同治三年六月十八日。
⑩ 《日记》同治三年十月初八日。
⑪ 《日记》同治四年四月初七日。
⑫ 《日记》同治八年十一月十五日。
⑬ 《日记》同治九年三月二十三日。

张牧庄来,并以日记见还。①

致朱肯夫、致张香涛,俱索还文稿、日记各书。②

得朱鼎甫书,借日记。作书复鼎甫,借以日记四册。③

牧庄携去日记三册,宝卿携去《丛稿》及《游赏志》各一册。④

得绂丈书,还日记。得星丈书,复借日记,即复。⑤

上举材料中,潘曾绶字绂庭,著有《陔兰书屋日记》;潘祖荫字伯寅,撰有《潘文勤日记》;王彦威字弢夫,著有《秋灯课诗室日记》《绿杨春恨庵日记》;杜凤治字五楼,著有《望凫行馆宦越日记》;平步青字景荪,著有《栋山日记》;杨泰亨字理庵,著有《逊敏斋日记》;朱逌然字肯夫,著有《朱逌然日记》;京师文人圈写日记的风潮,知好间传观,习以为常。

他有浓厚的名士气质,胸无城府,口无遮拦,恃才傲物,与世格格不入,孤立京师,更放浪形骸,以狎优为脱俗,以避席为清高⑥。他读书治学是兴趣,也是谋生手段,不免有所标榜,是己而非人,如菲薄前贤,对赵之谦、王闿运的讥讽,皆是标榜习气使然。入京后,他的日记写作

---

① 《日记》同治十年六月初九日。
② 《日记》同治十年八月十三日。
③ 《日记》同治十年十月二十五日。
④ 《日记》同治十一年三月初八日。
⑤ 《日记》光绪三年六月十八日。
⑥ 《日记》光绪三年二月二十三日:"招霞芬、秋菱两郎来,烟水性灵,远胜当今名士。余非乐冶游者,惟以前日闻金石牙郎之诮数碑目,此在香涛坐上,今夕闻翰林热客之夸诩衙门,江湖穷老之妄言佛鬼,胸中作恶,耳畔满尘,得两郎以解秽耳。先生古之伤心人,今之独行,此中陶写,岂足语巍科捷径人知之? 付者馔钱五十四千、客车饭七千、秋霞车饭八千。""知者以为阳狂,不知者以为儿戏。而岂知六街买醉,出饿隶之剩囊;醉骑踢歌,当穷途之痛哭。幽忧孤愤,有不可以言宣者焉。"

热情更高,彰显学问的读书笔记、显示文学才华的诗文词,都是精心撰写,京师文士圈的一大热闹和消遣,便是读李慈铭及时更新的日记。

李慈铭日记上有王星诚、周星詧、周星誉、吕耀斗、陈寿祺等人评语,谭献日记曾经周星诒评点,"周季贶先生朱笔评注'浙东西学截分两途'句旁云'二语确','尤不喜全谢山'句旁云'鄙意同',又'卢抱经'朱笔易以'吴西林','若当湖陆氏,吾浙不幸有此人也'二句各加有一朱圈。"①"周季贶先生朱笔记此条眉云:'此说宋于庭略同,而高邮王氏不以为然。'"②这种点评反映了作者将日记作为著述来写作并传播、传世的意图,日记由传统的私密写作衍生出交流功能,日记评点是重要的例证。

二、个性化书写范式

咸丰、同治、光绪之际的京师,李慈铭的存在,是一道特别的风景,衣冠车马、奔走嚣尘之外,另有风雅、闲适,舆论自由,名士受宠。百年来,《越缦堂日记》盛名不衰,大约写清季京师旧事从容不迫,笔底传神,令人回味。辇毂之下,士人奔竞,他寓居保安寺街,足不出户,洞察朝野大事,褒贬人物;而春秋佳日流连园寺,追欢优伶,隐约可见承平风度。关于私人日记的历史意义,张剑先生总结得很到位:

> 如果说由后世史官撰写的历史,可以表现出一种理性宏

---

① 〔清〕谭献《谭献日记·补录》卷一,北京:中华书局,2013年,第188页。
② 同上书,第191页。

大、居高临下的'后见之明',那么由时人撰写的日记,则虽视角受限,日常琐碎,但却感兴生动、切身关心,恰好能够在细节上弥合宏大叙事带来的缝隙,使骨骼嶙峋的历史某种程度上变得情意流转、血肉丰满。①

李慈铭自知文人最好的时代已经过去,他屡次温情回忆康乾盛世文人雅士在京的鸿爪雪泥,他孜孜不倦的书写,是为文人生活留下最后的剪影,这是他日记写作核心的精神。他的择取、品评都斟酌再三:

> 即日记之所书,本私家之自述,冀存清议,稍秉严科,然一字之加,三思而出,必衡其终始,权其轻重,幽可以质鬼神,明可以视天日。学问有片长,无不暴之;心术有可谅,无不原之。而私衷所寓,又有三例,交好有小过者讳之,微贱有大恶者略之,遇恶虽著而不系人心世道者亦没之。至己有小失,无不大书,所以示名教、存大闲也。②

他以文事为生存手段,"古今无学问外人才,天下无读书外事业"③,虽然"一为文人,便不足道",李慈铭仍努力遵循"达则兼济天下,穷则独善其身"的儒教信条,这也是读书人的天然职责、必然

---

① 张剑《华裘之骚:晚清高官的日常烦恼》,北京:中华书局,2021 年,第 195 页。
② 《日记》光绪三年十月初三日。
③ 陈叔通《冬暄草堂师友笺存》李慈铭致陈豪第卅五通,台北:文海出版社,1968 年。

追求。

（一）日常直录

李慈铭在日记中不厌其烦，细大不捐，载入天气、心情、饮食起居之细致。每年除夕，他的大门都要贴上绝妙的春联。如"上士闭心下士闭门，刚日读经柔日读史"，"余事只修文苑传，闲身且署户曹郎"，"放怀一百五日醉，回头四十九年非"，令人瞩目。而春花秋月，一夜雨来，怜香惜玉，小径徘徊，便生出田园山居般的意境，佳句连篇，令人误以为入深山，或悠游园林，实则半亩小园的写照。写闲适如：

> 夜饭后微云卷霄，初月映宇，须臾天衢碧净，清光满空，较之前夜，便有仙凡之别，因语家人曰：我生于世，虽穷极无憾，然此时之闲中消受，京师亦无第二人也。①

写自宽：

> 比来窘甚，向不能治生，亦不以此为意，釜尘娄积，常晏如也。今年颇自戚戚，入夜尤甚，盖衰征也。生理渐绝，暮气已至，宣圣所云戒之在得者，非特言居货利者不知餍足，亦言安淡泊者将事营求。故苦节之士或白首而不贞，固穷之贤或暮景而致滥，史册所书，不可殚述，学无真得，深以悚然。写诗自适。……近日新栗甚佳，连日鬻食之，今日益以新雁头米，香美尤绝，身为废材，加以穷老，而尚享兹口福，滋余之罪，是姬

---

① 《日记》光绪元年七月十三日。

侍辈之过也。①

写病：

> 早大溲后觉痛少差，强起。作书致书玉。下午书玉来诊，复觉腹痛，饮藕汁亦不能进。夜初痛甚，肝疝交发，上攻心背，牵掣要吕，连属右颈，遍体痛不可触，遂不自持，目瞪口开，危在顷刻。家人环泣，书玉、资泉、沈子培皆趋至相视，以青橘皮拌盐及茶叶乘热数十次迭熨之，觉匈背间稍平，三更后唇吻渴甚，娄进玫瑰花露，呻吟待旦。是日冈鹿门自西山归来访，欲作重九之会，辞以病甚。②

他的日记如同直播，将日常展示给读者。这些琐屑日记中俯首皆是，但不令人生厌，读者有兴趣了解作者的私生活，况且他的记录情文并茂。雅是李慈铭日记的内涵，文学性书写增强了日记的可读性。

上巳至极乐寺、慈仁寺观海棠，夏至南花泡子赏荷，重九至陶然亭登高，呼朋引伴，醵资宴饮，分韵赋诗，互相传观，洒脱超然之举，令人侧目。

> 午出城，诣天宁寺，以今日与爽秋、云门、孺初、铁香、仙

---

① 《日记》光绪七年七月二十七日。
② 《日记》光绪十年九月初八日。

坪、右臣、云舫期饯献之也。集于山下听事，竹树妍静，炎歊涤除，所惜客好谈诗，山憎俗状耳。傍晚，驱车至南泺，都人所谓南花泡子也。旧有亭，久破凉，数年前袁侍郎保恒茸小屋三间，为庚戌同年消夏公宴地，而太湫隘，又不临流，无足延憩。池分左边，其左少广，周围约里许，荷花已老，略有余红。因偕仙坪、铁香坐小舟泛之，水清可鉴，蘋藻交萦，其下出泉，鱼游空际，夕阳返映，荷叶弄香，延缘苇间，足以清心洗俗矣。以迫曛暮，不克句留，匆匆及岸，遂即入城。①

排日看花，选寺斗酒，雅集清谈，尽显京官之闲、文人之雅。三五好友，诗酒文会，在他笔下雅致隽永，令人向往。他营造出小品式的旷达冲淡的日常，对琐碎日常作出艺术化的编排，即便是喋喋不休的叙述愁怨、忧患、穷困、疾病，也令人不忍释卷。

（二）宦海得失

李慈铭的名士气息太重，青年时周星誉即规劝他作诗莫贪、见人莫气。入京后坐馆周祖培府上，周也称他"能做学问，不能做官"。潘祖荫、张之洞、李鸿章、翁同龢，看中他的也是文士身份。他既不是含蓄内敛如平步青，也不是胸怀大略如黎庶昌，宦途坎坷过于常人。

> 作致金甫书。……入都门以后，乖迕时好，益自沮丧，遂反而为考订章句之学。既苦健忘，又累寒饿，病与懒臻，终无

---

① 《日记》光绪六年八月朔。

所得。当庚申、辛酉间,时事益棘,痛愤之深,往往酒后与一二知交者言,稍自流露,士友过听,或以为有用世之具,而弟实无所知也。新政以来,朝局一变,上书言事者肩背相望,爱我者争相从臾,谓可骤进。弟深耻之。窃以为朱朴、陈亮辈能少出一人,亦国家之福也。……但弟素性蹇拙,不乐自见。近日曹长如倭公、罗公、宝公,或于弟微有渊原,或有交游,为之地道。罗公尤喜荐达,或讽弟以所业贽之,弟终不往。少司寇灵公累致殷勤,将欲往见,适灵公来摄少农,遂中止。同乡如朱太宰辈,五年未通一刺,此皆戚友所共知者。①

他对自己的剖析、反省可谓深刻。"乖迕时好""素性蹇拙""病与懒臻",集于一身,在仕途上便难以顺遂,他不愿入幕,不愿意为地方官,也拒绝走关系谋差事,拒与隶卒为伍,其名士气质使然。屡次拒绝曾国藩、钱观光等幕宾之邀,居无定所、负债如山之下,入张之洞幕府,却百般不适,两月后即匆匆归里。他性情褊急,不能和光同尘,一言不合即面折人过、冷嘲热讽,难以与人共事。

如杜门七例之矫枉过正:

作复陈蓝洲书,约数千言,皆论近日官吏之害及励品守道之要,不知者以为激愤,其知者以为孤介,然实中庸不易之道耳。余自述门七例:一不答外官,二不交翰林,三不礼名士,四不齿富人,五不认天下同年,六不拜房荐科举之师,七不与

---

① 《日记》同治二年十二月十三日。

婚寿庆贺。皆所以矫世俗之枉,救末流之失,其所谓翰林名士者,亦止指今日之馆阁驱乌,江湖疥蟆,称情相待,实非过偏。恐蓝洲读之,已当舌桥不下矣。①

他的标榜心态本是一种自律,而他总要宣扬,引发关注,遂为令人厌恶的高自标置。

他难以割舍对京师的依赖,绍兴老家已经无房无田;更重要的是,他视读书为第一事业的夙愿,只有在京师才能得到更好更完整的实现。他凭借生花妙笔,恣意毒舌,嬉笑怒骂皆成文章,表达自己的不满,如乡试被弃,吐槽考官胸无点墨:

岘卿来,言昨托人至礼部求得予覆试卷观之,其卷为侍郎魁龄所阅定,惟于文中一致字旁帖黄签,盖其意以致右从夂不从久也。人不识字至此,伏猎金银,累累省阁,于侍郎何诛焉?前日试殿上者九十二人,连铺接席皆伧楚耳,予自以脚间夹笔,足以扫之。又以故事必派一二品官十二人阅卷,进拟其差弟,皆以律诗,故于八十字中颇推敲之,以求其易解,乃犹在下等,此辈肺肝真不可测。②

对于积极适应社会变化、学习洋务之人,极尽讽刺:

通商衙门之设,朝廷之不得已,国之大耻也,而保举行走

---

① 《日记》光绪二年十一月二十四日。
② 《日记》同治十年三月初六日。

者以为利薮,且夸其名曰洋军机,蒙面丧心,可谓极矣。乃今日复有各国通商差官以保举,而奔竞者复如鹜焉。吾知朝廷如开一榜机馆、设一魑魅差,而少饵以微利,其钻之者复如蝇矣。①

他的立身之本是文章与学问,以日记记录见闻及个人日常,自省备忘之外,更想引发关注,获得资源,改善经济状况,甚至试图影响舆论。京师宦海,以失意之人,吐属不俗,易得文人共鸣,如顾颉刚云:

> 看《越缦堂日记》竟日。李慈铭好学而体弱,又不能不在宦海中讨生活,精神苦痛甚。予学不如彼,而境遇如一,志愿且更奢,安得不困厄乎! 看其日记,如写我心也。②

他的生存状态、社会地位、情感情绪、价值观念等因素,决定了他的褒贬态度,《越缦堂日记》作为一部个人史,毋庸置疑作者的偏见、感性等主观因素必然会造成曲解,他在涉及政敌、竞争对手的评价,如对清流派、洋务派,以及官僚的评价,不免夹带私心。他关注局势,点评辛辣:

> 闻近日刘永福为法夷所败,逃入云南竟,越南之山西省已

---

① 《日记》光绪元年六月初八日。
② 顾颉刚《顾颉刚日记》,民国十二年(1923)六月初六日。北京:中华书局,2011年,第378页。

失,北圻全竟皆入法夷,徐延旭亦退入广西,张树声畏懦不敢出广东,吴大澂首鼠津门,不敢复言赴粤,其白面少年如张佩纶辈皆神气沮丧。昨日召见,佩纶不能出一辞,惟请赴天津自效。要之,此辈皆李元平耳,岂足望刘秩哉？徐延旭者,鹿传霖之亲家,鹿传霖者,张之洞之姊夫,亦与高阳有亲。唐炯者,张之洞之妇兄,皆以冗员下吏互相汲引,高自标置,新进浮薄,如陈宝琛等依附推荐,大言不惭,不一二年皆骤跻开府,浮游鼓翼,自以为亲党遍于天下,翕翕自矜,未及旬时,唐炯即弃关外新安所行营,亟履滇抚任,张人骏、盛昱、洪钧等连章严劾之,请旨军前正法,朝廷依违,仅令革职留任。而张树声者连上两疏,主战甚力,词若甚壮者,及朝命彭玉麟赴粤查办沙面焚夷房事,而法夷娄济师至越南,总理各国事务衙门移文诘之,势将决战,有旨集兵三万于广东,树声遂规避事,诿彭任其责。吴大澂者吴人,清客材也,向为潘尚书效奔走,浮躁嗜进,遂附张之洞。又呈身于合肥,骤得以三品卿督办宁古塔事宜,地苦寒,思归,又与署吉林将军副都统玉亮不合,诬劾之,朝廷下其事于盛京将军崇绮,按之皆非实,大澂益窘。玉亮者颇得军民心,旋以愤恚发病卒,宁古、珲春诸屯营士皆不直大澂。大澂遂请假省母,未得报而越南事起,大澂遂妄言宁珲三姓等处布置已讫,请赴广西关外助平越难,径至天津矣。方今天子幼冲,东朝从谏如转圜,而枢臣泄沓无能为者,乃付其事于二三纤儿,号召朋徒,轻险败事,可胜叹哉。①

---

① 《日记》光绪九年十一月二十六日。

中法战争之始，陈宝琛上疏荐举张佩纶、唐炯、徐延旭，"不一二年皆骤跻开府"，李慈铭颇厌恶宦途中速化之人，"张人骏、盛昱、洪钧"是清流派后劲，官御史，李慈铭与之交好。而张之洞、李鸿章作为封疆大吏畏首畏尾，屡次被他抨击。他极为关注朝廷对越南的政策，是主战派，但对实际参战的官员如唐炯、徐延旭并不认可，讽刺两广总督张树声及吴大澂缩首无能，而陈宝琛、张佩纶因为上疏荐举且连升官阶，也遭他讽刺为"白面少年"，即兴式、印象式的批评，难称公正。李慈铭与张之洞、陈宝琛、张佩纶等具有趋新经世理念之士相比，思想境界相差悬殊。他与邓承修私交甚好，常交流政见，但也仅限于私议而已。

日记属于有意史料，记录气象、观剧、购物、送礼、游览、美食等等，因与主体的利益相关度较弱，无关褒贬，往往不会有意虚构。李慈铭是把日记给朋友传观，也预备给世人、后人阅览，日记中标榜、预设、褒贬的内容便是有意为之，因此难为定论，这也是日记史料无法避免的局限性。

三、预售的出版模式

近代出版史上，搞预售活动的书籍，大约《越缦堂日记》属首次。

李慈铭生前将诗文稿、日记稿托付沈曾植协助李承侯保管、刻印。光绪甲午仲冬李氏逝后未几，沈曾植即敦促李承侯先印日记，并请曾坐馆课读李承侯两年的蔡元培批阅，稍后李承侯带着日记回绍兴，期间樊增祥承诺刊印，取走日记最后一函。末世沧桑，保存不易。好在李慈铭的一众老友均以此稿之南北流转为念。民国

元年缪荃孙函询蔡元培李氏日记,蔡让李承侯携日记稿本去上海见缪荃孙,蔡元培复缪荃孙云:

> 越缦先生日记,沈子培、樊云门二君均曾力任付梓,然二公有力时均未暇及此,今则想不复作此想矣。先生拟仿《竹汀日记钞》例,节录刊行,良可感佩。李世兄当尚在故乡,容即函属负箧赴沪,贡之左右。果能流布人间,则先生表彰死友、嘉惠后[学]之盛情,感佩者岂独元培与李世兄而已哉。肃复,敬请道安,惟鉴不宣。后学蔡元培顿首。二月六日。①

缪荃孙主张对日记进行分类编辑,先节录刊行其中的治学笔记,他更看重日记的学术价值。后来日记全文影印,他仍不以为然。《缪荃孙全集·日记》十一日:"接教育部信,商印《越缦日记》,全付石印,不加删节,亦新学者见识,殊属不妥。"②将整部日记影印,十分不易。首先日记体量大,制作成本高,就当日国事时局及财政而言,赋予作者大笔稿费,承担难以预知的市场风险,是极大的挑战。

李承侯与缪荃孙洽谈无果,日记手稿却一直在沪,沈曾植又谋之藏书家、刻书家刘承幹,刘愿任刻赀,但稿费难以优厚,遂又无果。李氏日记在沪上引发关注,除了蔡元培,另一位绍兴籍由晚清入民国的学人,也表现出对乡贤的维护,张弧(1875—1937年),原

---

① 钱伯城整理,顾廷龙校阅《艺风堂友朋书札》,上海:上海人民出版社,2018年,第659页。
② 缪荃孙《缪荃孙全集·日记》,南京:凤凰出版社,2014年,第432页。

名毓源,字岱杉,浙江省绍兴府萧山县人,民国时任财政总长,他问及蔡元培此事,并称原本石印才能体现出李氏日记价值。蔡元培便积极联络李氏生前故友孙慕韩、李盛铎等,与文化界、政界之赵次珊、杨树裳、傅增湘、汪伯棠、李赞侯、屈文六、王叔鲁、叶景葵、高梦旦、江叔海、陈仲恕、袁道冲、邵伯絅、孙伯恒、许寿裳、姒继先等商议印行之法。版权费即稿费三千元,由张弧垫付,而时任浙江省省长齐照岩允垫三千元作为制作费,浙江公会会长孙伯恒请以浙江公会名义付印,有了官方政界的支持,全书影印便顺利展开。

当日沪上最负盛名的石印出版社是商务印书馆,时张元济任兼理,蔡元培又联络他,日记手稿便由商务印书馆影印。考察下来印费为六千七百六十元,印行一千部才能回本,而先期所需六千七百六十元的成本费,也需要出版后三月之内卖出三百套,否则仍是亏本。蔡元培又多方联络,请各位故友大僚慨然捐资预购,此即现代出版业之预售模式,然而百年之前,可谓创新之举。

王存《征刊〈越缦堂日记〉启》,从稿费、成本费之介绍说明及规划,均极为细致,此外还采用入股模式,为集齐印资颇费心思:

> 拟定购印《越缦堂日记》办法,一,购稿费三千元;二,印刷、装璜、广告、样本、邮运等费二万一千元,印一千部,书成后再分别列细帐;三,招八十股,每股三百元,股款分二次交,每次交一百元。

民国九年一月制作《越缦堂日记》预约券三百张,又制作《影印李莼客先生手稿越缦堂日记样本卷》(附录平步青撰《李君莼客传》),广而告之。由于新闻纸的宣传,沪上学人很快就知晓此事,如《符璋日记》记述预约券的详情,与王存所拟一致:

> 商务馆印《越缦堂日记》,售预约券,价卅元,先收廿,续缴十,阳历四月底止,十二月底出书。书五十一册,四千九百余页。预约如不满三百部,即不开印,凭券还款。备有样本,邮费国内八角。广告见九年二月十日《新闻报》第一张。①

可知,日记预计影印三百套,价值三十元,预收二十元,取书之时再付余款十元。"备有样本",即《影印李客先生手稿越缦堂日记样本卷》。若预约不满三百部,则不能印行。然而认垫印费者颇为热心,是年九月综各处预约之数已达三百部以上,蔡元培如释重负,感慨道:"二十年来经若干人苦心之计划,有此结果,后死者之责稍稍尽矣。"②

《张元济日记》中详细记录了开印前各方积极努力:

> 前三日鹤卿来,将《越缦堂日记》交付,约今日午后往运群社,与发起人晤商。到者鹤卿,慕韩未到,已回浙矣。王幼山、书衡、童峄青、张岱杉之代表,商定以王幼山新购五部,又岱杉售出四百部应续收之千六百元抵还外,约尚欠四千余。拟函慕韩,并由同人设法归清。余声明前售出三百四十七部及岱

---

① 符璋《符璋日记》民国八年(1919)十二月廿一日,北京:中华书局,2018年。
② 蔡元培《印行越缦堂日记缘起》,《越缦堂日记》卷首,扬州:广陵书社,2004年。

杉售出之四百部，找款不知何时，如将到期仍不取书，届时令商办法。此外，又商定售价五十元，净收三十五元。又将书稿交与浙江图书馆，由浙江公会函达省长。①

于是自《孟学斋》至《荀学斋》五十一册之日记遂得付印。由张元济日记可知，预售三百四十七部，张弧又认购四百部，每部三十五元，已得两万六千一百四十五元，保住成本，且有盈利。

将故去未久之人日记手稿影印出版，在李慈铭日记影印之前十年，上海中国图书公司出版就曾影印《曾文正公手书日记》，以曾侯之功业、文章，一呼百应，甚为顺手。而李氏日记之石印，南北辗转前后二十余年，一波三折，最终以预售模式得以印行，其得学林护持，不可谓不幸。若非李慈铭之知名度，此事断难展开。而蔡元培之苦心周旋，故友乡党之鼎力支持，尤令人感慨。

日记出版后，上海、北京书店均有出售，在青年学子、前清遗老间风靡一时。民国间学人日记多次记述此事，如：

> 连日阅李莼客慈铭《越缦堂日记》。莼客每读一书，必札所得于册，所著诗文亦多录焉。持论似刻核而有特见，惜（阅，读"惜"下疑脱一字。）此等书之晚，且益自伤孤陋，虚生一世也。②

余自古历三月间重阅《越缦堂日记》，至今日始毕，共五十

---

① 张元济《张元济日记》1920年10月19日，北京：商务印书馆，2018年。
② 刘绍宽《刘绍宽日记》民国十年（1921）三月十三日，中华书局2018年版，第692页。

一册,虽其中探索不尽,而以视前次所阅,又增一番识见矣。①

近读《越缦堂日记》,觉余之日记大可废。时事不书,个人之胸臆感想不尽书,读书所得又别书,每日徒记起居行止,大无味也,况余之生活又无风趣逸韵足述乎?然莼客以日记为学问,自不可及,亦不必及。②

饭毕,又与婿等至府前街日新书坊买教科书,予取《越缦堂日记》阅之。按是书为会稽李莼伯慈铭所著。书凡六、七函计五十余册,乃北京蔡孑民等所招股石印真迹。其中论史事、论板本、论经说、论古文、论诗学,均殚见洽闻,语有根柢,洵日记中之卓卓者,因坐浏览之,实爱不释手。闻此书为平阳刘次饶所购,以此书首函为轮船寄带被水所浸,拟寄沪换不果,故此刻尚未取去,而予幸得饱眼福也。其书价极昂,非数十金不能得。③

晚出外,赴墨香簃,将《越缦日记》取来,中二、三、四数函为人取阅未还,因雇店伙某先携此五函送校,当手付大洋拾圆。按是书乃莼伯先生手迹影印者,书计五十一本,定价大洋五十元,预约六折,然纸系连泗,板本又佳,固希世之宝,未可嫌其价昂也。予本年财力甚乏,然得此好书,竭囊不吝,殊觉喜而不寐矣。④

---

① 刘绍宽《刘绍宽日记》民国三十年(1941)七月初七日,第2121页。
② 郑天挺《郑天挺西南联大日记》民国二十九年六月二十七日,俞国林点校,北京:中华书局,2018年,第283页。
③ 张钧孙《张棡日记》民国十年(1921)正月二十八日,北京:中华书局,2019年,第2408页。
④ 《张棡日记》民国十年(1921)九月二十六日,第2492页。

《越缦堂日记》的市场反响良好,盈利可观,然读者以未见全璧为憾。蔡元培又亲自批阅咸丰甲寅至同治壬戌之十三册《日记》,加签条百余张,如"二十二日丙子,'恭阅'至'太宗崩,《开国大略》如此'""十七日辛未,'祖妣'至'可伤也已'""第一行第二行去蝮字",等等隐去骂周氏兄弟之污秽语,原拟遵从李慈铭遗愿,对《日记》稍加分类,大致甲为游记,乙为诗话,丙为考据,丁为读书笔记,但实际刊行者仍是原文。其《印行越缦堂日记补缘起》序曰:

> 钱君玄同曾检阅一过,谓不妨循五十一册例,仍付影印,同人咸赞成之。盖先生所引为深怼者,此十余册中恒有与周氏昆弟相征逐之记载,然屡被剪截迭加,涂抹所余,亦复无几,且凶终之故,其咎不在先生,正不必为之讳也。①

《越缦堂日记》得益于预售模式的良好运转,因此《日记补》依然采用预售形式,民国二十二年(1933)商务印书馆石印《日记之模范》,继续宣传,《越缦堂日记补》十三册也迅速传播,鲁迅病重之际,也买了一部:

> 夜三弟来,并为买得《越缦堂日记补》一部十三本,八元一角。②
>
> 读《越缦堂日记补》第一、二册。是书亦蔡子民嘱上海商

---

① 《越缦堂日记》卷首。
② 鲁迅《鲁迅全集》第十六卷《日记·二十五》民国二十五年(1936)十月初三日,北京:人民文学出版社,2005年,第625页。

务书馆代为印行者,其正编五十一本,十余年前,予已于老友杨君志林墨香簃书铺用预约券购来,今此编亦于数月前新出,四儿赴杭之便,亦以预约从商务购到寄来,快翻一帙,已觉珠玑满目,美不胜收。①

樊增祥带走之最后八册,直至1988年3月《人民日报》海外版刊载《关于李越缦〈郇学斋日记〉》一文,作者称发现并已阅览了流传海外之《日记》后九册,恰是昔年樊氏所携去者,是年,北京燕山出版社将之影印出版。至此,李氏七十三册《日记》方成全璧。2004年广陵书社合前后三次印行之《日记》为一书,影印出版,近年流传最广。而李慈铭日记的稿本,则分藏于国家图书馆、上海图书馆、北京市文物局及私家收藏,合璧之日,或尚可期。

四、评价与经典化

李慈铭日记记录了清末文人的日常,不少学者批评他将日记作为著作来写,而历史学家则重视它的史料价值。

(一)正反两方面的评价

《越缦堂日记》的魅力在于李慈铭本人的真性情、真才华,引起读者共鸣。虽然他的日记有意建构集才华、性情于一身的自我形象,但他的确成功做到这种人设,且日记久负盛名,几乎一问世就畅销,成了民国阅读史上的经典。然而,这种有意传播的私人日

---

① 《张棡日记》民国廿五年(1936)十一月廿六日,第4070页。

记,始终未能得到正统的诗文辞赋同等的地位。李慈铭在日记中品评人物,稍嫌刻薄,那些厌恶其苛刻、狂傲的批评家,即以同样的刻薄方式来批评他。鲁迅称:

> 《日记》近来已经风行了。我看了却总觉得他每次要留给我一点很不舒服的东西,为什么呢?一是钞上谕,大概是受了何焯的故事的影响的,他提防有一天要蒙"御览"。二是许多墨涂。写了尚且涂去,该有许多不写的罢?三是早给人家看、钞,自以为一部著作了。我觉得从中看不见李慈铭的心,却时时看到一些做作,仿佛受了欺骗。①

鲁迅先生所讲三点,有必要稍作诠释。第一,李氏"钞上谕"是"他提防有一天要蒙'御览'",不免过度揣测。李氏钞上谕,一则存史料,并小字注出官员升迁履历、籍贯字号、家世等,一则作辛辣点评、抨击,若蒙"御览",怕是要酿出文字狱的②。第二,"许多墨涂",日记是原稿,作者在手稿上修改增补,涂抹一二,符合常理,无论是遣词造句还是无法示人的私语;"该有许多不写的罢",任何著述都无法要求作者书写全部内心,即使是日记,作者有剪裁的选择权。第三,"我觉得从中看不见李慈铭的心",读者需要对文本作多角度的了解、探析。

---

① 《鲁迅全集》第四卷《三闲集·怎么写》(1927),第24页。
② 如《日记》光绪元年十月二十三日邸抄:"两宫皇太后懿旨:以普祥峪吉地办理具有规模,加恩在工出力各员奖励有差。从惇亲王等奏请也。"李慈铭小字议论云:"优叙者凡百余人……盖清流之士无一与者,此亦可见公道矣。旨云办理具有规模,又云著有微劳,而奖励之优已如是,它日工竣而劳不微,将何以酬之乎?……不论何项应转应升,王言之委曲繁重亦已甚矣。"显然讽刺以皇太后、惇亲王、醇亲王为首的政府借修陵工程保举过滥。

又如张舜徽称：

盖李氏一生好轻诋人,吹毛索瘢,睥睨当世,加以年逾五十,而犹困于场屋。以愤懑发为言谈,无往而非讥斥矣。①

钱锺书称：

李书矜心好诋,妄人俗学,横被先贤。②

黄侃称：

李慈铭可谓山人而擅主爵之权,铜臭而侵谏垣之职者已。③

张㭽称：

论人,则恃才傲物,喜人趋奉。科名失意,借丑诋以泄忿。屡处窘境,以金钱为爱憎。初交南皮,推许备至,因借贷不遂,卒至绝交。合肥入京,投刺冀润,所得甚菲,后聘主天津书院,始辞,终屈就之。故生平于李政策虽反对,而未尝痛斥,亦实

---

① 张舜徽《清人笔记条辨》,武汉：华中师范大学出版社,2004年,第342页。
② 钱锺书《复堂日记续录》卷首序,转引自谭献《谭献日记》,第297页。
③ 黄侃《黄侃日记》民国二十三年五月十三日,黄延祖重辑,北京：中华书局,2007年,第998页。

由金钱羁縻之力。则其论人,亦实有未尽允者云云。①

钱玄同称:

> 有人说清代绍兴有三个名人,都是口吻刻薄,喜欢骂人的。一毛大可,二章实斋,三李莼客。我以为此三人之中学问最高者为章氏,次则毛氏。毛氏虽常常要诡辩,但特识亦甚多,论到思想开展,恐非清儒所能为。惟李氏最不足道,他除了会做几句骈文以外,究竟有什么学问! 论到思想见解,则更可笑,一生逮住一个郑康成,以为上接孔子之道统而已。他自谤是治史学的,不知他的史学在那里,比钱竹汀还差得远哩,不必说赵瓯北了,更不能和章实斋相提并论了。

如钱玄同所言,李慈铭固不足以与毛奇龄、钱大昕、章学诚相比,但他具有自身独特历史价值。

能对日记本身内容作客观评价的,当属胡适,他以新史学家的眼光,看到了这部私人日记的价值,并用一组六言白话诗来描述他的观感。

胡适先生肯定了李氏日记的史料价值,钦佩他潜心力学,同情他清贫却不正直,即使思想守旧,仍不失为文人的典范。着眼于日记的历史文献价值、作者本性,可谓同情之理解,异代之知音。

李慈铭是诗文名家,"会做几句骈文"(前钱玄同语),同时他也

---

① 张棡《张棡日记》,第 4124 页。

是有意将日记当成文学作品来创作，所以行文看似漫不经心，实则遣词造句大有讲究，这也是明清以来日记文学性逐渐增强的重要内因。他书写游记、日常闲适，均是性灵的笔调，语言自由活泼，优美隽永，与晚明小品有异曲同工之妙，可谓日记中的美文。①

日记由原始的史料性发展到文学性，由原始的私密性发展到公开性的著述，这中间的过渡则是史料性兼文学性的日记体散文，这也是明清日记的特色。日记中的山水游记、新鲜见闻、书画品读、民俗风情、情感宣泄等内容，在保留社会风貌的同时，加入了文学的因素，语言骈散结合，描写细腻生动，叙事曲折，抒情自然酣畅，这些散落在日记中的片段词采斐然、生动流丽，可读性强、受读面广，而影响也就越大。

（二）关于评点

《越缦堂日记》稿本中朋友王星诚廿二则、周星誉卅二则、吕耀斗一则、陈珊士一则、周星誉三则。考察这些评点，一则可以证明李慈铭以日记为著述，与其他学人不同。二则借给朋友传观，允许朋友评点，佐证了其日记的公开性及交流功能。

如《日记》咸丰六年七月十四日："夫石（景芬）以战功受知，其不肯一旦释甲，亦属功名之士，至请以钓船援剿，虽事势所难，然古岂无奇兵决胜者？必谓其别立一帜，私心攘功，则苟且无备御者将蒙上赏矣。"这是李慈铭评论时事的文字，此段文字有周星誉眉批："非也。此公，仆所深知，无益公家事，且又淫佚，不足取。"而李慈铭并不服膺其言，回评道："素生言何足凭？"这种一来一往的文字

---

① 张桂丽《论晚清李慈铭的日记体散文》，《兰州学刊》2016年第2期。

交锋,充分凸显了交流功能。①

另外,周星誉规劝语,李慈铭也有几处怒怼。如《日记》咸丰六年二月初十日:"早宴于沈氏,余以力疾不耐烦,颇折辱主人,几闻恶言,余人亦皆有怒容,匪寇昏媾,而一军皆甲,甚可笑也。"周星誉于书根批云:"此名士习气也。其实何必日注中见之屡屡?故特以相规耳。霞曼。"又眉批云:"仆尝有言,人不可无高自位置之心,所以高自位置者,则我固自命,在何等矣,则此等人又何必吾目之耶。吾不目之,又何以见其甲不甲哉?又何必计其怒耶?霞曼子。"李慈铭反唇相讥:"此论固正,然我力伯夷之隘,而素人又得毋为柳下之不恭耶?"②他对周氏略带高自位置的长者之言颇不以为然。

李慈铭几乎将诗文词第一稿均录于日记中,友朋评点也侧重于游记散文、诗词,如《日记》同治元年正月十九日录诗:"《纪梦》梦中田里尚分明,骨肉团圞话别程。母子初逢忘问讯,弟兄相看异平生。乍醒还喜归来速,稍定方知事可惊。鼓角五更天万里,披衣起坐泪纵横。"周星誉眉批云:"学杜至此,炼意炼气炼格,醇乎醇矣。莼客诗体凡三变,始造此境,甘苦唯仆知之最真,故工拙亦唯仆辨之最的,不足为局外人道也。沤公。"又眉批(似是陈骥):"以此为学杜,吾甘作家无外人,不能随声附和也。"又篇后批语(似是陈骥):"三联情事固逼真,然'归来速'对'事可惊,尚须再商。结至佳。此诗固好,然万万非学杜之作,叔云语岂得为知言者乎?"又"此古来大家如少陵、东坡多有之,不害于律法也"③。似是越缦

---

① 《日记》咸丰六年七月十四日。
② 《日记》咸丰六年二月初十日。
③ 《日记》同治元年正月十九日。

回应。

围绕这首诗,周星誉、陈骥、李慈铭三人之间展开激烈讨论。周星誉以为李慈铭学杜之成功作品,誉为"学杜至此,炼意炼气炼格,醇乎醇矣"。陈骥则持反对意见"不能随声附和也",称此诗绝非学杜,周星誉所言非知音之言,并提出中联"归来速"对"事可惊",尚须再商。"此古来大家如少陵、东坡多有之,不害于律法也",似是李慈铭陈骥"'归来速'对'事可惊,尚须再商'"之语。三人均不服,往复论难,并于日记稿上直录,率性风采,令人遐想。

《越缦堂日记》风靡学林百余年,受到学界较高关注,研究成果层出不穷。然而关于这部日记的评点,却鲜有学人涉及。一则因为日记的体量很大,内容丰富,常常忽略了书眉、书根处的小字批语。二则这些评语字迹不易辨认,且落款极为简略,不易考察出评点人的姓名,从而忽略评点内容的价值。

王星诚、周星譻、周星誉、吕耀斗、陈寿祺、陈骥在李慈铭日记稿上作评语,以知己之交深谙其才情,简短中有卓见。由这些点评可见,李慈铭打破了日记的私密性,将之借给朋友传观并允许朋友在上面作批注,凸显出日记的交流功能,蕴含传播、传世的写作意图,体现了日记的公开性及交流功能。这也是日记演变史上重要的一环。

五、结　　语

晚清民国以来百余年间,日记著作层出不穷,《越缦堂日记》以预售方式影印出版,关注度极高,接受度极广。《越缦堂日记》在朋友间传播,有明显的交流功能,日记由传统的私密著作到公开出版物,日记评点是重要的环节。

李慈铭是一位才情烂漫的文人,自称面淡口钝,却在日记中对异己不乏口诛笔伐,也勇于揭露自己的隐秘,凸显出名士气质。其日记在生前身后都很风行,虽然鲁迅、施蛰存、钱锺书等著名学人并不认同李氏日记的书写模式,认为是预留给后人看,然而这正是日记文体发展演变中的关键:它在编年纪事的框架里融入了叙事情感、创作意图,具有浓重的抒情意味,也是日记文学性日渐增加的表现。《越缦堂日记》在写作目的、内容、方式方面均有所创新,突破了传统日记的书写模式,经过民国间学人的阅读、评论、模仿,逐渐成为近代文坛的经典。

(原刊于《中国出版史研究》2024年第1期)

《越缦堂日记》整理与研究刍议

一、清代日记的研究现状

  日记是中国传统的文体，若论它的起源，可以追溯到最古老的左史记言、右史记事，备录国之政事，因此文献史料性一直是日记最重要的特征。降至唐宋，民间私人始有记述个人生活的日记，这也是社会文明的发展、人性逐渐解放之一斑。明清两代，日记层出不穷，内容博杂，记载生动，逐渐增强了文学性，丰富了这种史料性文体的内涵。清代的日记不仅成果多、篇幅长、学术价值高，而作者的写作积极性也高，这种传统文体得到长足的发展，非常值得深入研究。尤其是乾嘉以后，不少作家、学者、官僚以及普通的士子文人，经历了社会巨变，情感变化较大，抒发喜怒哀乐的欲望较强。另一方面，朝廷文禁渐弛，士人无文字狱之惧，记述见闻，品评时政，言论自由度较高。

  清代日记的涌现，大约有以下几个方面的因素：首先得益于人性的觉醒、社会文明的进步。几乎不约而同地，与西方17世纪日记的盛行同步。古代史官将国之大事编年纪事，皇帝有起居注，禁止普通士人作私史。唐以后，社会文化水平逐渐发展，个体意识增强,士子文人逐渐也有记载生活经历的文化要求,宋时大臣多有日记,记载朝事,更重要的是书写个人心灵、生活,充分表现了人性的觉醒。有清一代,尤其是晚清,列强入侵、人民起义,国家面临危机,社会矛盾激剧,士子文人心理变化复杂,眼界开阔,通过文字抒发情感的欲望愈加强烈,日记成为文人著述的重要形式,比如读书记、见闻录之类,逐渐削弱了日记的私密性,使之发展成为能公之于世的文体,如同诗文辞赋一样。另一方面,朝廷提倡文官写日录,如康熙、乾隆间文学侍从,随皇帝外出游览,或办差,或征剿,均随行著有日录,如王昶、高士奇等,根据事件、行程,有各种名称的日记数种。供职于翰林院的翰林以日记为功课,要呈给院中德高之人阅览;而出使、留洋官员,作为政务考察,要缴纳日记。虽然,这种应用日记,大多是流水账式的记录,甚至请人代笔,但也不乏佳作,如《薛福成日记》、恽毓鼎《澄斋日记》。所谓上行下效,官方的提倡在一定程度上也刺激了日记著述的发展。

清代日记得到了长足发展,取得了令人瞩目的成就,数量大、篇幅长、内容多样、创作意识强,为学界所重视,清代日记文献的整理与研究,自民国以来持续进行,就目前而言,清代日记的研究方法主要有以下几种:

(一)影印出版

这与日记的流传形式有关,手稿不但能保持日记的原貌,还是作者真迹,有的日记作者书法水平高,日记手稿以影印的方式出版,能实现自然增值。翁同龢是帝师、尚书,也是书法家,其《翁同龢日记》是重要的史料文献,同时也是书法作品。清代重要的名人日记大多得以影印传世,如《越缦堂日记》,先后三次影印出版,始成全璧。《曾文正公手书日记》《郭嵩焘日记长编》《晚清东游日记汇编》《拜经日记》《艺风老人日记》《研樵山房日记》《缘督庐日记》《湘绮楼日记》《谭献日记》《潘祖荫日记四种》《李宗颢日记手稿》，等等。而各大图书馆丰富的日记文献馆藏，也不吝所藏，公之同好，如上海图书馆贡献出的《上海图书馆藏稿本日记》，中国国家图书馆贡献出的《珍稀日记手札文献资料丛刊》《历代日记丛钞》等，均系影印日记手稿。

（二）标点、校勘

20世纪80年代以来，陆续有学者校点整理清人日记，为学术研究提供更便捷的文本。清代日记的研究成果以古籍整理的形式居多。如《能静居日记》《谭献日记》《王文韶日记》《李星沅日记》《莫友芝日记》《管庭芬日记》《张文虎日记》《鹿传霖日记》等等。钟叔河主编《走向世界丛书》收录三四种清人出使游历日记，上海书店推出《近现代名人日记丛刊》、中华书局推出《中国近代人物日记丛书》，大规模、成系列地通过现代人的校点本来推广清代日记。

（三）专书研究

随着日记的影印、点校出版，读者较易获得文本，得以展开深入的研究，如《〈越缦堂日记〉研究》（张涛）、《叶昌炽〈缘督庐日记〉研究》（王立民）、《〈祁寯藻日记〉研究》（田清）等，但这类对日记进行细致的文本研究，成果相对比较少。而以日记为中心，考察相关历史的论文，如《清末士大夫思想演变的缩影——读〈忘山庐日记〉》（李侃）、《清代候选官员得官初步——读〈望凫行馆宦粤日记〉之一》（张研）、《〈热河日记〉与清代民族政策研究》（廉松心）等等，则相对比较多。

(四)综合研究

孔祥吉先生从事清人日记研究多年,成果最为突出,结集为《清人日记研究》。陈左高先生著有《历代日记丛谈》,四分之三的篇幅论述清人日记,评论清人日记最多。论文则有《晚清使西日记研究》《清代日记中的中国图书史料》《清代日记中的中欧交往史料》等,综合论述清人日记中的某一主题。

(五)节选、选读

日记篇幅长,内容多样,学者从不同文献角度分类选辑。李慈铭日记在当时就被传阅、抄辑,潘曾绶摘录李慈铭日记为《莼记摘隽》。此后,平步青、张锡申、陶方琦、吴讲、文廷式等人,都曾抄录《越缦堂日记》。民国时,先后被辑录为《越缦堂读书记》《越缦堂国事日记》《越缦堂文集》《越缦堂诗集》《越缦堂金石题跋录》等等。又如《缘督庐日记》的王季烈抄本,删节古近体诗、日常琐事等,专存藏书、治学内容。《中国近代文学大系》之《书信日记集》是一个创举,它将日记书信作为文体而编为一集,在此之前,书信日记从未获得如此独立的地位,尽管它源远流长。

二、《越缦堂日记》的特征

清人写日记蔚然成风,尤其热衷于记录途中见闻,"清人仿佛一上路就爱写日记。游学的、赶考的、为官作宦上任的、官员出差放洋的,乃至获罪遭戍、流放都要写日记"①。除了所谓的"上路日

---

① 王学泰《日记漫谈》,《博览群书》2013年第2期,第14页。

记",还有家居读书日记、书画品题日记、收藏日记、生活日记。但若从文学的角度考察,写得词采斐然的日记并不多,备忘录式的日记几乎没有文学价值。正如梁实秋所说,"我们中国文人也有不少写日记而成绩可观的,但是大部分近似读书札记,较少叙事抒情,文学史一向不把日记作者列为值得一提的人物"[①]。但有些作者"处心积虑地逐日写日记,准备藏之名山传诸后世,那就算是一种著述了"[②]。李慈铭的《越缦堂日记》正属于此类,于史料性之外,还有纪述个人生活时的生动趣味性、写景纪事的优美文艺性。所以,这部素以学术价值著称的日记,其文学价值也不容忽视。

《越缦堂日记》包括《孟学斋日记》《受礼庐日记》《祥琴室日记》《息荼庵日记》《桃花圣解盦日记》《桃花圣解盦日记二集》《荀学斋日记》,民国九年蔡元培影印时,统以《越缦堂日记》名之。康熙时高士奇有日记五种,乾隆时牛运震有日记八种,各自命名;又如咸、同时期陈彝《文恪公日记手稿》,根据不同阶段生活经历来命名日记,此外则不多见。李慈铭根据生活、读书中的大事节点来命名日记,且每次易名,必作序以说明缘由。李慈铭也将其视为传世著述,不断增订、修改,病逝前特意托付给沈曾植、蔡元培,寄予出版之望。民国时,以预定筹资的方式,这部巨著影印出版。[③] 发行后在读者间迅速引起轰动,包括蔡元培、张元济、胡适、鲁迅等大批学人争睹为快。十余年后,又印了这部日记的前十一册,皆告售罄,

---

① 梁实秋《雅舍杂文》,武汉:武汉出版社,2013年,第107页。
② 同上书,第106页。
③ 民国九年上海商务印书馆影印《越缦堂日记》中间的五十三册,尚未印行,已预定三百部,借此预付款印行。

其风靡之状可想。胡适认为这部书内容纪实，很有趣味，且读书札记及时事价值很高，为之题诗九首。

《越缦堂日记》的特点，主要有以下五个方面：

其一，坚持撰写时间长，篇幅大。清代的日记，尤其是晚清，数十册、数百万字鸿篇巨制并不稀见，如"晚清四大日记"等。这远远不同于宋、元、明的短篇日记。《越缦堂日记》坚持四十余年不间断，李慈铭的写作毅力也值得钦佩。

其二，内容丰富。始以天气状况，风雨云月；次之友朋往来、出行（旅行、买书）、收信、写信、官事；次之以读书心得、诗文词作品；次之以晚间天气、体感、睡眠、梦境；次之以日常收支；次之以邸抄。六大板块形成了比较固定的模式，日记虽博杂，而书写一丝不苟，极为严谨。

其三，情感饱满。季节变换、怀人感旧、流连风景、关心政事，笔触饱含丰富的情感，真情流露，尤其是自我批判、自省、自嘲，都很真切，并不讳言自己的隐私、缺点、劣迹，让人看到他真实的心理活动。

其四，史料性强。这是《越缦堂日记》最重要的特征，也是它风靡学林的重要原因。李慈铭善于交接，消息灵通，长期居京，于政治内幕屡有所耳闻，又喜发表评论，记在日记中。他对同光朝局的记述最有价值，为研究晚清历史、政治、经济、学术的学者所征引、辨误。如《越缦堂日记》中关于科举考试、咸丰出走热河、辛酉政变、马新贻被刺案、杨乃武案、崇厚签订中俄条约等纪述，或亲身目睹，或据实直书，信而可征，屡被引用，这是日记价值最重要的体现。

其五，文学色彩浓厚。《越缦堂日记》随处可见优美生动的记叙、抒情片段，辞藻清丽。日记的书写虽然较为随意，其日记体散文有骈化倾向，语言多用整句，以散句连缀，张弛有度，文字简洁，辞藻斐然，这也是它广为流传的重要原因。

三、《越缦堂日记》研究现状

《越缦堂日记》引人注目的特点与价值，值得一读再读、深入研究，学界对它的研究热度也持续不减。晚清至民国间，学界有《越缦堂日记》的多种选本，如清宣统二年、三年《绍兴公报》连载，后经剪贴成册，收入《越中文献辑存书》。国粹学报社《古学汇刊》本，民国十二年铅印本，无序跋、题识，多是读书笔记，共辑六十条。《越缦堂日记钞》，清平步青抄本；《越缦堂日记钞》，陶方琦抄，今藏天津图书馆。《越缦堂日记节抄》二册，清末民初抄本，无序跋、题识，今藏国家图书馆。《越缦堂詹詹录》《续录》不分卷，越缦族侄文纨辑并题跋。从《日记》中杂录而成，两册，末附勘误表，民国二十三年绍兴印刷局排印。《续录》一册，今藏浙江图书馆。台湾出版《桃花圣解盦日记》《越缦堂日记补编》《越缦堂日记钞》《荀学斋日记》等。这些传抄、摘录、选读、影印出版，体现了其受欢迎之程度，扩大了《越缦堂日记》的知名度，也奠定了它的学术地位。

《越缦堂日记》的研究成果，主要有以下三点：

（一）分类整理

先后被辑录为《越缦堂读书记》（由云龙）、《越缦堂国事日记》（吴语亭）、《越缦堂文集》（王重民）、《越缦堂诗集二集》（由云龙)、《越缦堂金石题跋录》(王欣夫)、《越缦堂菊话》(张次溪)、《越缦堂说诗全编》(张寅彭、周容)等,反映了日记内容的丰富多样性。

(二) 专题研究

张德昌《清季一个京官的生活》依据李慈铭日记中纪述个人经济收支、官场应酬等记述,分析清季京官生活之拮据。张桂丽《越缦堂书目笺证》一书,即以日记关于购置书籍的记载,来笺注其藏书目录。又《从〈越缦堂日记〉看李慈铭的小说研究》(秦敏)、《作为文化实践的读书——以〈越缦堂日记〉为中心》(王标)、《越缦堂日记1865—1871:晚清浙东一个归乡官吏的生活空间》(王标)等论文经过细读日记文本,充分利用了日记的自传性特点。

(三) 综合研究

鲁迅、周作人、胡适在民国间屡次评价《越缦堂日记》,认为其史料价值、学术价值颇高;另一方面,鲁迅认为李慈铭做作,从日记中看不到他的"真心",这种观点影响很大。近年有张涛硕士学位论文《〈越缦堂日记〉研究》,从文献学角度分析日记的内容、版本、价值及不足。

四、《越缦堂日记》整理与研究的新思路

《越缦堂日记》在民国初年影印出版,士林传播,备受关注,百余年来,相关的研究成果也渐趋丰富,但迄今为止,还未有点校整理的《越缦堂日记》行世,且日记的研究还显得零散,不成体系,缺乏多角度深入研究的推进。笔者正在进行《越缦堂日记》的整理,在这个过程中,有如下一些新的思路,抛砖引玉而已。

（一）点校

《越缦堂日记》以影印手稿流传，阅读过程中或多或少会遇到字迹辨认的障碍，且鸿篇巨制，首尾翻阅一遍实属不易。有鉴于此，点校、整理《越缦堂日记》显得尤为重要。点校全本日记，必须细大不捐，凡眉注夹批，双行小字，皆——辨认，不能删改、遗漏。整理者必须熟悉李慈铭的书写习惯，有较高的古籍文献整理的专业素养；又需了解李慈铭生活时代之民情风俗，能进入历史，无违和感，不致破句、误解，点校工作方能做到精准。否则，校点粗劣，不如不做。

（二）编制索引

《越缦堂日记》中所涉人物、书名非常之多，若能将人物出现年月日期编成"人物索引"，其交往密集度也可考见；将书名出现日期编制"书名索引"，根据作者某一时期对某种书的研读频率，考察其阅读喜好及治学精力所集。这类索引本身就是一种研究，具有不容忽视的学术价值。

（三）对《越缦堂日记》作历时性的比较研究，考察其在日记文体发展史上的地位与价值

清人日记之中广泛记录诗文作品，这是不同于以往的现象。虽然，明龚立本《北征日记》末系诗文、叶绍袁《甲行日注》末录诗文二百余首，都是篇末集中录诗文稿。清代王士禛有纪游日记七种，如《蜀道驿程记》等，随时记录诗文创作，而王昶的出使日记七种、钱大昕《竹汀日记》也附录诗作，降至道咸，文人生活日记中记录诗文已成普遍现象，如董文焕《研樵山房日记》、安吉《古琴公日记》、王诒寿《缦雅堂日记》、袁昶《渐西村人日记》等。至于《越缦堂日

记》逐日记载诗文辞赋、创作背景及原文,甚至篇后感想,则是属于文学研究非常宝贵的资料。日记由基本的记事备忘功能,逐渐发展到书写心灵、记录文学创作,甚至本身撰写时就具有文学创作的特征,如日记中的清词丽句,自南宋陆游《入蜀记》、范成大《骖鸾录》,至明王穉登《客越志》、徐宏祖《徐霞客游记》,发展至清,已臻其极,如查慎行《庐山纪游》等,而《越缦堂日记》长篇大作,不仅纪游,连日常叙述也极为文学化,在日记演变史中不容忽视。

李慈铭有意以日记为著述,有很强的创作欲望,其日记更显得词采斐然、生动流丽,可读性强、受读面广,从而影响也大。它在承袭传统日记史料性特征的同时,有了新变。这种变化,既与文体发展的内在规律有关系,一种文体保持长盛不衰,必然要吸纳新的表现手法与内容,整合优势,继续发展。而新的表现手法的出现,又离不开文化、文明的发展,比如李慈铭能在日记中批评朝官朝政,且公之于众,不惧以文字惹祸,嘉庆前的学人绝不敢有此作为。又如李慈铭写自己的尴尬事、阴暗面,曝光自己的缺点,一定程度上得益于人性的觉醒,作者有勇气直面矮小的自己,意识到普通人也有自我的价值、社会的价值。作家个人意识的觉醒,带来创作上的突变,李慈铭极其鲜明的个性,使他有勇气公开发表自己的日记,其日记创作能突破传统,自成面目,给以后的日记写作者很大的启示,素有"日记之模范"的雅称。民国间的学人不断关注、评价李慈铭的日记,当或多或少都有受到他的影响。

(四)《越缦堂日记》的文学价值

日记一体,始于唐,盛于宋,发展至清,已臻其极。大部分日记作者都长于诗文,描山状水,刻画心理,叙述琐事,每每有诗情画意、意趣横生之文字穿行于日记之中。尤其是清代日记，跳出记事、应用的限制，作者常深入内心，自我对话；记录所见所闻之后，常发表感想或者思考，即抒发情感，从而使得记述生动、真实，已然是独立的文学形式。李慈铭日记中山水游记、新鲜见闻、书画品读、民俗风情、情感宣泄等内容，在保存社会风貌的同时，以文学家之笔触，融入了文学的特质。比如语言的骈散结合，描写的细腻生动，叙事的曲折，情感抒发的酣畅淋漓，日记散文片段引人入胜，如：

下午，游湖南山村，桃李盛开，与瘦生花间觅径行，拾级直上，忽已至顶，盖去平地二里许。眺视州山、蔡堰诸村，菜畦麦陇，错翠散金，烟水如绘，前面花林高下接绕，真湖山胜绝处也。……尝谓"会稽诸山如名士，山阴诸山如美人"。余家西郭，每携舟出青电湖，即岩壑罗列，满前澄波万顷，中如十万长眉远黛，列侍明镜。由是溯湖桑埭、清水闸、昙酿村、柯山、州山、湖塘，以至越王岬，饱餐酣卧，真令人足一世流连也。人事牵扰，终年不得一二游，苦恼欲绝。然不能结屋，亦当浮家，山水有知，终券斯语①。

另一方面，日记中的诗文可视为草稿或者第一稿，其选定刊刻时，会斟酌改动，甚至删削，通过对比日记与诗文集的刊本，可以看出作者的斟酌修订，这对于追踪研究其文艺观的发展变化非常有

---

① 〔清〕李慈铭《越缦堂日记》，扬州：广陵书社，2004年，第1册，第160—161页。

意义。如《早起赋示诸同好》:

> 老桂忽然华,四山得秋清。幽人夜无寐,晨起事屏营。发乱尚忘栉,遑治俗士名。凉意涤尘垢,朝霞映高情。万事法乎肃,守道戒志盈。蒹葭念之子,秋风多远声。薄寒视衣带,持以道平生。有得已无言,欲赠心怦怦。①

这首诗见于其日记咸丰四年八月初十日:

> 早起,秋爽袭人,得五古一首柬诸同好:老桂忽然华,四山得秋清。幽人夜无寐,晨起事屏营。发乱不知栉,遑论俗士名。临风涤尘垢,朝霞映高情。万事法乎肃,守道戒志盈。秋水念之子,苍葭致歌声。薄寒视衣带,持以道平生。宋玉悲感多,欲赠心怦怦。②

通过比较日记与诗文集的记载,发现编入诗文集时有局部改动,这些改动痕迹在进行诗文集的校勘整理时颇具价值。此外,将日记用于文学研究,还有助于阐释其文学作品,从中发现作家的创作灵感、心理情绪的变化,有助于准确理解文本。如:

> 是日晓寒特甚,拥衾不起,梦归故乡,雨中舟行山水间,花林夹岸,湿红欲滴。过桥,见小屋数间,幽靓临水,檐上露芭蕉

---

① 〔清〕李慈铭《白华绛柎阁诗集》卷乙,光绪十六年刻本。
② 〔清〕李慈铭《越缦堂日记》第1册,第130—131页。

数丛,嫩绿如拭。门前有榜,楷书峥净二字。余呼舟人就而登之,入门有梯,蹑级而上,舍宇精洁,皆有人坐如横经者。蘧然而醒,旭日已满窗矣,为一诗纪之。《寒夜梦归故里雨中花林夹岸有精舍数楹绿蕉出屋门有榜题峥净二字以诗纪之》:忽循归路雨潇潇,知是山阴第几桥?水际湿红全上树,雨中新绿不藏蕉。前生精舍神清洞,断梦孤舟鉴曲潮。惆怅门题峥净字,醒来风雪助萧寥。①

(五)关于文人心灵史的研究,是日记研究中有待于开发的新领域

日记有随心所欲地抒发情感的功能,这首先取决于个人日记的私密性、保密性,如果未得作者同意,其他人几乎不能阅读到他的日记。所以,日记作者在记录跌宕起伏的情绪时有一定的安全感,其自我监督、批评、肯定、嘲笑,或讥讽、赞誉他人,畅所欲言,毫无顾忌。一方面为了宣泄痛苦、矛盾、悲哀的消极情绪;另一方面,用来纪念那些喜乐、灵感、独到的见解,以备日后追忆、采用,这也是作者自认的价值所在。尤其是篇幅较长的日记,十数年、数十年的记录情绪起浮,各种内心体验娓娓道来,亹亹不休,对于研究者捕捉其心灵史极其有帮助。我们发现,只有日记这种文体才能近乎完美地完成心灵史的研究。如:

敦夫来,介唐来,子献来,皆邀余考差者。子培来,固劝余

---

① 〔清〕李慈铭《越缦堂日记》第18册,第13240—13241页。

入试……然今日事势,岂所论乎?翰林至三百余人,得差不过十之一,而人人尖锥钻孔,肠肥足捷,各自占缺,以期必得。居要路者橐钥大张,多方以招之,甚至幸门四启,悬价互谐,大贾为之居奇,羽流为之请间,相争相轧,人如病狂,遭此横流,丈夫不能再辱矣。①

作书致牧庄,又致书知识数人,属其代营数十金度岁,后出息以偿,而皆不见答。余能忍寂寞、忍寒冻以读书,而不能忍饥饿,以此叹先儒三旬九食立志之坚不可及也。②

同为自传性的著述,日记不同于自编年谱、回忆录,后两者为事后追忆,不免预设读者群,调整详略;而日记是即时记录,无法预知明天及将来所发生的事,其记录某一时刻之愤怒、焦虑、孤寂、悲痛、期望等心情,以及一件事情的前因、现状、后果,比较真实,是研究其生平思想的重要材料。

五、结　　语

新文化运动以后,受西方文化的影响,青年文人对于日记这种复杂而灵活的文体表现出极高的兴趣,那时候的作家、学者积极写作传统意义上的历史文献性质的日记,如胡适、鲁迅、周作人、叶圣陶、吴宓,而另一部分作家包括鲁迅、郁达夫、丁玲、矛盾等,开始以日记的体例创作文学,有杂文、散文、小说。日记这种传统的文体,

---

① 〔清〕李慈铭《越缦堂日记》第18册,第13411—13412页。
② 〔清〕李慈铭《越缦堂日记》第11册,第7723页。

从内容到形式都有了新的变化。降至今日,日记这种文体依然在发展,展现其无所不容的特性,与文学、历史、心理学的复杂交叉,使得人们难以给它一个准确的概念、分类。① 20 世纪 80 年代,关于成立日记学科的呼声很高,②但关于日记文体性质的研究仍然显得很薄弱。日记文体之复杂,在于它本身具有的编年史与自传的特征,其文献史料性与文学作品的交叉;日记作品中包括的诗歌、辞赋等文学作品形式,而组织松散以及开放性、直线性的叙述方式,等等,若要科学定义日记的内涵与外延,不得不采用传统学术研究的常规思路,即理清日记文体从古到今——也即从史料性到文学性,从历史文献到纯文学作品的演变过程。这是当前清代日记研究的新角度,亟待学者探索,也有利于所谓"日记学"的建立。李慈铭日记是清代日记的重要代表,在中国日记文体的演进史上的地位非常重要,整理与研究《越缦堂日记》,不仅有助于推动李慈铭个案研究的深入,而且对于研究清代日记的发展、日记文体的演进也有着重要的意义。

[原刊于《南昌师范学院学报(社会科学版)》2016 年第 1 期]

----

① 邹振环《日记文献的分类与史料价值》一文有对"日记"性质的论述,见《复旦史学集刊》第一辑《古代中国:传统与变革》,上海:复旦大学出版社,2005 年,第 307—334 页。

② 20 世纪 80 年代,《文教资料》刊出《日记学研究专辑》,包括《建立中国日记学的初步构想》等多篇论文。彼时学界日记创作、研究极为蓬勃,不但重视古代日记研究,还鼓励民众进行日记创作,兴办日记刊物。《中国近代文学大系》之《书信日记集》就出现在这股高涨的日记浪潮里。

《李慈铭致潘祖荫信札》序

　　《李慈铭致潘祖荫信札》七十余通，其中致潘曾绶一通，作书时间起同治四年(1865)，止光绪八年(1882)。内容多及代作应制诗文、题跋所藏金石拓本、拜谢润笔馈赠，仅乞托一事，文字之交、君子之交，于此可见。李、潘同岁，同为江南人，同为京官，然家世、宦途则天差地别，性情亦有异。能相处欢洽者，盖以潘恭谨有礼，赏其文字，李虽恃才傲物，然落拓京华，不能不仰其照拂，此中款曲，于数十通书札中尽显。如"慈铭于世本为僇民，非蒙惠存，早成沟膌。今年春试分无它望，惟冀幸殿一第，即当长归故山，藉进士之华资，丐小郡之书院，庶上不为四凶所夺，下不为群小所攻。今既失图，便无生路，长以散吏涸迹京华，外无戚施之颜，内无蟆蟹之骨，累公以活，将欲何酬"。李慈铭刚入京师，的确仰赖潘祖荫接济，但非需索无凭，以捉刀作文报之，"阁下清绝班行，文曷八炎之奉，未足白华之馈，乃娄蒙沃润，戋戋小文，薄力能效，交契之深，何足系怀。既承下风，敢不祗领。"

　　清代京官收入十分微薄，多依靠外官各种名目的赠礼维持体面的生活。中下层文人如李慈铭者则以笔耕赚取润笔，未曾斯文坠地。潘祖荫一次所付润笔相当于李慈铭户部郎中两月薪俸。年节之际李慈铭总是较窘，潘祖荫也能体察，年敬节敬亦较可观。

"昨有小事，忙乱终日，不克奉报丰馈为歉。兹有乡人馈酒一坛，云是陈酿，左以平安果一盘，取月数平安之义。文雉一双，为士挚之本，聊申微意。伏乞哂存。专此，敬请郑盦侍郎仁大人年安。弟慈顿首。廿八日。"李慈铭馈赠的礼物简单而雅致，不失身份。潘祖荫当日即回书，并承诺为他筹划度年之费："越缦仁兄大人阁下，承惠食珍佳酿，故人雅意，何敢却之，敬领。谢谢，并呈家君也。清况为之浩叹，同病相怜，可笑，早晚即为兄筹之也。敬谢。即颂年安。弟荫顿首。二十八日。"(《药堂杂文·名人书简抄存》)周作人《名人书简抄存》称在杭州书店购得李慈铭家书四通、潘祖荫致李慈铭书廿七通，此其第廿通。潘祖荫书中尚有"祈于九月前捉刀一文，彼不甚知文字也"，"又一册乞赐题，不拘何时掷还可耳"，"承为捉刀，感谢之极，敬呈龙井四瓶"，"菲敬二十四金乞收"，"菲敬十二金奉呈"等，殷勤周至，款款有礼。晚清民国间笔记多及潘李，有云潘称给李的润笔为草料钱，传闻者何其鄙俗之至。也有人收藏李慈铭写给潘祖荫的"乞米帖"，直白急切，大失文士风流，与此册手札风格迥异，未见手稿，不敢断其真伪。

潘祖荫雅人，公务之余喜收藏古籍、书画、铜器、碑帖，但并不工于诗，故宫廷应制诗多请李慈铭代笔。这种奉命之诗动辄数十首，需费精力揣摩圣意，实不易作。"绝句二十首，承命拟上。弟不谙宫体，代圣人作香草诗，欲清空一气，亦大是难，未知合用否？伏求教正。""委件七律九首、七绝廿二首，如命拟上，未知合用否？弟病后精神甚劣，近日又有极作恶事，此题可谓难极窘极，意境词采俱搜索尽矣。"如《奉题慈禧太后绘黄白红紫黑牡丹供奉诗》二十首，李叹道"此题白黑紫三者尤难合寿意"。

潘祖荫招揽文士校书刻书，《滂喜斋丛书》中有十多部经李慈铭校阅并撰序，如《越三子集》文字校勘及三人传皆李慈铭亲笔撰写，但未署名。潘祖荫还曾序郭嵩焘的《礼记质疑》，经考证，序文亦出自李慈铭之手。如此册手札中提及的《重刊宋监本说文解字序》《谒岱记》等，署名权皆属潘祖荫。面对潘祖荫约稿，李则有求必应，二人十分默契。

潘祖荫亦常与李慈铭切磋学问，析疑赏奇。地方进呈经史，潘祖荫会送给李慈铭阅览品评，如同治初桂文灿进呈《群经补正》，潘祖荫即请李慈铭评阅，收藏的明人尺牍真迹亦请他鉴定。此札中如："丁君原函及《诗》《书》序考先奉缴。其序考皆臆说，不足信也。大凡读书无真得而喜求新异，多有此病，盖《诗》《书序》皆当日国史原文，而不免后人附益，至《书序》之真出孔壁，《诗》之传自毛亨，万无可疑。而《诗序》首句以下，多汉经师所增，其论已定。今必强属之孟子，则卮言又出矣。其文亦太有学究气，非通人也。（必云为大徐鸣冤，亦是腐语。）《说文》毛本之不能无失，人人言之，今之所刻，未知视孙、朱两本及藤花榭本何如？非略校一二卷，不能下笔耳。"丁晏有江淮经师之誉，光绪元年（1875）卒，遗稿数十万字，潘祖荫以丁晏书札及著作请李慈铭评阅。晚清疑古思潮渐起，《诗序》《书序》受到极大怀疑，李慈铭治学持汉儒家法，极力批判这种悍而疑古、过于自信的学风。他指出丁晏《诗》《书序》考皆"臆说"，其友王咏霓亦疑《尚书》之序，以所著《书序考异》《书序答问》索序，李慈铭婉辞之。

咸丰十年（1860）李慈铭入京，受到潘祖荫之父潘曾绶、叔父潘曾莹欣赏，目为江南才子，二人登门借观李慈铭日记，屡以诗词索和，且绘画相赠。此札中如致潘曾绶札云："顷奉台谕，并承示新词，不特绵丽自然，逼真花草，且见风情深远，麋寿无量。欣服之至。慈雨窗寡惊，竟未能咏以一字，而风霖狞劣，落红已尽，殊愧俗客，孤负此花矣。今日必当勉和呈教，以追绕梁之尘。日记一帙先附上。"此段忘年交丰富了李慈铭的人脉，他由此结识潘祖荫、翁同龢，谊交二世，非同寻常。

潘祖荫在同治中兴中励精图治，官吏部、户部侍郎，光绪间至工部、兵部尚书，军机大臣，位高权重。李慈铭则主动疏离以避嫌，进退有度，"奉教，敬承厚赐，重辱垂注，感悚何言。自执事入长枢庭，甚为吾道之幸。独未谒贺者，以同心庆幸，不在仪文，又形迹之间，深宜自远，知蒙鉴爱，无待缕陈"。李慈铭晚况渐裕，与潘祖荫的文字关系逐渐淡薄，但彼此心间始终牵挂。光绪十六年（1890）潘祖荫染疫病逝，李慈铭在日记中记道："一更后闻潘伯寅尚书以酉刻卒，为之惊怛，走使问之，则凶仪已设矣。余与尚书交契三十余年，都门旧雨，无先之者，推襟送抱，冷热相关。比虽踪迹阔疏，至数年不相见，然彼此休戚，时通寤寐。尚书每见子培、彀夫，辄殷殷询余近状，乃里闬相望，邈若山河，至于病死不相闻问，幽明遽隔，一见无期，不谓斯人风流顿尽。追寻曩契，万绪纷然，孤灯荧荧，泫然欲绝。尚书生于道光庚寅十月，少余一岁。悲哉！"（《越缦堂日记》光绪十六年十月三十日）并作挽诗四首，道尽交谊之契。稍后为潘撰墓志铭，叙其世履、历官至数千余言，谨严有法，不负重托。

李慈铭十分珍视自己的文字，离京之际以所作诗、文、词托付潘祖荫，"拙诗已抄有前集，并《萝庵游记》各一册，奉尘绨几。日记四册及拙词乞即掷还。拙词尚拟日内觅人写副留呈也"。潘祖荫则以刊刻自任："日记遵命交若农,《霞川词》呈缴,大集及小志剞劂之事,一千日中弟当任之。"(《名人书简抄存》第十通)而潘祖荫以家集赠送,以应制诗文相托,以父亲和自己的墓志铭相托,可知他十分敬重李慈铭的文才学问,待之以礼,体谅李慈铭的冷傲、敏感,使得此段交情善始善终,成为佳话。

信札有《题克勒马图卷》遗诗一首,则极为珍贵。《越缦堂日记》自称题《克勒马图》七古一章致潘祖荫,手稿、文集中均未见流传。此图乃嘉庆初张问陶补绘礼烈亲王代善的坐骑克勒马图,一时名流如赵怀玉、潘德舆、翁方纲、法式善、吴毂人、吴嵩梁、张惠言、陈寿祺等皆题诗其上。潘祖荫以图卷真迹付李慈铭求题,李当日即题七古一首送还,未曾留底稿,故自编诗集及后人编辑诗集均未收入,此诗可作遗珠收入补遗卷。同治十一年他还为潘祖荫作《敬题文宗御画马石刻本赐伯寅侍郎上幅有御书少陵诗雄姿逸态四句》,乃咸丰皇帝御画。

《李慈铭致潘祖荫信札》的一个重要意义是,证实《越缦堂日记》中关于李慈铭自身著述的记录是可信的。如代潘祖荫所作诗文,定是真正动笔完成,实有其事,非虚语。本人编著《李慈铭年谱》时谨慎依据其日记考察散佚的诗文并系年,但总是孤证,底气不足。李慈铭致友朋手札在学界流传甚广,这些渐次浮出历史尘埃的手札与日记相呼应,甚且可补日记之阙,足证其日记著录自己著述信息之可信、可靠。

戊戌八月张桂丽识于复旦光华楼

(原载《李慈铭致潘祖荫信札》,中国书店,2020年)

方楘如简谱

家　　世

方楘如，字文辀，号朴山子。浙江淳安赋溪人。康熙四十四年举人，次年联捷成进士。官丰润知县，以征酒税不力去官。家居力学，治学尊汉儒。主敷文、蕺山、紫阳等书院。著有《集虚斋学古文》《朴山存稿》《偶然欲书》等。

《光绪淳安县志》卷十二《续纂儒林》："方楘如字文辀，一字朴山，赋溪人。笃信好学，博极群书，以文章名天下。中康熙乙酉本省乡试第二名，丙戌成进士，选授顺天丰润县知县，历官三年，蝗不入境，旋以烧锅失察去官。家居力学，清严律身，教授自给。主讲敷文、蕺山、紫阳各书院……楘如自退官后，闭户著书，益潜心于濂洛关闽之学……一时学者称之曰朴山先生。著有《集虚斋学古文》十二卷，又《四书曰义》《离骚经解》《朴山存稿》《续稿》《家塾晚课》等书行世，又未梓者有《十三经集解》四十卷、《四书大全》八十卷、《四书考典》四十五卷、《郑注拾沛》十二卷、《五经说疑》四卷、《读书记》八卷、《诗集》六卷藏于家。"①

按,《清史列传·文苑传二·方棨如》本此。朴山先生著述存世者尚有《偶然欲书》《论语考典》,又纂修《乾隆淳安县志》《浙江通志》,编选宋叶适《水心文钞》,校订《困学纪闻》等。

汉黟县侯方储之后。四世祖应箕,明举人。高祖妣余氏。

朴山先生《集虚斋学古文》卷十一《先兄若远暨嫂吴氏墓志铭》:"方氏得姓于雷,其望在河南。西汉之季有纮者,始迁歙东乡,今淳安即析歙东乡置也。纮孙储,迹用具谢承《后汉书》,封黟县侯。侯之十二世孙隆,当宋元嘉时,实里今淳安沙堤,官至太守。由沙堤徙赋溪者,林也,于隆为二十八世孙。历宋、元、明,其族更隐更显。凡□(原阙)世而至吾高祖讳应箕府君,以明经充乡进士,后以子贵,封中宪大夫。妣太恭人余氏。"②

《集虚斋学古文》卷九《傅溪方氏新建宗祠碑》:"歙傅溪之方也,自环山徙也,宋宁宗时弦公始居之。自是而下二十世,枝叶峻茂。其中行流散徙,颇亦不常厥居。而曰止曰时,盖至雷寿公始定,至明益公始繁,至实公始大。文条武罟,冕绅莘莘,而孝义节烈,时震发于其间,江以南称闻家云。……吾方氏得姓早,而自黟侯以来,世次乃颇可著,故十九皆鼻祖侯。侯之墓在吾淳,而淳即析歙之东乡置也,故淳、歙之方,于同姓为近。吾居淳之赋溪,维桑与梓,钟磬同音,为祠有年矣,草创未就,而诸君子有志竟成也。感愧交集,为书其丽牲之碑而归以谂吾里。"

---

① 〔清〕李详等纂《光绪淳安县志》卷七,清光绪刻本。
② 〔清〕方棨如著《集虚斋学古文》卷十一,清乾隆刻本。

《光绪淳安县志》卷十一《义风》:"方应箕,字子贤,为人棘棘不阿。文笔峭雅,试辄摧锋。癸丑岁贡廷对,优擢。是年子尚恂登进士,应箕不以为荣也,曰'官先事,士先志,吾行吾志而已'。却老林泉,足迹未尝入州府。"

曾祖尚恂,万历四十一年进士,累官至湖广按察使副使。著有《留耕堂文集》、《敝帚一编》、《玉磬斋诗集》、《骓骓草》、《闽况》、《客语吟》、《尺牍》五卷。曾祖妣邵氏。

《集虚斋学古文》卷十一《先兄若远暨嫂吴氏墓志铭》:"封其父者讳尚恂府君,起家万历癸丑进士,累官至湖广按察使副使,吾曾祖也,妣恭人邵氏。"

《光绪淳安县志》卷九《循吏传》:"方尚恂,字威侯,号箓阿,赋溪人。万历癸丑进士,授刑部主事,历员外郎中,出知建宁府郡。……升湖广副使,备兵辰阳。……崇祯十年,水西平,川贵总督张我续题叙黔功,诏特赐银币,论者谓未究前劳云。"

按,据黄虞稷《千顷堂书目》载,方尚恂著有《留耕堂文集》、《敝帚一编》、《玉磬斋诗集》、《骓骓草》、《闽况》、《客语吟》、《尺牍》五卷。

祖一镰,明举人,工诗文。著有《羼提道人集》《文疴七砭》。祖妣吴氏。

《集虚斋学古文》卷十一《先兄若远暨嫂吴氏墓志铭》:"曾祖有二子,而吾祖一镰府君,长亦乡进士;妣吴氏,万历辛丑进士巡视广东海道讳一拭者,其祖也。"

《光绪淳安县志》卷七《文苑传》:"方一镰,字野闲,五岁入小学,能讽文一千字以上。为文敏若注射，疑其成诵在心，借书于手者。父尚恂深器之，曰：'吾于学煞吃辛苦来，若是儿，乃所谓天授也。'……诗不多作，作则惊人，诸古文亦往往散轶，仅存什之一，号《羼提道人集》。又著《文疴七砭》一卷，藏于家。"

父士颖，字伯阳，号恕斋。县学生，工诗赋。著有《恕斋偶存》，编有《严陵诗选》。母洪氏。

《光绪淳安县志》卷七《文苑传》："方士颖，字伯阳，号恕斋，一镳长子。县学生。始就外傅，即学为诗。年十一，应邑童子试。既归，父展其行笈，得诗一章，中有句云：'野渡舟难觅，沙汀客屡呼。'父微吟良久，问谁与作者。跪以实对。遂以手抄杜诗一帙畀之，于是益大为诗。诗雅润为本……事亲以孝闻，康熙甲寅、乙卯间，山贼溃发，居民四窜，而父不幸失明，士颖洄沿登顿，则负之以趋，如是者一年。父卒，士颖年开六十矣，哀踊如孺子慕者。所著有《偶存诗》六卷、《赋》二卷、《骈俪杂文》三卷、《类钞》五十卷。而以睦州诗派之无存也，次第排缵，为《严陵诗选》以补续之，甫成二十四卷而卒。"
《四库全书总目提要》卷一八二《别集类存目》九："《恕斋偶存》七卷，国朝方士颖撰。士颖字伯阳，淳安人，顺治末诸生。是集凡诗六卷、赋一卷，末附其子菜如《衔恤吟》一篇。……士颖殁后，菜如手写遗稿刊行，毛奇龄、毛际可诸人为之序。其诗惟五言古体稍有气格。"①
《集虚斋学古文》卷十一《先兄若远暨嫂吴氏墓志铭》："先君子暨从父辈日以歌诗相摩戛，视时文都不直一钱，刍狗践之。"

---

① 〔清〕纪昀等纂《四库全书总目提要》卷一八二《别集类存目》，中华书局，1981年。

按，方士颖《恕斋偶存》未见传本，其山水诗偶见于《淳安县志》《金华府志》。

叔士荣，字仲阳，工诗，著有《萤芝园集》。

《光绪淳安县志》卷七《文苑传》："方士荣，字仲阳，赋溪人，一镳次子也。未就出傅，已学为诗。八岁时，有表兄吴子翀归云峰，即口占改唐绝句诗送之云：'寒雨连江晓入吴（改夜字），平明送客字（改楚字）山孤。合（改洛字）阳亲友如相问，一片冰心在酒（改玉字）壶。'句改一字而稳切若天成。字山、合阳皆所经地名也。业师王恒祇知之，大惊，谓异日必以诗名世。嗣是短咏长吟，淋漓迭荡，亹亹逼人。然懒不自收拾，酒后以败笔书尺纸，漫投友人几案间，久之不复记忆矣。壮年所作，格益高于唐人，殆登堂而哜其胾，然存者不过什之二三。甫三十八岁而殁，盖使才不尽云。今家藏有《萤芝园集》三卷。"

按，《萤芝园集》今未见传。

岳父徐林鸿，字大文，一字宝名。浙江海宁人，诸生。康熙十七年，诏举博学鸿儒，与试不第。

秦瀛《己未词科录》卷七："徐林鸿，字大文，一字宝名，浙江海宁人。诸生。著有《两间草堂诗文集》四十卷。""工辞翰，上拟左氏，下类两晋。康熙戊午，诏举博学鸿词，以林鸿荐。既而归，扫一室，读书其中。作为诗歌，清新典丽。"①

---

① 〔清〕秦瀛著《己未词科录》卷七，清刻本。

阮元《两浙輶轩录》卷十四存朴山先生《哭外舅宝名徐征君暨外姑张太君》："翁媪嗟双逝，秋冬只半年。因人成白首，偕老及黄泉。织冷支机石，锄荒种秋田。尚余昏嫁累，赖有子孙贤。"①

《集虚斋学古文》卷二《书外舅徐宝名先生诗后》："嗟乎外舅，群行焯焯，则星叟吴征君状之，丽牲之碑，则竹垞朱太史志之，诗则西河毛太史叙之，吴征君又叙之。嗟乎外舅，可以不死。……外舅所至为诸侯上客，然终不以挂齿牙，曰此救命计耳，讵可遂？"

冯溥《佳山堂集》卷六《赠六子诗》之徐大文："雅怀稽彻古今书，一字曾无浑鲁鱼。人说彝光鼙亦妙（大文夙患怔忡），我言孝穆艳难如。选言艺苑丛残外，标帜皇风律吕余。春日洛中应纸贵，衔杯切莫问南徐。"②

按，徐林鸿高风亮节，有名于时。康熙十七年开博学鸿辞试，以荐举贤才著称的大学士冯溥将来京应试的江南王嗣槐、吴农祥、吴任臣、徐林鸿、毛奇龄、陈维崧、吴农祥延接府上，六人学问、人品皆一时之选，誉为"佳山堂六子"，除陈维崧是江苏宜兴人，余五人皆浙江籍，而方楘如与这五位缘分匪浅：毛奇龄、吴农祥是其经史蒙师，徐林鸿是其岳父，吴任臣、王嗣槐也曾携之游。

伯兄菜如（1659—1687），字若远，诸生。工时文，惜早卒，诗文未成家。

《集虚斋学古文》卷十一《先兄若远暨嫂吴氏墓志铭》："先君子暨从父辈日以歌诗相摩戛，视时文都不直一钱，刍狗践之。独先兄若远以谓此一代之制，不宜苟焉鄙薄，则取前辈震川、正希、大士

---

① 〔清〕阮元著《两浙輶轩录》卷十四，清刻本。
② 〔清〕冯溥著《佳山堂集》卷六，清康熙刻本。

文为宗师,而旁及梦白、青峒、文止、大力诸家,折简写之,都为三卷,间与同席研书者口讲指画,有味其言之也。当是时,檠如颇闻余语,心好之,遂弃去塾师所授俗下文字不省,而私发先兄箧书,录其便于时用者,比之副墨洛诵。先兄廉得之,则大喜,复为审端径术,以可否相增减,而并觭摭其利病,著于篇。故凡檠如治时文颇有声诸公间,见谓不同流俗,其说皆自先兄发之。……先兄年十八补诸生,二十二称饩廪,破碎陈敌,前无坚对,然秋试再报罢。甲子岁,游羋縠者有日矣,其卒挤而止,自是辄病。而以嫂氏之莫抱子也,尝祷于白岳,以被无子,然卒未有以应,则益忽忽不乐,久之,得上气疾,逾年竟死,康熙丁卯四月十八日也。"

《光绪淳安县志》卷七《文苑传》:"方棻如字若远,士颖长子也。善事父母,《曲礼》《内则》无违者。书无时离手,僻耽佳句。……填词豪荡感激,有苏辛之一体。而尤工书法,手抄《史记》、杜诗、韩文成数十卷,并及唐、归、金、陈诸先辈时文笔语,即宗师之,不幸短命,二十九岁卒矣。"

仲兄棠如(1666—1719),字若召。出嗣叔父。工诗,著有《五经义》《憩亭诗草》。

《集虚斋学古文》卷十一《先兄若召墓志铭》:"兄若召,名棠如,一字苕舍,先君仲子也。先君昆弟四,而四叔父季安府君者无子,顾言曰必以某为子,遂子之。……有记功,数千年书史略皆上口。其为文,计炊五斗黍时可七八艺,皆披文相质,精讨锱铢,见者疑辟灌千万乃得之,不知吹剑首者特映而已矣。于诗亦然。尝依平水韵次赋落花诗三十章,不终朝而毕,自谓蛟螭杂蝼蚓,自人视之,则但见其五光徘徊,驾雌霓以连蜷也。……以康熙丙午七月十三日生,以己亥二月二十某日卒。"

《光绪淳安县志》卷七《文苑传》:"方棠如字若召,号憩亭。……所存有《五经义》《憩亭诗草》。"案,诗文今未见传。

季弟菜如(1676—1723),字若芳、药芳。县学生,通经,工诗,著有《缘情诗略》。

《集虚斋学古文》卷十一《亡弟药芳墓志铭》:"弟秀赢多能,自文词外,工书法缪篆,摹印抚刊,动操度曲,被歌声,率饶为之。于书自九章算术、六壬遁甲,一切青鸟家言,道流释部,靡不游其藩者,四部书不在限也。……以雍正癸卯八月十六日亡也……弟于先恕斋府君为季子,名菜如,字若芳,转其声更字曰药芳。淳安县学生也。中年考校,如利刃破物,而秋试连不得志,故善病。……生康熙丙辰十二月二十四日,年四十有八。绝命词所谓'四十八年诗债毕'者,盖弟平生精力尽在诗云。"

储大文《存砚楼二集》卷四《方药芳自咏诗序》:"淳安药芳方氏雅工诗,经纬于法,镵刻于思,而又能斟酌于理,其互用之而不悖,以变而无穷者邪?盖比日言浙东西之诗暨浙东西言诗者,药芳氏哉?药芳氏兄文鞀氏,雅工文,又雅工言诗,比手药芳氏诗蕲予言,予不能言诗,财能书休文、退之、习之、可之、应德、于鳞之语暨习之之书士衡、退之之语者,以言药芳氏诗,而归其诗文鞀氏,以归药芳氏。"①

《两浙輶轩录》卷十四之方菜如:"《淳安县志》菜如工为诗,钱唐

---

① 〔清〕储大文著《存砚楼二集》,乾隆十九年储氏家刻本。

吴征君星叟先生于人慎许可，独折简写其诗入所撰《惊喜集》中。康熙辛卯，与兄文辀佐学使者张公论文于江南，公熟视其质行及所论著，倾倒甚至，以元方季方相目。"

按，"吴征君星叟先生"即吴农祥。《惊喜集》未见传，吴现存稿本《流铅集》十六卷，上海图书馆藏抄本，卷端题"明湖吴农祥庆百氏著，清溪方桀如文辀氏定"。

毛际可《诗略序略》："读若芳《衔恤吟》，始知伯阳已久捐馆舍。伯阳为吾睦诗人之冠，近辑睦州诗派尚未成书，方虞风雅几于中绝，而幸得若芳为之传人。方氏家世绩学，昆弟自相师友。今年秋，其兄文辀以《毛诗》魁浙闱，而若芳因外艰故，尚滞诸生，且少年善病，诗之得于病中十居二三。十载虀盐，间以参术，天之穷若芳者若此，而诗因以益工。"

方桀如诗未见传本，仅见于阮元《两浙輶轩录》卷十四之《戊子感秋》，云："羞涩存空橐，飘零感布衣。未蒙知己顾，只当远游归。遇合无成局，文章竟昨非。故园秋色里，好在旧渔矶。不竞信南风，遄归四壁空。贫无裘可敝，人叹瑟难工。落叶秋山外，柴门细雨中。遗经究终始，天下几英雄。"

按，方桀如著述多散佚，《四库总目提要》卷九经部《易》类存目三云："《周易通义》十四卷，浙江巡抚采进本，国朝方桀如撰。桀如字药芳，淳安人。是书悉取《四书》成语，以证《周易》，古无此体，徒标新异而已，于经义无关也。"卷十四《书》类存目："《尚书通义》，国朝方桀如撰。桀如有《周易通义》，已著录。是书亦仿《周易通义》之例，以《四书》成语释之。……全书皆用此例，可谓附会经义矣。"卷十八《诗》类存目："《毛诗通义》，国朝方菜如撰。菜如有《周易通义》,已著录。是书但列经文,别无训释,各章之下必引《四书》一两句以证之。……殆于以经为戏矣。"

而《清史列传·文苑传二》之方櫾如,则称《周易通义》《尚书通义》《毛诗通义》皆櫾如所撰。又称"弟菜如,字若芳,诸生,亦工诗,著有《缘情诗略》。"①盖方氏兄弟名字形近,菜如、櫾如、菉如易相混淆,均有文名,而以櫾如为最,遂将《周易通义》《尚书通义》《毛诗通义》三书系之,又误菜如、菉如字号,张冠李戴可谓甚矣。方菜如《周易通义》《尚书通义》《毛诗通义》今未见传,仅存《诗经对类赋》一卷稿本,藏复旦大学图书馆。卷端题"还淳方菜如学方稿",无序跋,通篇以《诗经》入句。

子超然、粹然、卓然、常惺,能传家学。

《光绪淳安县志》卷七《选举》:"方超然,癸卯府选贡州判,借补两浙盐驿道,将盈库大使。""方粹然,癸卯府选贡。""方卓然,癸酉府选贡,教谕,借补秀水训导。""方常惺,乾隆甲子,孝廉方正。"

简　　谱

康熙十一年壬子(1672),出生。

《两浙輶轩录·方櫾如》卷十四《壬子元日》诗,云"坐守庚申怜影只,重来甲子当生初"。

---

① 《清史列传》卷七十一,中华书局,1987年。

按,"壬子"当指雍正十年(1732),"重来甲子"言即六十花甲,雍正十年时六十一,据此可知他生于康熙十一年(1672)。诗中"庚申"当指康熙十九年庚申(1680)。桐城方氏《述本堂集》卷首朴山先生序署:"乾隆二十年三月既望,还淳八十四岁老人棨如识。"①亦可推知其生于康熙十一年(1672)。

方棨如《集虚斋学古文》卷一《奉辞檄试鸿博揭子》"今年六十又四矣"。

按,乾隆元年(1736)荐举博学鸿词,方棨如自称六十四岁,明年《奉辞王少司马荐举札子》自称"自唯今六十五年",亦可证生于年康熙十一年(1672)。

少受庭训,学《春秋三传》、《史记》、《汉书》、韩柳文,后从毛奇龄学。

《集虚斋学古文》卷三《与王立甫书》:"仆幼狂蠢,起辰终酉,读书不能度十行。少长而啄腥吞腐,学为应用之文,居三家村中,亦无与道古者。先君子不知其驽下,经书外颇授以《三传》、《史》、《汉》、韩、柳文,而旁及牧之、可之辈,曰成学治古文当取是。退而寻今世古文,乃无一毫相似,冗与者久之。后稍从西河毛先生游,观所论著及一切口讲指画,往往暗与先君子会,三卿为主,粗有悟入。而方为诸生,牵率程课,间一磨毫黦札,世率谓不可时施也,而厭歟之。"

康熙四十一年壬午(1702),三十一岁。冬,出嗣存斋公。

《集虚斋学古文》卷十一《继室徐氏墓志铭》:"余壬午冬,当以礼

---

① 转引自陈文新著《中国文学编年史研究》,湖南人民出版社,2006年,第441页。

出后存斋公。"

康熙四十三年甲申(1704),三十三岁。访蒋衡于金坛。

《集虚斋全稿》卷首《朴山续稿自序》:"康熙甲申,访吾友蒋兄湘帆之金坛。"

蒋衡(1672—1743)又名振生,字湘帆,一字拙存,江苏金坛人。康熙进士。工书。传见《国朝书人辑略》。

识王纪,极相得。

《集虚斋学古文》卷六《王榛逸遗集序》:"岁在康熙甲申,余访蒋兄湘帆于金坛,遂因湘帆以见金坛诸君子。榛逸于余尤若臭味,然余留金坛挟日,榛逸日间见,见即语移日影也。"

王纪字遵一,晚自更其字榛逸,江苏金坛人。所著有《徒然草》《古诗笺注》。传见《金坛县志》。

康熙四十四年乙酉(1705),三十四岁。中乡试第二名。

《光绪淳安县志》卷十《文苑传》"方楘如":"中康熙乙酉本省乡试第二名。"

康熙四十五年丙戌(1706),三十五岁。联捷成进士。

《明清进士题名碑录索引·康熙四十五年丙戌科》方楘如列第三甲第四十九名。[1]

---

[1] 朱保炯、谢沛霖《明清进士题名碑录索引》,上海:上海古籍出版社,1963年,第2677页。

康熙四十九年庚寅(1710),三十九岁。佐学使张元臣幕,弟棨如从之。

《集虚斋学古文》卷十一《亡弟药芳墓志铭》:"康熙庚寅、辛卯间,吾佐学使者铜仁张公论文于江南,张公知我勖也,命举一人以代匮,吾不辞而以弟应,张公无猜焉。既至,熟视其所为,及阅所论著,张公倾倒尤至,以元方季方相目也。"

张元臣字懋斋,一字豆村,贵州铜仁人,康熙进士。康熙五十年视学江南,所取士有储大文、储郁文等,皆江南名士,时人称为"铜仁先生"。传见《乾隆江都通志·名宦》。

康熙五十三年甲午(1714),四十三岁。六月,赴任丰润知县。

《集虚斋学古文》卷二《灵皋文稿书事》:"甲午,余之官丰润。"

《光绪丰润县志》卷四《职官》:"方棨如,浙江淳安县人,丙戌进士,康熙五十三年六月任。制义得金子骏支流,吐弃一切,卓然成家。喜晋人清谈,一时名流如何屺瞻、储六雅皆至止焉。"①

储大文《存砚楼二集》卷五《送方文辀知丰润县序》:"吾友文辀方氏,工文章,殆与顺甫、熙甫、海若、仲舆埒,暇辄谈政事,烛照节解,又殊非能言而鲜适于用者。比今铨注直隶之丰润,吾见丰润且埒河南、乾德诸邑,而俾最郡邑,望者胥曰,此文辀氏之丰润也。"

储大文(1665—1743)字六雅,号画山,江苏宜兴人。康熙六十年(1721)会元,授编修。著有《存砚楼集》。传见《国朝先生事略》。

---

① 〔清〕周晋堃续纂《光绪丰润县志》卷四,光绪十七年刻本。

县试,拔魏元枢冠。

陶梁《国朝畿辅诗传》卷三十二魏元枢:"元枢字臞庵,丰润人,雍正元年进士。……方楘如宰丰润,奇其文,拔冠童子军,充博士弟子。"①

魏元枢(1686—1758)字联辉,号臞庵,河北丰润人。雍正元年进士。知汾州、宁武府。著有《与我周旋集》。传见《臞庵居士自撰年表》。

有《丰润杂诗》。

《光绪丰润县志》卷十二《文苑》方楘如《丰润杂诗》:"单仆孱驴荐畚车,陈宫山下有蜂衙。军装细认前朝事(有军器数事,皆勒前明蓟抚名),堡戍平摧大漠沙。雪虐尚惊枫未老(八月十四雪),春酣不放柳初芽。邹生何在能吹律,忍使寒乡隔岁华。""无复荆高旧慨慷,碧眉红颊冶游郎。饿鸱箭叫南山猎,雌凤笙吹北里倡。泉涌墨香春漠漠,石留研古月荒荒(墨香泉,石研山,皆邑胜迹)。成都纵有文翁在,为问何人肯负墙。""回回簿领一灯荧,东去西还又载星。款段马骑双只堠,毕逋乌起短长亭。书签冷却方谐俗,酒盏疏时称独醒。只有盘山山色好,往来相见眼终青。""风卷边沙十丈尘,但论食物也关人。墙头一过椒花雨(杨诚斋,酒名),瓮底应空麹米春(以糜酿浭水为之曰浭酒,而色香味三绝,殆冠京东)。果撷频婆分古寺,饭抄云子饷比邻(玉田米)。新冰早李原无欠,只是飘飘愧此身。"

---

① 〔清〕陶梁著《国朝畿辅诗传》卷三十二,清道光十九年红豆树馆刻本。

缪荃孙《云自在龛随笔》卷六亦载此诗，第四首末有注云："琮田和诗自注：先生庚午、辛未间主吾郡紫阳讲习。嗣君雪瓢先生名粹然，自题其居曰夕阳花岛。"

康熙五十五年丙申（1716），四十五岁。秋，以征酒税不力为上官所劾，遂归乡。

《光绪淳安县志》卷十《文苑传·方楘如》："历官三年，蝗不入境，旋以烧锅失察去官。"

缪荃孙《云自在龛随笔》卷六："方朴山，康熙甲午宰丰润，丙申之秋解任去。"①

《集虚斋学古文》卷三《与储六雅书》（庚子，康熙五十九年）："世弃君平，归里以来，食贫且三岁矣。"

康熙五十七年戊戌（1718），四十七岁。居京师，与何焯往还。

《集虚斋全稿》卷首《朴山续稿自序》："戊戌，居都下，数与义门何先生往还，语次猥及《乘韦编》者。"

《乘韦编》是朴山先生早年时文集，流传于江南士人中。《集虚斋学古文》卷三《与何义门》（庚子）："十四岁时，见书肆有《启祯文》《行远集》一书，翻阅之则心开。自是以往，每先生选出，辄先众人攘臂取之。最后得《庆历小题》及《程墨》二册，沉湎濡首，至忘寝食，诸纸尾跋语，至今可八九倍诵也。不揆梼昧，锐意钻仰，刻鹄画虎，动为笑端。《乘韦编》之刻，贾用不售，十余年来，意思零落。"

---

① 〔清〕缪荃孙著《云自在龛随笔》卷六，太原：山西古籍出版社，1996年。

致书方苞,讨论《史记索隐》之误。

《集虚斋学古文》卷三《与灵皋二兄》(戊戌):"来示大著三篇,朴茂介曾、王之间,私心拟议,以谓《楚词》篇最上,《封禅》次之,《震川集》又次之。但《封禅篇》内有五宽舒之祠句,似未确然,此《索隐》解误也。按《史记》文当连官字为句,而与以岁时致礼相属,对上条亲郊祠句为义,盖谓诸祠,则宽舒之五祠官岁时致礼,不亲祠也。前文屡言祠官宽舒等,明非一人,其以五字冠句,盖倒文法。《索隐》所谓因宽舒建五坛而云者,曲说也。又按《汉书·郊祀志五下》有床字五,床,山名,《汉书》后文叠见,在近京师之鄠县诸祠下,则此《史记》或系脱文,盖如《汉书》,则于下凡六祠句,尤为吻合也。至史谈建议,亦不止汾阴后土,如因皇帝始郊,有美光黄气,而立太畤坛以明应,固与宽舒等同议矣。而后土之祠宽舒,亦在议中,又不得专属之史谈也。吾兄所作,必传之其人,故当不厌精讨,爰献其疑,其它则豪发无憾矣。热河还车,尚可数面。诸不一一。"

方苞(1668—1749)字凤九,号灵皋、望溪,安徽桐城人。康熙四十三年(1704)进士。官至内阁学士、礼部侍郎。著有《望溪全集》。(参见雷铉《方望溪先生苞行状》)

朴山先生著有《偶然欲书》,共读书札记四十九则,足见其博通经史,渊博精赡,有云"不读诸经无以通一经,不读诸史无以证诸经"。

康熙五十九年庚子(1720),四十九岁。居杭城丰乐桥大街,穷居无聊,致书储大文、何焯、周白民,求荐馆。

《集虚斋学古文》卷三《与储六雅书》(庚子):"世弃君平,归里以来,食贫且三岁矣。门外未见有长者车辙,浮家武林,阒其无人如故也。转忆滞都门时,与先生东西各寓紫藤花下,每过作曲室中语,移日然后相去,今遂成南皮往事矣。且叹且想。……拙稿二册,明知此即陈方城所云越宿之物,不足以饷过客,而尘奉记室,则傅绎以蚓投鱼之计也,唯裁报之。"

《集虚斋学古文》卷三《与何义门》(庚子):"客岁三月十三日,因风托便,录有新课五篇,附近状奉呈记室,具道母氏笃老,兼以二兄物故,不能远赋北征,以践德州先生之约。而家多食指,饘粥难餬,意欲得南中近馆,以资色养。有宦游来南觅句读师者,幸先生齿牙及之,并言今已僦居会城,问津颇便。……《乘韦编》之刻,贾用不售,十余年来,意思零落。……删故续新,聊复编为《存稿》,以二册就正,掎撼利病,敢在下风。……学徒复有孙载黄灏者,亦钱唐人,与其友梁首风启心偕来为文,以不同俗为主,而宗仰俱在先生。……至所居,则仍在杭城丰乐桥大街崔家巷中。"

《集虚斋学古文》卷三《与周白民书》(庚子):"仆归里,益无聊,欲赋北征,则母氏笃老,既乖远游之戒,而里中人又颇笑其所为毋相过从者。意欲江淮间觅一吃饭处,昨已致意杨八哥,然恐鞅掌王事,不暇为地。并望足下左右之,得果所求尔,析言抒抱,亦一快也。若以此为公家言,则旁有知状之笠山在。某顿首,白民先生足下。"

周白民(1687—1756)名振采,号菘畦,晚号清来老人。江苏山阳人。乾隆元年博学鸿词之召,称病不与试。(参见齐召南《周振采小传》)

徐廷槐字立三,号笠三,浙江会稽人,雍正八年进士。著《南华经直解批注》。试康熙十七年博学鸿词科,不第。朴山先生居杭时过从最密,故《集虚斋学古文》中言及徐廷槐者较多,卷七《墨汀初刻序》《徐笠山文后序》、卷八《徐笠山夫妇双寿序》,皆为徐廷槐而作。传详《两浙輶轩录》。

孙灏字载黄,浙江钱唐人,雍正八年进士,翰林院编修,官至左副都御史。著有《道盥斋集》。传见《乾隆杭州府志·人物》。

梁启心(1695—1758)原名诗南,字首存,号蒁林,浙江钱唐人。乾隆四年进士,改庶吉士,授编修。著有《南香草堂诗集》。传见《乾隆杭州府志·人物》。

康熙六十年辛丑(1721),五十岁。暮秋,母弃养。致书何焯,求荐馆职;谢其教授儿子超然、粹然;荐门人孙灏、梁启心、杭世骏、吴嘉丙、严在昌、任应烈、吴景、梁诗正、陆秩、徐鲲等。

《集虚斋学古文》卷三《与何义门》(辛丑):"先慈违和,薄遽归觐。嗣闻扈从热河,无缘奉呈近状,凉秋欲末,而先慈则已弃代矣。大功废业,矧惟大故?顾以三岁食贫,又逢酷旱,江东米价,一斛几及二千,不得不外取一吃饭处,未审先生尚肯假之余论,得遂饥驹否。老母既以天年终,则东西南北惟其所之,不必如前此拘局江淮间矣。切祷切祷。两儿子遂蒙不弃,兼为针其膏肓,真万金良药。所虑资本下愚,数年前又以某滞北方,失学从懒,辟之苗始怒生,遽断一溉,则菁华内竭,过时而沐之灵雨,亦恐终随秋草萎耳。……某居杭以来,从游颇众,亦时有能者震发其间。自孙生灏、梁生启心外,尚有杭生世骏,字大宗,工诗及骈语,为时文最长于数典。吴生嘉丙字协南，严生在昌字季传，两人刻琢廉刿，好深湛之思。他若任生应烈字武承，吴生景字春郊，梁生诗正字养仲，即启心弟也，陆生秩字宾之，则栖霞先生文孙也，会稽徐生鲲字北修，则伯调先生曾孙，而笠山小阮也。此五人者，皆投迹高轨，棘棘不阿。某言及此，非敢自夸师导，以先生风流弘长，遇后进有苦心者辄沉吟不去口，故疏其姓氏，副之夹袋，异时得见所业，或知某之不为妄叹也。武林诸物腾跃，流寓维艰，刻下即遣家口归里，而别于此地觅老屋三间，为只身课两儿及诸生讲文析义之所。如有嗣音，请寄杭城丰乐桥西芝头巷内，交门人严季传，无不达也。托风申候，并致续刻六篇及已刻中间有改定者数处，统唯照纳。不一。"

杭世骏《道古堂全集》卷四十四《文学吴协南墓志铭》："钱唐吴君嘉丙，字协南，年十八试于学使者，补诸生。师淳安方先生楘如，友同郡严在昌、梁启心、孙灏、陈兆仑，切劘于学问，振华耀采，争长桀骜，摩研编削之士交目为文中之虎。始于乡邦，浸淫于十一郡，渐被于大江南北，以暨京辇名流、六堂观国之彦，翕然称杭郡之文甲天下。"①

赵佑《清献堂文录》卷一《樝城制艺序》："予初学举业，即闻里前辈有严季传先生在昌与其弟璘宇十区，并以文章能事，擅机、云之目。是时在康熙雍正间，陈句山太仆、孙虚船副宪、杭堇浦太史暨梁瓯林太史、文庄相国兄弟，皆方为诸生，齐名坛社。淳安方朴山先生最为士林宗仰，诸公游其门，相切劘，文誉遍三江，皆

---

① 〔清〕杭世骏著《道古堂全集》卷四十四，清乾隆刻本。

先后掇巍科跻通显,有制义行世,世竞奉为矩范。至今言吾杭文教,必归诸公,而二严相与颉颃。"①

杭世骏(1695—1772)字大宗,别字堇甫,浙江仁和人。乾隆元年举鸿博,官御史,八年革职回籍,晚年主讲粤秀书院、扬州书院。潜心学术,著述宏富,汇为《道古堂集》。传见《乾隆杭州府志·人物》。

吴嘉丙字协南,浙江钱唐人。诸生。工文。《集虚斋学古文》卷七有《吴协南遗文序》。(参见杭世骏《文学吴协南墓志铭》)

严在昌字季传,浙江仁和人。雍正八年进士,授江西万载知县,创建龙河书院。传见《乾隆杭州府志·人物》。

任应烈(1693—?)字武承,号处泉,浙江钱唐人,雍正八年进士,散馆授编修。参纂《大清一统志》。传见《乾隆杭州府志·人物》。

梁诗正(1697—1763)字养仲,号芗林,又号文濂子,浙江钱唐人。雍正八年一甲三名进士,官至兵部尚书。纂修《钦定叶韵汇辑》《西清古鉴》等,著有《矢音集》。(参见王昶《太子太保东阁大学士梁文庄公诗正行状》)

徐鲲字北溟,一字白民。浙江萧山人。少工文,称名诸生。从阮元修《经籍纂诂》。② 传见《民国萧山县志稿》。

陈兆仑(1700—1771)字星斋,浙江钱唐人。雍正八年进士,授知县。乾隆元年举博学鸿词,授检讨,官至太仆寺卿。著有《紫竹山房诗文集》。传见《乾隆杭州府志·人物》。

---

① 〔清〕赵佑著《清献堂文录》卷一,清乾隆刻本。
② 〔民国〕张宗海等修《萧山县志稿》卷十八,民国铅印本。

康熙六十一年壬寅(1722),五十一岁。春,致书王澍,贺其擢官。

《集虚斋学古文》卷三《与王虚舟书》(壬寅):"客岁徐笠山南还,辱书并悉动止,方谋归觐,未暇申讯。嗣闻足下有谏垣之擢,然不敢有一字道贺,盖既为足下喜,又为足下忧。……春寒未减,千万珍重。不宣。"

王澍(1668—1743)字若霖,号虚舟,江苏金坛人。康熙进士,官吏部员外郎。工书法。(参见方苞《吏部员外郎王君墓志铭》)

致书何焯,告以次子粹然中秀才。

《集虚斋学古文》卷三《与何义门》(壬寅):"学使者校试敝郡,次儿蒙收庠序,而大儿被斥。骰子选格,不系巧愚,若以理言之,则俱宜在绳之外也,忝在门墙,故敢布之。"

雍正元年癸卯(1723),五十二岁。自淮南归。八月十六日,弟棻如卒,悲甚。

《集虚斋学古文》卷十一《亡弟药芳墓志铭》:"弟之亡,余方归自淮南,未至,至郡始有凶语闻,吾方食,不知口处,行则不知所如,往泣则不成声。私觊为得妄语,既披缞帷见棺前,和从儿子处取绝命词读之,审弟以雍正癸卯八月十六日亡也。自弟之亡,吾开卷尺许,偶有会意,或回穴错迕不甚解,犹时时误推案起,欲走弟相赏析,已乃唏嘘罢去。呜呼!吾兄弟四人,而三人者皆化为异物,朝夕视荫,其与能几何?故于弟之某年某月某日葬某原也,为反袂拭涕而志之。"

雍正八年庚戌(1730),五十九岁。朝廷议开博学鸿辞科,方苞欲荐之,因官丰润时被参罢官而止。

方苞《望溪集·文集》卷七《再送畬西麓南归序》:"雍正八年,议开博学鸿辞科……因自计执友之存者惟南昌龚缨孝水、歙县佘华瑞西麓,游好之久者则嘉善柯煜南陔、淳安方楘如文辀,乃以四人者泛询于群公,皆曰是诚无怍矣。或曰其学与行信称矣,而举者则非宜。文辀前挂吏议,例不得与于斯,其三人皆就耄矣,征之不能至,至矣,能入试哉?"①

按,雍正八年有议开博学鸿词,实则未举行。

雍正九年辛亥(1731),六十岁。七月五日,继室徐氏卒,生子九。

《集虚斋学古文》卷十一《继室徐氏墓志铭》:"余既娶于吴而夭,继室以徐氏,年二十二归余,又三十五年以卒,雍正辛亥七月五日也,春秋盖五十六矣。……柔色淑声,上下赞贺,尤得先母洪太君欢,往往急缮,其怒时见妇辄色霁。……生子九,长超然,拔贡生,邱嫂抚以为先兄子者也;次粹然,拔贡生;次越年,邑诸生;次常惺,右学生;次卓然,郡学生;次旷然,后孺人卒八十日而殇,其未成殇者又三人,盖精力尽于是矣,久之遂病瘵以卒。……宝名公三娶而得外姑张氏,以康熙丙辰十一月六日生妇焉,于宝名公为中女,今栖其魂赋溪轩驻桥之东北八十步。"

---

① 〔清〕方苞著《望溪集·文集》卷七,清咸丰元年戴钧衡刻本。

雍正十年壬子(1732),六十一岁。元日有诗。

《两浙輶轩录》卷十四方榘如《壬子元日》:"炉烧榾柮榜桃符,奈有穷愁岁不除。坐守庚申怜影只,重来甲子当生初。瓮余骨醉轮困蟹,盘荐鳞鲜泼刺鱼。随例一杯蓼尾酒,案头抛卷读残书。"

乾隆元年丙辰(1736),六十五岁。荐举博学鸿词。

《光绪淳安县志》卷十《文苑传·方榘如》:"乾隆丙辰,荐举博学鸿词,以部驳不与试。"按,盖仍因官丰润挂吏议,例不得与。

乾隆二年丁巳(1737),六十六岁。方苞充《三礼》馆副总裁,荐举朴山先生,先生辞之以书,陈二不能、二不敢之情。

《光绪淳安县志》卷十《文苑传·方榘如》:"丁巳,钦召纂修《三礼》,辞不就。"

《集虚斋学古文》卷四《奉家学士灵皋二兄书》:"本年八月朔,被县帖内开蒙宪奉部遵旨事件,檄取某赴京,充《三礼经》馆纂修者。持捧惭惶,知非吾二兄大人推挽不至此。窜名遗经,自托不腐,此儒生之荣愿,便宜俶装祗役;而中夜循省,肠转车轮,有不能应者二,有不敢应者二。往者日月虽迈,视听未衰,自甲子一终以还,笼东特甚,筋力倦急,齿发皓落。刮目苦无金鎞,充耳不烦石瑱,末疾风淫,时时窃发,中虚暴下,往往经旬。长途非枕席可过,公事岂喑嗟能办?前此滥吹鸿博,幸蒙驳放,如其不尔,亦难蹶趋,况吾衰又甚乎?其不能者一也。儿曹颇多,豚犬食口,动如春蚕。郭内外之田,不盈百亩;廨东西之屋,难觅三间。避债无台，质钱有帖。今以开七十岁之老子，望四千里之京师，饮食起居，其费自倍。而又家居来久，行李阙如，幞被囊衣，动须整理，平头奴子，又当赁佣。称贷欲向谁门，鬻产堪充几许？其不能者二也。少循八股，惟业一经，《毛诗》是其专门，他经略未上口。至如《三礼》，古称大经，穷老投间，始一窥涉，寻文逐句，茫无津涯。加以记功素拙，老悖多忘，先所经心，十不忆一。矧肄业之未及，那响应而不穷，假令张口蒙然，岂不拍手笑杀？擤指而退，终在异时，缩手就闲，何如今日？其不敢者一也。生平说经，颇耽古注，谓诸经皆由汉世儒学，近有师承，校其博通，无如郑氏，郑惟泥《礼》笺《诗》，故恒以词害志。若乃《礼》学，是其胜场，中有失者，惟是兼信纬书《丝梦》《郊禘》诸类，其他则强半得之。自王肃乘贵辩口，增加《家语》，动辄诋突，于是，南王北郑，代相纷拿。然唐初疏家，仍用郑学，所谓是非之心，人皆有之。朱子《仪礼经传通解》，亦全采郑注，偶自下意，则缀下方，盖其慎也。今《小戴》一经单行东汇，前朝据兹擢士，后遂沿为圣书，图熟进身，即聋从昧，惟变则通，望在今日。半山《周礼新义》全豹，惜今未窥，其他说家，大抵议论多而解诂少。此时文之滥觞，匪传经之正则。《仪礼》仅见敖氏，多是窃取注文，改头换面，然且妄疵郑氏，可谓盗憎主人，尤甚不取，不知今此泚笔，将安适归。窃谓义理可臆其有无，典文必传自古老，似宜专主康成，而仍折衷朱子，朱子所左亦左之，所右亦右之，弃瑕取玖，乃其庶几。然心面不同，恐多聚讼，欲令违心拂志，事笔砚于其间，则必不精不详，无所可用。其不敢者二也。要之，贫与病兼，势难即路，亦不俟尔缕及此。悉附兄弟，故敢尽布腹心。现在陈列衰病，恳请州司详达先正肃启，伏望鉴而怜之，得寝成命，使遂首邱，无任感激之至。"

按，方苞同时荐者有朴山先生老友全祖望，全亦辞之，见《全祖望集汇校集注·鲒埼亭集外编》卷四十六《奉方望溪先生辞荐书》。

乾隆六年辛酉(1741)，七十岁。主讲蕺山，有书与全祖望。

陆以湉《冷庐杂识》卷五："乾隆时，淳安方文辀大令楘如主讲杭州紫阳书院。"①

《集虚斋学古文》卷八《张母李太君八秩序》："吾来蕺山，为诸生商略文笔，頡頏之如鱼鸟莫适主也。"

《集虚斋学古文》卷四有《与全绍衣》。

全祖望(1705—1755)字绍衣，一字谢山，浙江鄞县人。乾隆元年进士。曾主讲蕺山、端溪书院。续编《宋元学案》、校勘《水经注》、笺注《困学纪闻》。著有《鲒埼亭集》。传见严可均《全绍衣传》。

乾隆初年，曾主讲石峡书院。

《存砚楼二集》卷十二《复方文辀》："前赐大稿佳绝，复承华札，未获裁答，悚仄悚仄。令甥两兄辱顾，伏审起居清胜为慰。比来撰述当亦富，石峡书院吟诵当益振矣。"

按，石峡书院在淳安境内享有盛誉，始建于南宋，朱熹曾于此讲学。储大文卒于乾隆八年癸亥(1743)，姑系于此。

---

① 〔清〕陆以湉著《冷庐杂识》卷五，清康熙刻本。

乾隆十一年丙寅(1746),七十五岁。序汪启淑《绵潭渔唱》。

汪启淑《绵潭渔唱》乾隆刻本卷首:"乾隆岁在柔兆摄提格□月□望,友生方楘如撰。"

汪启淑(1728—1799)字慎仪,安徽歙县人,寓居钱唐。喜藏书、藏印。(参见金天翮《汪启淑巴慰祖传》)

乾隆十二年丁卯(1747),七十六岁。编辑时文成《朴山存稿》,夏,请鲁曾煜序之。

《集虚斋全稿》卷首《朴山晚课》(鲁曾煜序):"今岁夏五,示余近稿册首,督余序之,且曰慎毋赘予文。……乾隆丁卯季夏上浣会稽年家眷同学弟制鲁曾煜稽首拜撰。嘉定后学汪景龙绌青书。"

鲁曾煜字启人,浙江会稽人。康熙六十年进士,官翰林院庶吉士。乾隆初与方楘如主讲敷文书院。著有《秋塍文抄》,纂《广东通志》《福州府志》。传见《乾隆杭州府志·人物》。

自序《朴山续稿》。

《集虚斋全稿》卷首自序:"盖湘帆与越州周几山、徐笠山二兄之力为多,白首山中,二三子谬师为老马,而孙儿塾方欲学文,日讲指画之余,亦复含毫散染。日月既久,纸墨遂多,二三子以日费力于此也,并谋版行,名曰《续稿》。"

乾隆十三戊辰(1748),七十七岁。秋,全祖望有书,托转寄方苞。

全祖望《鲒埼亭诗集》卷九《挽望溪侍郎》诗自注云:"昨秋予以先

生集中商榷如干条,托朴山先生寄之,不料其不达,拟再寄,不果。"①

按,方苞卒于乾隆十四年,全氏此诗下五首为《庚午岁朝》,故此诗当作于乾隆十四年方苞卒后,所云"昨秋",或当指乾隆十三年戊辰秋。

乾隆十四年己巳(1749),七十八岁。端午节,撰《从子栗夫墓表》。

《光绪淳安县志》卷七《选举》:"方宽然,字栗甫,赋溪人,粲如子也。六岁知四声,八岁赋诗,应贴经墨义之试,无讹舛者。年十七补博士弟子,未三十,以母亡而咯血,遂病以死,时犹未终丧也。平居无造次离册子,暇即事赋诗,所宗尚在盛唐,于王孟风格尤近。著有《铸古斋集》三卷、《三峡词源》十二卷。"

《集虚斋学古文》卷十一《从子栗夫墓表》:"年未三十而病咯血以死,余在蕺山哭之,过时而悲,非独以读书种子也。……栗夫名宽然,吾弟药芳三子也,以康熙癸巳二月初十日生,以乾隆辛酉六月十四日卒。……乾隆十四年己巳五月端午志。"

九月,为长子超然撰《捐修将盈库署碑》。

《集虚斋学古文》卷九《捐修将盈库署碑》:"岁之庚申,超然以州别驾权浙中榷场诸使,初至禾之批验所,五年报竣。而会库大使需替人,天子俞大吏之请,遂移动以塞员填阙焉。……其力始于戊辰八月朔日,逮今己巳九月十日,经营断手,岁计有余。"

---

① 〔清〕全祖望著《鲒埼亭诗集》卷九,《四部丛刊》景清抄本。

乾隆十五年庚午（1750）、十六辛未（1751），七十九、八十岁。主讲歙县紫阳书院。

陶元藻《泊鸥山房集》卷十二《呈方朴山先生书》："去夏遇淳安王友，得闻老先生掌教于新安之紫阳书院，乌聊清歙，秀助文澜，白岳黄山，高齐道岸。汇大江而南北，人坐春风；兼两浙以东西，学归大冶。……藻今年三十有六矣……。"①按，陶元藻生于康熙五十五年（1716），于方粲如为后学，《集虚斋学古文》卷十《清故奉政大夫陶君暨原配宜人胡太君墓志铭》，即为陶元藻祖父母而作。"藻今年三十有六矣"，此书应作于乾隆十六年（1751），时朴山先生正主讲紫阳书院。

罗继祖《程易畴先生年谱》乾隆十五年庚午程瑶田二十六岁："与弟光莹同受业于方心醇粹然，心醇为何义门焯高弟。……而心醇父朴山楘如，亦应郡守何公达善之聘，来主紫阳讲席，先生复从游焉。"②

乾隆十七年壬申（1752），八十一岁。胡澹中、方雨三北行计偕，送之以文。

《集虚斋学古文》卷五《送胡方二子试礼部序》："壬申岁春，江南解试榜发，吾友胡子澹中、方子雨三以中隽邮其文示余，余洒然异之。既将北首燕路，告予行期，且曰，何以处我？余唯赠人以言，暖于布帛，余不能为布帛之赠也，抑又不敢，夫甘言病也，苦口药也，布帛之赠，则甘言属也。"

---

① 〔清〕陶元藻著《泊鸥山房集》卷十二，清刻本。
② 罗继祖著《程易畴先生年谱》，见《程瑶田全集》附录，合肥：黄山书社，2008年。

按,"胡子澹中"即胡赓善,与方雨三皆安徽歙县人,与戴震、金榜、程瑶田、方晞原等在紫阳书院从朴山先生学八股文。

是年离开紫阳书院。

罗继祖《程易畴先生年谱》乾隆十七年:"是年,方朴山与先生师心醇皆去歙。"

乾隆十九年甲戌(1754),八十三岁。《集虚斋集》刊行。

《集虚斋集》扉页题"乾隆甲戌年镌,佩古堂藏本"。佩古堂乃方氏堂号,此乃家刻本,卷首题"还淳方橚如文辀属稿,同学诸先生阅定。男超然异渠开雕,孙男叡西堂校""男粹然江醋同校""男常惺无咎同校""卓然立亭同校""侄肃然恭寿同校""孙元起石民校""孙男璧书传校""曾孙畴耘谷校""孙男里井九校""孙男壑岂君校""孙男至海于校""孙男型少仪校"。共十二卷,附《离骚经解略》一卷。无序跋。

乾隆二十年乙亥(1755),八十四岁。序《述本堂集》,念及自身亦三世以诗传家,竟未刻行,悲甚。

桐城方氏《述本堂集》卷首朴山先生序:"桐城方氏《述本堂集》卷首朴山先生序署:'家世自膳卿公颇以诗鸣,所著《玉磬斋集》,略具《青溪诗选》中。嗣是先君子有《偶存诗》,亡弟药房有《缘情诗》,纵不敢高颉颃于述本堂世学而为之丝晏,至辱西河、鹤舫两毛公,鄙人无似,哑钟不鸣,昌黎有言,顾惟未死耳。我心忧伤,念昔先人,其能以急景凋年,诵清芬而效一词之赞乎?盖操笔欲书,将下复止者且久之。'"①

乾隆二十一年丙子(1756),八十五岁。撰《送王行一试南省序》。

《集虚斋学古文》卷五《送王行一试南省序》题下注:"撰时八十有五。"

王行一世履不详,从朴山先生学,序中有云:"王生行一从吾游,廿年于此矣,而先是即已健于文,秀发飞扬,吾品之如上林春花,嫣红邃绿,使人目不周玩,而庶子之秋实并具焉。辛酉之役,吾为决科,幸而言中。"

乾隆二十二年丁丑(1757),八十六岁。清高宗南巡,询问江南耆年嗜学之人,沈德潜以朴山先生名对,遂至无锡迎驾,得赐纻丝一袭。

李元度《国朝先正事略》卷十八《沈文慤公事略》:"丁丑二月,上南巡,加公礼部尚书衔,谕称为蓬瀛人瑞,叠前韵赐之,有句云:'星垣帝友岂无友,吴下诗人尚有人。'每召对,问民疾苦,并问高年有学问者还有几人,公以司业顾栋高、进士方楘如对,上详询履历识之。"②

《光绪淳安县志》卷十《文苑传·方楘如》:"丁丑,圣驾南巡,时楘如年八十有六,迎銮于常州无锡县,上以赏翰詹科道者赏之,赐纻丝表里一袭,温语慰劳,世皆荣之。"

沈德潜(1673—1769)字碻士,号归愚,江苏长洲人。乾隆四年进士,授翰林院编修。官至礼部侍郎。著有《沈归愚诗文全

---

① 陈文新著《中国文学编年史研究》,第441页。
② 〔清〕李元度编《国朝先正事略》卷十八,清同治刻本。

集》,编《古诗源》《唐诗别裁》等。(参见钱陈群《赠太子太师大宗伯沈文悫公德潜神道碑》)

乾隆二十三年戊寅(1758),八十七岁。春,撰《归愚诗钞余集序》。

沈德潜《归愚诗钞余集》卷首朴山先生序:"吾浙有《通志》之役,当事延先生为泚笔,而余亦滥吹竽,每款言辄移晷,因缘窥其帙,时时见先生韵语,过于所闻。……乾隆著雍摄提格之岁阳月既望,还淳方楘如顿首谨述。"①

乾隆中,纂修《淳安县志》。

清李诗《续纂淳安县志序》:"淳邑旧有志,国朝凡四修,而《乾隆志》为最。《乾隆志》,乡先达方朴山先生所手辑也,军兴以来,板毁矣,而书之存者亦复鲜有完本。壬午夏,余调任此邦,甫下车即广为搜罗,阅数月,得十余本,合成一册。嗟乎,此硕果之仅存也。……光绪十年二月戴花翎补用知府候补同知知淳安县事岳阳李诗撰。"②

乾隆三十五年庚寅(1770),子粹然七十寿辰,程瑶田等称觞上寿。

罗继祖《程易畴先生年谱》乾隆三十五年:"七月某日,为心醇七十生辰,先生偕同门及心醇所交游称觞上寿。"

《道光泰州志》卷二十七《流寓》:"方粹然字心醇,淳安人,拔贡生,楘如次子。乾隆丙寅携家至泰,时崇明何忠相、江阴蔡寅斗、

---

① 〔清〕沈德潜著《归愚诗钞余集》卷首,清乾隆刻本。
② 〔清〕李诗著《续纂淳安县志序》。

丹阳彭泽令俱主宫氏春雨草堂,载酒论文,一时从游者甚众。"①

乾隆三十八年癸巳(1773),子粹然卒。

罗继祖《程易畴先生年谱》乾隆三十八年:"是年秋,先生师方心醇卒于杭州。"

朴山先生卒年不详。

尚未见朴山先生的行状、墓志,其卒年待考。

(原刊于《薪火学刊》第六卷,复旦大学出版社,2019年)

---

① 〔清〕王有庆、刘铃纂《道光泰州志》,光绪三十四年补刻本。

梁玉绳年表

梁玉绳(1744—1819),字曜北,号谏庵。浙江钱唐人。二十岁时出嗣伯父梁同书。家居读书,长于史学。所著有《人表考》九卷,《吕子校补》二卷,《元号略》四卷、《补遗》一卷,《志名广例》二卷,《瞥记》七卷、《蜕稿》四卷,总为《清白士集》六种。又有《史记志疑》三十六卷,久为学林所称赞。胞弟履绳,专攻《左传》,二人风雨联席,研经治史,时有元方、季方之目。妹德绳,工诗词,续写并刊行《再生缘》。

梁氏是地方名族,宦途显赫,以诗书传家。梁玉绳曾祖辈多有诗集传世,祖梁诗正以学问淹博受知雍乾两朝,著有《矢音集》。父梁同书以书法、诗文名士林,别撰《笔史》《直语补正》《日贯斋图说》等。梁玉绳、履绳兄弟青年时期沉溺词章,与年龄相仿的表叔张云璈步韵联句无虚日,三人唱和之作合刻为《梅竹联吟集》,但中年以后弃举业,转而考据经史,玉绳甚至几度绝咏,专意《史记》,履绳则穷究《左传》。这与当时弥漫江南的乾嘉考据学风不无关系。

梁玉绳卒后无碑传墓铭,其生平事迹不易考察。笔者依据其著述序跋所系年月,并搜辑其祖、父、弟之传记资料中与之相关的事迹,不揣谫陋,作《梁玉绳年表》如下。

乾隆九年甲子(1744)十二月十三日,梁玉绳生。祖父梁诗正四十八岁,父梁同书二十二岁,本生父梁敦书二十岁。

《蜕稿》卷三《癸亥六十生朝口占》,题注云:"余生乾隆甲子岁十二月十三日。"

王昶《太子太保东阁大学士梁文庄公诗正行状》:"(乾隆)二十八年……而公已于十一月十四日无疾而薨,年六十有七。"按,王昶从梁诗正受学三年,自称门人。梁诗正乃雍正八年(1730)探花,次年以翰林院编修充《一统志》纂修,后编纂《皇清文颖》《叶韵汇辑》《秘殿珠林》《西清古鉴》《三希堂法帖》《石渠宝籍》等图文大典。乾隆二十八年(1763)卒于官。王昶《太子太保东阁大学士梁文庄公诗正行状》:"上闻震悼,遣皇五子率侍卫十人亲诣奠醊,赐内库银一千两治丧。又以寓次乏人,特派内务府司官一员往理丧事,晋赐太保。又命入祀贤良祠。"梁诗正之受宠,在当时的江南士大夫中无人能及。

许宗彦《学士梁公同书家传》:"公生雍正元年癸卯九月二十八日……玉绳,仁和县曾贡生,少司空长子,嗣为公后。笃学力行,有介石之操,著述多行于世。居公丧,年逾七十,毁瘠有加。"按,许宗彦(1768—1818),字周生,德清人,嘉庆四年(1799)进士。著有《鉴止水斋集》。梁玉绳妹德绳之夫。

梁同书(1723—1815),梁诗正长子,出嗣梁诗文。字元颖,号山舟。少随梁诗正入都,乾隆十七年(1752)恩科会试,特赐殿试,成二甲进士。淡于荣利,隐疾不复出。所著有《频罗庵遗集》十六卷、《直语补正》一卷、《日贯斋图说》一卷、《笔史》一卷。又有《梁山舟楹帖》传世。

梁敦书(1725—1786)，字幼循，号冲泉。乾隆十五年(1750)恩科举人，二十年(1755)贵州同仁知府，官至兵部郎中。与兄同书感情深厚。

乾隆十三年戊辰(1748)，五岁。弟履绳生。

《蜕稿》卷四《祭仲弟文》："同胞差肩，齿长四岁。经史席并，风雨床连。"

卢文弨《抱经堂文集》卷三十一《梁孝廉处素小传》："乃年仅四十有六而竟夭死，乃乾隆之五十八年十一月三日也。"

卢文弨(1717—1796)，字召弓，号抱经，仁和人。著有《抱经堂集》等。梁玉绳、履绳曾助其撰《群书拾补》。

梁履绳(1748—1793)，字处素。举人。随父亲梁敦书宦游黔南湖广，所著有《左通补释》三十二卷、《澹足轩诗集》八卷。

乾隆十七年壬申(1752)，九岁。梁同书中进士。

许宗彦《学士梁公同书家传》："十七年，恩科会试，复下第，高宗纯皇帝特赐与殿试，成秦大士榜二甲进士，改庶吉士。"

乾隆二十一年丙子(1756)，十三岁。与弟履绳随父居贵州官署。

梁履绳《澹足轩诗集》卷一《蛮语稿》："余九岁侍父在黔……居黔约九载。"此卷有《飞云岩同伯兄谏庵作》《苗刀歌同伯兄作》，而梁玉绳《蜕稿》卷一所录诗亦多关黔地风物，如《苗王坡》《黔中竹枝词》《黔苗词》《苗刀歌同仲弟处素作》等。

乾隆二十二年丁丑(1757),十四岁。乾隆南巡,御书"莱衣昼永"赐梁诗正。

王昶《太子太保东阁大学士梁文庄公诗正行状》:"二十二年再幸江浙,公在吴江平桥迎御舫,奉谕云:梁诗正侍养在籍,安静可嘉,其照品级在家食俸,以昭眷念旧臣至意。再赐御书'莱衣昼永'匾额。"

乾隆二十七年壬午(1762),十九岁。春夏之交,侍父游龙岩。

《蜕稿》卷四《游龙岩记》:"龙岩在贵州遵义郡东五十里,屹然独立于群峰之表。岁壬午,余随大人至郡,得往游焉。当春夏之交,风日清美。"

乾隆二十八年癸未(1763),二十岁。正月,与弟履绳登碧云峰。二月,由黔南返钱唐,初夏至家,出嗣梁同书。

《蜕稿》卷一《癸未初月五日与处素登碧云峰归途访僧萧公庙用陶靖节游斜川诗韵》:"觅句坐回兰,弟兄互唱酬。行将与子别(自注:时余将南归),重来知果不?"

《蜕稿》卷四《书桃花源记后》:"忆癸未岁,余自黔归里,舟过武陵,风利不得泊,未及游桃花观,时二月中旬。"

梁履绳《澹足轩诗集》卷一《蛮语稿·兄归钱唐以诗伤别》:"弟为异乡客,送兄旋故乡……忆昔出燕都,从父来黔阳。官斋同受经,三年铜江旁……亲舍相追随,屈指七载强。忽奉命归去,离愁结中肠。少小未远别,一旦理行装。是时值春孟,东风吹微凉……"

《蜕稿》卷四《苗人择婚记》："余在黔八年，居镇远郡凡九月，亲见其事，故参验而记之，以传信也。"按，玉绳此年归钱塘，所云在黔八年，则其至黔时年仅十一二岁。

《蜕稿》卷一《清勤堂木瓜树》："我归自黔阳，节序届初夏。"

梁履绳《澹足轩诗集》卷三《登蘋稿》："伯兄在黔数年，先余归里。今又别于家，甫逾弱冠而已，再别伯氏矣。"

十一月十四日，祖梁诗正卒于京师官邸。本生父梁敦书出为贵州知府。

王昶《太子太保东阁大学士梁文庄公诗正行状》："二十八年六月，赐第于内城勾栏胡同，十月晋太子太傅，时公子敦书出为贵州知府……而公已于十一月十四日无疾而薨，年六十有七。"

乾隆二十九年甲申(1764)，二十一岁。弟履绳回钱唐，居竹竿巷。

梁履绳《澹足轩诗集》卷一《蛮语稿》："余九岁侍父在黔……居黔九载，以甲申回杭。"卷二《山子稿》："余所居竹竿巷，南宋又名山子巷……年来杜门不出，取乙酉后所作，题为'山子稿'。"

乾隆三十三年戊子(1768)，二十五岁。弟履绳侍父亲至常州，以诗留别。

梁履绳《澹足轩诗集》卷三《登蘋稿》："乃抵家未四月而大人有出守常州之命，余复侍行，家乡咫尺，兄弟频得相见如雨中之萍，聚散无定也。"次下有《戊子九月余将北行留别伯兄》。

期间，梁玉绳曾赴常州。《澹足轩诗集》卷四《南兰稿·喜伯兄至即次见示》:"家江咫尺近,今日喜来游。握手刚迎夏,分襟苦忆秋。久疏多耳语,小住恨形留。惜别倾新酿,灯前送酒钩。"

乾隆三十五年庚寅(1770),二十七岁。本生父梁敦书赴官湖南。弟履绳回钱唐,二人朝夕读书吟咏。

《澹足轩诗集》卷五《守株稿》:"庚寅九月,大人恩除湖南岳常澧道,履绳以路远,不获侍行……归后却绝谐际,朝夕与兄联席,习读之余,唯商吟咏,辄净写其作以示兄,兄曰是可名'守株稿'。"中有唱和如《白猫联句》《鸡毛帚联句用韩愈斗鸡诗韵》《夜坐不暇懒斋联句用皮陆寒夜联句韵》《长至日与兄小饮用韦苏州冬至夜寄京师诸弟兼怀崔都水韵》《茶菊和兄作》。

乾隆三十六年辛卯(1771)年,二十八岁。十月,妹德绳生。

阮元《梁恭人传》:"恭人生于乾隆丁卯年十月初五日卯时,卒于道光丁未年三月初八日子时,年七十有七。"

梁德绳(1771—1847),号楚生,幼随父宦行,胆识过人。喜爱吟咏,则家风所浸染。著有《古春轩诗抄》《词抄》《文钞》,晚年续写并刊刻《再生缘》。适许宗彦,生女适阮元子阮福。

《蜕稿》卷二有《辛卯十一月二十八日夜梦作雪诗六句既觉录之是日大风寒甚未尝有雪也》。

乾隆三十七年壬辰(1772),二十九岁。跋严琪诗集。

《蜕稿》卷四《记严先生玉麦诗后》署云"乾隆壬辰六月十四日"。

按,严琪字璘如,山阴人,诸生,梁玉绳十五六岁时从其学诗。

乾隆三十八年癸巳(1773)，三十岁。与弟履绳唱酬。

《蜕稿》卷二有《癸巳春分日雪用东坡癸酉春分雪后诗韵同处素作》。

梁履绳《澹足轩诗集》卷五有《癸巳春分日雪用东坡癸酉春分后雪韵兄同作》。

乾隆四十年乙未(1775)，三十二岁。翟灏馆梁氏南香草堂，校勘《道古堂集》，梁玉绳与其谈经论史。

《蜕稿》卷末翟灏跋云："忆乙未冬，余以校刊《道古堂集》下榻南香草堂，与谏庵日夕忻对。"按，南香草堂乃梁氏私宅。翟灏(1712—1788)字晴江，仁和人。乾隆十九年(1754)进士，官衢州、金华府教授。著有《四书考异》《通俗编》等。与梁同书友善。

乾隆四十二年丁酉(1777)，三十四岁。四月十五日，女阿冰夭殇。

《蜕稿》卷二《哭小女阿冰》："夜半叫鹈鹕，冰儿一命休。竟随亡母去，不为阿翁留。五月为人暂(自注：丙申十一月二十三日生，丁酉四月十五日殇)，重泉念我不？"

乾隆四十三年戊戌(1778)，三十五岁。本生父梁敦书由湖南调任广东按察使，进京述职，归杭省墓。

梁履绳《澹足轩诗集》戊戌《喜家大人调任粤臬由楚入觐假归省墓二律》其一："云乡带雨引归舟，一路清风酷吏收。日下单车垂紫橐，岭南重地望青油。离家已是八年久，聚首唯能半月留。圣主恩深容谒墓，江程历历问松楸。"并有《呈伯兄二首》其二："局促蜗庐七尺身,纵横鼠迹满床尘。泥窗尽用桃花纸,人面相看总逼真。"以见梁玉绳居处之窘。是年,作《元号略》。《元号略序》:"余自庚戌之夏,卜居城东,因病得闲,辑《元号略》四卷,考讹校异,旁采曲收,依韵类编,取便寻阅,聊为读史之小助云。"

乾隆四十五年庚子(1780),三十七岁。八月,应秋试,不售。

《蜕稿》卷二《庚子八月十五日闱中毕卷坐雨呈同舍诸君》:"十八年来似梦游,棘闱八度过中秋。倘能破壁终嫌晚,纵复沉渊岂足羞。刖后料无怜楚璞,雨中莫更笑秦优。丈夫自有如虹气,肯把毛锥赚白头。"是年梁玉绳三十七岁,盖自此绝仕进之意。

梁同书《频罗庵遗稿集》卷二《八月九日忆犹子辈应试闱中》(庚子):"人情大抵论成败,望眼何时更一舒。"

梁履绳《澹足轩诗集》卷五《中秋夜闱中作》:"秋光隔断是重墙,矮屋无檐夜更凉。八万二千修月户,都将桂子作糇粮。"

孙志祖《清白士集序》:"九踏省门不遇,已甚厌之,年未四十,遂不复为举业文,而问学益高。父子弟昆,自为知己,昔人以贵介而厉布衣之操者,君殆有焉。江都汪容甫赞其写真曰:'翩翩公子,退若寒素。仰屋著书,园葵弗顾。卷六十四,适合卦数。耆惟群籍,淡者荣路。'盖纪实也。"

按,汪中(1745—1794)字容甫,江都人。工诗文,所著有《述学》等。孙志祖称汪中曾为梁玉绳小像写赞文,云"卷六十四,适合卦数",指梁玉绳所著书总为六十四卷,今查汪中集中不载此文。《蜕稿》卷四有《谢汪容甫惠文帖》,中有"比辱鱼书,兼捧鸿著"之句,盖是答谢其赞文。

乾隆四十六年辛丑(1781),三十八岁。与弟履绳侍母饮静拙轩。

梁履绳《澹足轩诗集》辛丑《与伯兄侍母静拙轩小饮》有:"围炉纸阁人三面,细语檐花酒一尊。"按,梁玉绳出嗣后,与弟履绳同处母室的机会比较少。是年母病,同卷有《母病初愈冶泉舅氏札讯兼寄白金有诗见示敬依韵答谢》。

乾隆四十八年癸卯(1783),四十岁。《史记志疑》著成,自序之。后五年钱大昕序之。

《蜕稿》卷四《清白士集总序》:"乾隆癸卯,余年五八,著《史记志疑》成。"后序云:"刊整即毕,缀书纸尾,用寄喟然。癸卯仲夏十八日玉绳重识。"

《史记志疑自序》(乾隆刻本):"余自少好太史公书……作《史记志疑》三十六卷,凡五易稿乃成……乾隆四十八年龙集癸卯初月九日仁和梁曜北玉绳自序。"

《史记志疑》卷首钱大昕序云:"洵足为龙门之功臣,袭《集解》《索隐》《正义》而四之者也。丁未岁冬十月嘉定钱大昕序。"

乾隆四十九年甲辰(1784),四十一岁。是年卢文弨有《与梁曜北玉绳书》。

卢文弨《抱经堂文集》卷二十一《与梁曜北玉绳书甲辰》:"世德相承,家声克绍,吾于老世兄,不胜企羡之至。别几两载,展转于怀,想近日高明光大,更令人不易窥测也。向见示《汉书古今人表》,内有未详所出者二十三人,今就所知者言之。"

《蜕稿》卷四《复卢学士论讳书》:"伻来辱书,是前月十日所发,毗陵至杭仅六百里,系迟滞如此。承示古人生不辟名,卒哭乃讳,引据精核,先生之论详已,然窃有疑焉"云云。

乾隆五十一年丙午(1786),四十三岁。自序《人表考》。

《人表考》卷首:"余校勘各本,摭采群编,缺不敢补,误不敢改,为考九卷附载,愧未能该备,间涉隐奥莫瘉,以俟学览之君子。乾隆丙午四月十八日识于塔巷赁屋之清白堂。"

乾隆五十三年戊申(1788),四十五岁。弟履绳中举。

张云璈《简松草堂文集》卷二《梁孝廉小传》:"梁孝廉履绳,字处素,号夬庵,领乾隆戊申乡荐。"又卷九《喜梁夬庵领乡荐》:"桂香吹上万重云,入手方知气自芬。我辈声华难浪得,半生甘苦赖平分。培风大鸟飞垂翼,空野神骍势绝群。多少阿婆三五日,东涂西抹不如君。"

张云璈(1747—1829),字仲雅,钱塘人。举人,官湖南安福知县。有《简松草堂诗文集》。张云璈乃梁诗正外甥,与梁同书为表兄弟。

九月,将有武昌之行。

《蜕稿》卷三《频遭期亲之丧绝咏五载戊申九月将有武昌之行与处素雨窗话别凄然有作》:"揽衣共坐薜萝亭,尖咽虫声不耐听。万点愁心和雨乱,一番苦语傍灯青。即看孤棹随飞雁,谁向荒原问脊令。相对支颐空叹息,嗔他童子触围屏。"按,题中云"频遭期亲之丧",即是指本生父母之卒、幼女夭折、爱妾倪氏病亡,玉绳五载不作韵语,盖以此悼念。

冬至日,舟行经黄冈,校补《吕子》。

《吕子校补序》:"今年春,毕秋帆尚书校刻《吕氏春秋》,余厕检雠之末,而会其事者,抱经卢先生也。其时授梓于毗陵,书筒稍隔,未及覆审。镌成重读,又得剩义二百六十余条,古人言校书如扫落叶,良非虚叹。适有武昌之役,是编携在行箧,水窗清暇,纂次为二卷,已刻者不录,将谒尚书而请之,或作补遗附卷尾,亦卢先生意也。戊申冬至日记于黄冈舟次。"

毕沅(1730—1797)字纕蘅,号秋帆,江苏镇洋人。乾隆二十五年(1760)进士,官至湖广总督。著有《续资治通鉴》《灵岩山人诗集》等。《吕氏春秋》刻于乾隆五十三年(1788),据玉绳序则又可知此书刻于毗陵,卢文弨亦曾司校勘之役。

十二月十九日,在毕沅幕府。期间识洪亮吉。

《蜕稿》卷三《腊月十九日总制毕公为东坡作生日余与于会即席赋呈》。按,是年秋,梁玉绳取道毗陵、采石矶、吉阳湖舟行之武昌谒毕沅,旋即归,除夕过华阳镇,经芜湖、苏州抵杭州。此行不过三四月,殊不得意。《除夕次华阳镇》云:"为奉涓铢私养钱,敢辞旅泊滞江边。愁看红蜡当今夕,添却霜髭又一年。梦远庭闱乌树绕,心关弟妹雁芦眠。尽教漫灭怀中刺,谁问更深过客船。"极尽悲怆之感。

同卷有《买舟将归简毛海客洪稚存》。毛大瀛(1735—1800)字海客,江苏宝山人。洪亮吉(1746—1809)字稚存,号北江,晚号更生居士,江苏阳湖人。二人彼时皆客毕沅幕。

乾隆五十八年癸丑(1793),五十初度,有诗赋怀,并寄书弟履绳。七月跋《家语疏证》。十月,自序《元号略》。

《蜕稿》卷三《癸丑小寒后九日五十初度自述》:"愧此曹交食粟身,欲将薜萝替簪绅。翻经细史单双日,却轨看梁五十春。最怕朋侪呼贵胄,每嫌姓氏附诗人。名山未免成痴想,豹死留皮管夙因。""一事胜人婚嫁毕,半生笑我粃糠前。老亲尚作婴儿看,年例还分压岁钱。"

《蜕稿》卷四《寄弟处素书》:"吾五十之年,倏焉已过。诸事不复折怀,惟校温古籍,好之弥笃。近又获侍钱竹汀詹事,凡有撰述,皆录本就正,海益良多。竹汀洽熟经传,博物广识,后进造门者虚己若不及,请业者无不冰释其疑以去,吾谓今之竹汀,犹古之郑康成也。"

《蜕稿》卷四《跋孙侍御家语》末署"癸丑秋七月识"。

《元号略自序》末署"癸丑良月二十五日"。

十一月初五日,弟履绳病卒。

《蜕稿》卷四《祭仲弟文》:"乾隆五十八年十一月初五日,成服之辰,阿兄玉绳谨具肴醴,哭奠于二弟夬庵之灵。"

卢文弨《梁孝廉处素小传》:"梁君处素名履绳,余益友也。善读书,既撷其精,并正其误。与其兄曜北相耆错,一时有元方、季方之目。余老而衰,漫思考订群书,有所遗忘及错误,处素率为余审定之。两君皆厚余。其气象则曜北侃侃然,处素闇闇然,和易近人,人尤乐亲之。曜北既弃举子业,专精《史记》学。处素以乾隆戊申科举浙江乡试……乃年仅四十有六而竟夭死,乃乾隆之五十八年十一月三日也。在梁氏失一佳子弟,在宇内少一读书人,岂不哀哉!"

乾隆五十九年甲寅(1794),五十一岁。与卢文弨、孙志祖、张燕昌等公祭汪中。

卢文弨《抱经堂文集》卷三《公祭汪容甫中文甲寅》:"维□年□月□日,同学友卢文弨、孙志祖、张燕昌、梁玉绳等谨以清酌之奠,致祭于拔萃汪君容夫之灵。"

乾隆六十年乙卯(1795),五十二岁。次子梁耆中举。

许宗彦《学士梁公同书家传》:"耆,乙卯科举人。"

嘉庆元年丙辰(1796)五十三岁,自序《志铭广例》。

《志铭广例自序》末署"嘉庆元年丙辰六月"。

嘉庆三年戊午(1798),五十五岁。三月,自序《瞥记》,并致书景江锦,请其校勘。整比著述。与钱大昕往复论《史记》。

《蜕稿》卷三《年来整比拙著久不作诗戊午春仲许恕堂招饮湖庄即席同赋》。

梁玉绳《瞥记序》:"余三时学暇,每有所得,辄舐笔以备遗忘,短书琐语,积久遂多,删存为《瞥记》七卷……戊午三月谷雨后二日。"

《蜕稿》卷三景江锦文识语有云:"辱以裁削所存,命余校勘,既卒读,因为粗道所见,题其后而归之。戊午冬仲李门弟景江锦。"卷四《与景太守李门书》:"玉绳顿首。与执事交旧矣,惟以学问相砻错,不及他务。近整比拙稿四卷,敢就正于执事,承不弃鄙浅,辄为删窜,感甚快甚,不觉头伏至地也……《瞥记》七卷刻竣,谨呈,伏惟裁削,惶恐惶恐。"则是自序《瞥记》之后,请景江锦再为校勘。因为二人交谊有日,景曾校勘《蜕稿》,故再属之。

钱大昕《潜研堂文集》卷三十四(戊午)有《与梁耀北论史记书》三通。

《蜕稿》卷四《答钱詹事论汉侯国封户书》:"今月十二日,邮书论汉侯国封户,诸承指示。并赐新刻《汉书考异》一册,伏而读之,皆实事求是,出自心得,过宋三刘勘误远甚。"

嘉庆五年庚申(1800)年,五十七岁。八月自序《清白士集》。

《蜕稿》卷四《清白士集总序》:"余山草顽才,混迹诸生,九试九黜,倦于场屋。夙承祖父讽训,家有赐书,得以研诵为娱,是故不中之幸也,又何求焉。庚申秋三月记。"

按,玉绳生平著述,除《史记志疑》先行刻印外,余俱在其中。

嘉庆八年癸亥(1803)年,六十岁,有诗述怀。陈寿祺题《蜕稿》。

《蜕稿》卷三《癸亥六十生朝口占》:"六十年来选僻居,世缘尘念总销除。祝天留我青扬眼,灯下常看夹注书。""尚有老亲呼小字,扶藜不敢过庭前。"梁同书虽待人温和,但见者都是形神自肃,嗫嚅不敢大声。

是年，陈寿祺题《蜕稿》署云"嘉庆癸亥六月福州陈寿祺"，赞誉梁玉绳人品、学问，陈、梁二人亦似未谋面，所云"往来耆旧天下雄，杭（堇浦）陈（星斋）钱（竹汀）卢（抱经）暨孙（颐谷）翟（晴江）"，羡慕梁玉绳能与众多前辈交游。

嘉庆十二年丁卯（1807），六十四岁。梁同书书卢文弨所作梁履绳小传。

梁同书《频罗庵遗集》卷十三《书亡侄处素小传后》："予侄处素谨愿好学，其没也，同年卢抱经学士伤之，为作小传，梓入集中。今处素子祖恩检原稿请予书，盖距处素之没已十有五年，而学士下世亦十有三年矣。书毕，不禁泫然。嘉庆丁卯长至月六日不翁并识。"

按，梁祖恩原名常，字眉子，号久竹。举人，官广东始兴知县。曾入振绮堂东轩吟社。

嘉庆十三年戊辰（1808），六十五岁。子学昌等辑《庭立纪闻》成。许宗彦题《蜕稿》。

陆准《庭立纪闻跋》："戊辰冬仲，复至武林，得读莱子昆季所辑《庭立纪闻》，出经入史，援据精确，四杰并萃于一门……辛未（嘉庆十六年）书云日果泉陆准跋。"

按，《庭立纪闻》署名梁学昌辑。梁学昌，梁玉绳四子，张舜徽《清人笔记条辨·庭立记闻》云："此为玉绳自记以补《瞥记》者，乃嫁名为其四子所分辑。"梁玉绳四子分别为梁耆、梁众、梁学昌、梁田。梁众早卒，故《清白士集》卷末属"男耆、学昌、田校"。《庭立记闻》卷端署名"梁学昌辑",卷首称:"翁著《史记志疑》及《清白士集》六种,梓行之后,续有更加,不能刊改,随笔识于刻本上方,恐历久失遗,谨摘次之,其已见《瞥记》中者不载。"明言此书乃父亲梁玉绳所著,学昌兄弟三人不过辑录而已,而中华书局之《史记汉书诸表订补十种》之一《人表考》后节录《庭立记闻》,删去题记,径将《庭立记闻》的著作权属作梁学昌,则属失之考察。

梁学昌从奚冈学画。著有《焦屏覆瓿集》一卷,附于梁同书《频罗庵遗集》后。

《蜕稿》卷四末收许宗彦题诗,署云:"戊辰二月德清许宗彦。"

嘉庆十四年己巳(1809)十一月,六十六岁。五月十日,作诗伤从女。十一月,段玉裁致书梁玉绳。

《蜕稿》卷三《己巳五月十日伤九从女许字当阳高氏》诗注有云:"两侄孙、一侄孙女相继病殇。""予长女适王,年亦未及二十而逝。"

段玉裁《经韵楼集》卷七《与梁耀北书论戴赵二家水经注》(己巳十一月):"玉裁拜白耀北大兄足下……丙午、丁未间,卢召弓先生为予言梁氏耀北、处素昆仲校刊赵氏《水经注》,参取东原氏书为之,仆今追忆此言。意足下昆仲校刊时一切仍旧,独经注互讹之处,不从戴则多不可通,故勇于从戴以补正赵书,以成邮书善本,与戴并行,所以护邮而非所以阿赵。召弓所云参取东原氏为之者此也。足下昆仲之意则善矣,但足下亦不宜深没其文默默而已也。果出于闭户造车,出门合辙,当著其奇,以见东圣西圣心理之必同。果出于相取,当著其实,以见多闻从善之有益。果二公未尝相取,而出于校刊者集腋成裘,亦当为后序以发明之,以见期于郦书完善,而非借光邻壁,不则无解于仆之疑,亦无解于天下后世或谓戴取赵、或谓赵取戴之疑。是则足下昆仲将尊戴而适侵戴、将助赵而适诬赵也。此仆之所以不敢不言也……令弟不可作矣,足下及今为后序刊于赵书之末,洞陈原委,破天下后世之疑,俾两先生皆不被窃美之谤于地下,仆实企望焉,愿明以教我。"

按,段玉裁此处云梁氏兄弟曾校刊赵一清《水经注》,"丙午、丁未间"为乾隆五十一(1786)、五十二年(1787),梁氏兄弟著述及知友所记,未见有云其曾校刊《水经注》者,梁玉绳亦未有书札回复段玉裁。光绪十四年(1888)薛福成在宁波崇实书院刊全祖望《全校水经注》四十卷,王梓材录,董沛校。后附张穆《全氏水经注辩诬》有云:"初,毕(毕沅)之索书于载元(赵一清子)也,载元急遣仆走浙中,恐父书不当毕意,以巨资购谢山本而倩梁履绳、玉绳兄弟合并修饰之。朱文翰作谢山《汉书地理志稽疑序》所谓'《水经》校本有大力者负之以趋'是也。乃毕,既为赵书作序,载元仍延梁氏兄弟于署任校刊事,即今行赵本也。"
而胡适先生更是推测梁玉绳必然有回书给段玉裁,如《胡适全集》第十四卷《跋段氏〈与梁耀北书〉〈东原年谱〉论赵戴〈水经注〉》:"梁氏如何回答,梁《集》不载其文,段《集》也不附载其文,我们无从知道。但过了五年之后,段氏八十岁时,他编《东原年谱》一卷付刻(见其《东原先生札册跋》)。《年谱》中记戴、赵两家《水经》一案,措辞很公平。我们可以因此推想梁耀北必有答书,略述赵氏得全氏的启示,而更定经注,其说与戴氏差不多完全相同。梁氏答书必也曾说起赵书已收入《四库》,但校刻时,他的兄弟履绳曾参与其事,颇曾参用戴本稍加修改……《年谱》刻于嘉庆甲戌(十九年,1814),其时梁耀北年七十。次年段玉裁就死了,但梁氏还活了四年才死(他死于1819年),段氏所记,若非依据梁氏答书,梁氏必有抗议了。段氏原书曾疑校刻赵书者为梁耀北与处素兄弟二人,而《年谱》说校刻者只是处素一人。此亦可见耀北有答书更正,故段氏不再提耀北了。"

而另一清史专家孟森有《拟梁曜北答段懋堂论戴赵两家〈水经注〉书》(转引自《胡适全集》第十四卷之《考〈四库全书〉所收的赵一清〈水经注释〉》),可见梁玉绳也被卷入赵戴《水经注》一案中,且居于至关重要之位置,以至于孟森要模仿梁玉绳的口气来回复段玉裁的质问,似乎一解疑惑而拨云见日、立破公案。学界认为梁玉绳受赵一清子载元之聘,用戴震《水经注》来校勘、补充赵一清之《水经注》。故此,虽然梁氏兄弟或出于讳言而只字不提此事、刊行的赵注《水经注》也未列梁氏兄弟之字号,以段玉裁致梁玉绳之书、张穆之《全氏水经注辩诬》,则可知梁氏兄弟的确在赵载元署中校赵一清《水经注》。

嘉庆十六年辛未(1811),六十八岁。孙女梁端适同县汪远孙。

施淑怡《梁孺人事略》:"岁辛未来归。"

按,梁端,梁玉绳次子梁耆之女,幼从祖父受学,后成《古列女传》。汪远孙(1789—1835),字久也,号小米,钱唐人,著有《借闲生诗》《汉书地理志校勘记》等。

嘉庆十八年癸酉(1813),七十岁,始删订诗文,成《蜕稿》四卷并自序之。

《蜕稿自序》:"顾自束发至今,踪迹所到,常得奉教于名耆硕彦,不忍弃捐,裁削诗文为四卷,号曰'蜕稿',譬诸蝉蛇所解,似之而非,传何敢望哉。癸酉二月十日。"按,凡诗三百七十首,文六十篇。

《清白士集总序》:"六种中惟《蜕稿》至癸酉始定,余年七十。"

许宗彦《鉴止水斋集》卷五有《梁谏庵大兄属校蜕稿奉题卷后》:"束发入学时,畴不思远大。年运忽已遒,精力困尘壒。仰屋勉著书,颇亦出无奈。志士多苦心,名字惜翳暧。吾兄袭华胄,早树文场旆。流风扬芳林,轻云翼华斾。谓当庙廊荐,共睹高冈翙。时命既不谐,欲进屡蹇踬。慨然千载上,兴与古人会。扫迹远场屋,度门谢伧侩。冥搜发古蒙,快意获新沛。四部七录书,所得亦已忕。当代数史才,微君孰居最?名山既有托,世事风吹籁。余暇为文章,下笔吐雰霈。尚言非所长,轻比蝉羽蜕。十才存二三,谓余更洮汰。一诵屡叹息,远想陶钧外。造物位置人,谁能测狡狯?八音和韶钧,五采饰星旝。此才那不试,典册宁无赖。广群厕驽骀,空山遗兰艾。世人多目论,众口谁炙脍。庶几付将来,余芬或沾丐。"

嘉庆二十年乙亥(1815),七十二岁。七月十五日,父梁同书卒。

许宗彦《学士梁公同书家传》:"至二十年七月十五日卒,年九十三。"

嘉庆二十四年己卯(1819)，卒，年七十六。

  清潘衍桐辑《两浙輶轩续录》卷八："梁玉绳字曜北，号谏庵，同书嗣子。钱塘增贡。著《蜕稿》八卷。《杭郡诗续辑》谏庵清门高荫，日事温雠，不杂他嗜。所著《史记志疑》三十六卷，年未四十已刊行。又《元号略》四卷、《人表考》九卷、《志铭广例》二卷、《吕子校补》二卷、《瞥记》七卷、《蜕稿》四卷，总名《清白士集》。年七十六没之，先有二绝句云：'性耽古籍闭柴衡，砚北低头过一生。数十卷书心力瘁，妍媸留与后人评。''回首年华风转蓬，两亲逝后梦难通。合朝寻到栖神处，可在真灵位业中。'若预知终期者。"

  按，此写怀绝句二首未见于《清白士集》。梁玉绳生平行事，见于族孙梁绍壬《两般秋雨庵随笔》，所录《鹧鸪米歌》诗未见于《清白士集》中。

《胡适全集》第十四卷《跋段氏〈与梁耀北书〉〈东原年谱〉论赵戴〈水经注〉》："梁氏还活了四年才死（他死于1819年）。"

清佚名《清国史》卷七五四《梁玉绳传》："年七十六卒。"

征引文献

[1] 梁同书：《频罗庵遗集》，嘉庆二十二年(1817)刻本。
[2] 梁玉绳：《清白士集》，嘉庆五年(1800)刻本。
[3] 梁玉绳：《史记志疑》，乾隆刻本。
[4] 梁履绳：《澹足轩诗集》，《清诗文集汇编》影印抄本。
[5] 卢文弨：《抱经堂文集》，乾隆刻本。
[6] 钱大昕：《潜研堂文集》，光绪刻本。
[7] 段玉裁：《经韵楼集》，嘉庆十九年(1814)刻本。
[8] 张云璈：《简松草堂诗文集》，道光刻本。

[9]《清碑传合集》,上海书店 1988 年影印本。
[10]《湖海文传》,道光刻本。
[11]《胡适全集》第十四卷,安徽教育出版社 2003 年版。
[12]《清国史》,清佚名,民国嘉业堂抄本。
[13] 许宗彦《鉴止水斋集》,嘉庆刻本。
[14] 潘衍桐《两浙輶轩续录》,光绪刻本。

(原刊于《天一阁文丛》第 11 辑 2013 年)

夏燮年表

夏燮(1800—1875),字谦甫(一作嗛甫),别号谢山居士,晚年又号江上蹇叟。安徽当涂人。据夏燮《伯兄弢甫先生行状》《先兄仲子行状》以及《粤氛纪事》《中西纪年》等著述中所涉其个人相关经历,考其生平大略为:道光二年举人,二十一年官安徽青阳训导,道光二十五年入都,道光末年自江西奉调至江南大营,助左宗棠办理文案;咸丰九年避谤浙西,次年复返江西,期间曾至曾国藩幕府襄校案牍,咸丰十一年因功被保举知县,分发江西,此后在江西十余年,历任吉水、高安、永宁、宜黄知县,往返于浙赣;光绪元年(1875年)七月,夏燮被劾在宜黄知县任内亏空公帑,遭革职查办,未几,即忧愤中去世。

夏燮的生平经历,固然以宦途抱负昭显,而其幼随诸兄读书,性情略同长兄夏炘,重有体有用之学,同时也是一位绩学之士。在浓重的家教氛围中,他以立言为不朽之业,尤其是在史学方面的成就,为学界所称道。夏燮所著《五服释例》《述均》,是具有典型的乾嘉汉学风格的著作,而《明通鉴》《中西纪事》《粤氛纪事》则是带有道光以后学术一变为"新"的特点。

夏燮一生都在读书、著书、刻书,但他已经不同于乾嘉之际的那些专事考据的学者,他受到鸦片战争以来的历史大环境的影响,他身处时局动荡、学术思潮开始转变的时代,而他本人所具有的经世意识异常浓烈,有短暂却激烈的戎马生涯,也曾入幕府办理通商事宜,上书大吏,就禁烟、防御、海运、盐茶裕课等提出建议,然而最终却以刻书而挪用公饷,在官府逼交欠款的狼狈中猝然病逝。他的父亲夏銮,在教育夏燮、夏炘、夏燠、夏炯四兄弟时,强调有体有用,不旨在培养他们为专职的学者或者文人,夏氏父子均不作吟风弄月之诗词歌赋,也可以观察出他们的学术追求。关于夏氏父子的学术成就,可参见拙作《清代当涂夏氏学术成就探析——兼论道咸之际的徽州学风》(《贵州文史论丛》2013 年第 3 期)。故而,本《夏燮年表》也适当地涉及夏燮父兄。

嘉庆五年(1800)庚申,八月二十八日,夏燮出生于安徽当涂。时父夏銮四十一岁,母吴孺人三十九岁。燮有同怀兄三人,炘、炯、燠,吴孺人出;姊一,嫡母杨孺人出。

夏炘《景紫堂文集》卷十三《先考行述》:"配杨孺人,继配吴孺人,先七年卒。子四人,皆吴孺人出。长不孝炘……次不孝炯……次不孝燠……次不孝燮……女一,杨孺人出。"

夏炘《景紫堂文集》卷十三《先妣吴太孺人行略》:"癸未春……太孺人殁于新安学舍,年六十有二。"据此推算,则吴氏生于乾隆二十七年(1762),道光十三年(1833)覃恩敕赠太孺人,葬于太夫人之冢侧,时浙江巡抚帅承瀛(1767—1841,字仙舟,湖北黄梅人)作吴孺人墓志铭寄夏炘,而其文竟佚于途中。事俱见夏炘《先妣吴孺人行略》。

按,夏銮(1760—1829)字德音,号朗斋。嘉庆元年(1796)举孝廉方正，得安徽巡抚朱筠的推荐，后成优贡。嘉庆四年己未（1799）入都考取八旗教习，教习期满，以知县用。嘉庆九年授徽州府训导，次年就任。任职期间以阐扬理学、造就人才为己任，以朱子读书法教授诸生，提倡由博返约、循序渐进。表彰前贤江永，推赏寒儒汪莱、程厚、汪文台等。嘉庆十五年（1810）丁忧家居，在家塾分经课子。道光元年再官徽州教谕，年七十乞养归，月余而卒。夏銮为学，初好词章，五十以后，究心程朱之学，尤以切于身心、裨于世事为急务。夏銮曾与马步蟾纂修《徽州府志》，生平为学述而不作，今仅见其《朱孝廉标谢先生传》，载于《海岩朱氏宗谱》。

夏炘（1789—1871），字心伯。道光五年举人，官婺源教谕，后以援浙案内保举，加四品衔。夏炘笃志于宋儒之学，他的学术成就主要集中在经学方面。其著述汇为《景紫堂全书》，包括《述朱质疑》等。弟子众多，在徽州影响较大。

夏燠（1798—1850），字和甫，增贡生，学优而不仕。邃音韵之学，校勘《四声切韵表》。

夏炯（1795—1846），字仲子，号卯生，夏銮次子。传见夏燮《先兄仲子行状》。夏炯幼羸弱多病，但不废读，十几岁时就知晓本朝诸儒名作。嘉庆二十一年（1816）白镕任安徽学政，留心经学，夏炯应试时广征博引，补诸生。道光元年，随长兄夏炘赴顺天乡试，不售，次年制科考职，得二等，授州吏目（佐治刑狱并管理文书），但揭榜次日即南归，于父亲新安官署键户读书，一意著述。曾取郑玄、孔安国、贾谊之注三礼，成《礼志》一书，分通志、分志、杂志，搜辑考订成于一手，仅成十之三四，猝然离世。又成《古音存》、《群经异字同音书》若干卷、《书程后议》七册，仅《夏仲子集》传世。

嘉庆九年（1804年）甲子，五岁。父夏銮选授徽州府训导，次年就任。

夏炘《景紫堂文集》卷十三《先考行述》："甲子选授徽州府训导，乙丑莅任，以阐扬绝学、造就人才为己责。"

嘉庆十四年（1809）己巳，十岁。从长兄夏炘受学。

夏炘《景紫堂文集》卷十三《卯生和甫两弟行略》："先君子督子最严，在新安时四人共事师受业，己巳（嘉庆十四年，1809年）回当涂，先君子命余课读三弟，余长卯生六岁、和甫九岁、谦甫十一岁，三人者事长兄如严师，倍书讲经，改削课作，以及洒扫应对之节，莫不奉令为谨。"

夏炯《夏仲子集自序》："炯年十一二侍先君子官新安，一时与先君讲学诸先生若程征君瑶田、凌教授廷堪、及吾师汪先生莱，皆称海内通人。炯兄弟朝夕聆其讲论，得稍稍有志于汉唐诸儒之学。"按，夏銮官新安时，四子随宦，得聆听程瑶田、凌廷堪、汪莱等讲论，这种启蒙培养，对夏燮的学术成长极为有利。

嘉庆十五年（1810）庚午，十一岁。父亲夏銮丁忧家居，于家塾分经课子。

夏炘《景紫堂文集》卷十三《先考行述》："庚午，丁先王母忧，读礼家居，精研程朱之学，而尤服膺《小学》一书，时时为不孝等讲解。"

嘉庆二十三年（1818）戊寅，十九岁。已成秀才，出贾允升门下。

夏炘《景紫堂文集》卷十三《先妣吴孺人行略》："季弟燮性颖悟过于诸兄，而督责亦过之，曰：'吾不爱怜少子也。'岁戊寅，先府君署事贵池，燮已食饩，欲得一裘度岁，先妣坚持不可，曰：'汝兄弟皆二十外始衣裘，何能为汝破例！'卒不与，其严如此。"据"岁戊寅，先府君署事贵池，燮已食饩"可知是年夏燮已成秀才。

夏燮《先兄仲子行状》："白先生任满，受代者为前兵部侍郎贾东愚先生允升……而燮入学、补廪均出贾先生门下，大抵以古学辞赋为前后宗师针芥之投。"贾允升，字猷廷，号东愚。山东黄县人。乾隆六十年进士，授翰林院庶吉士、检讨，历官至兵部右侍郎。嘉庆二十一年，任安徽学政，与夏銮结识，夏氏兄弟得其奖饰。至此年夏燮已成秀才，贾允升嘉庆二十一年任安徽学政，则夏燮成秀才当在二十一年之后、二十三年之前，姑系于此。

道光元年（1821）辛巳，二十二岁。应顺天乡试，报罢。父夏銮再官新安教谕。

夏燮《先兄仲子行状》："成庙登极，特开辛巳恩科，君偕叔子同赴顺天乡试，不售。是年先名宦公再补新安，挈太安人之任。迨燮捷南宫，应赴计偕，而太安人以暮年多病，濒行命遣诸兄一人归，以侍定省。"

夏燮《伯兄弢甫先生行状》："辛巳同应京兆试，不售。其年，燮举江南乡试。"

道光二年(1822)壬午,中举。

夏燮《中西纪事》卷首中目录题识有云:"得见同年魏默深中翰源所撰《海国图志》。"据姚永朴《魏默深先生传》魏源道光二年中举,夏燮称魏源为"同年",可作证夏燮于道光二年应江南乡试并中举。

又《续修四库全书总目提要·明通鉴》称夏燮"道光乙巳进士",或即据《中西纪事》卷首中目录题识夏燮称魏源"同年"而推测,众所周知魏源道光二十五年乙巳恩科进士第二名,时称南元,但夏燮终身没有中进士。可知,夏燮称魏源为"同年",乃指道光二年同中举人而言。

道光三年(1823)癸未,二十四岁。母亲吴孺人卒。夏燮奔丧,与三位兄长齐集父亲新安官舍,同青年俊彦如俞正燮、江有诰等切磋学问。

夏炘《景紫堂文集》卷十三《先妣吴孺人行略》:"癸未春,炘留校录馆,季弟亦在都会试,而太孺人殁于新安学舍,年六十有二。"夏燮《先兄仲子行状》:"癸未(按,原文为'癸巳',误)先太安人卒于新安官舍,燮随伯兄闻讣奔丧,扶榇归葬毕,复侍先名宦公于新安。先名宦公曾揭《朱子读书法》六条及元程氏《读书分年日程》,示诸生以由博返约、循序渐进之旨。至是,扃燮四兄弟于一室,俾于天伦聚首之中,兼学问切磋之益,一时讲学之彦,如长洲宋孝廉因培、江宁温检讨葆淳、黟俞孝廉正燮、歙江茂才有诰。每至学舍,先名宦公则启钥纵之,谈论注疏、六书、音韵以及金石、地理之学。"

道光九年（1829）己丑，三十岁。父夏銮病逝于家。

夏炘《景紫堂文集》卷十三《先考行述》云："府君生于乾隆庚辰年二月初七日酉时，卒于道光己丑年十一月初三日巳时，享年七十。"

道光十八年（1838），三十九岁。戊戌，赴任青阳训导。

夏炘《景紫堂文集》卷十四《祭仲文二弟文》："戊戌，六弟赴任青阳，离家才二百余里耳，每岁犹可一会。……道光二十有六年九月既望。"按，此处"六弟"指夏燮，虽然其于同怀兄弟中最小，称四弟；但于族中兄弟行列，称"六弟"。这一称呼，也表现出夏炘的身份，因为，夏炘出生后三月，即出嗣族父，称呼同怀兄弟之行列时，以族人身份呼之。

道光二十年（1840）庚子，四十一岁。《述均》十卷成。

夏燮《述均自序》云："道光庚子当涂夏燮谨叙。"扉页题"乙卯中秋刻于番阳官廨"，则是书成于道光二十年，刊于咸丰五年。夏燮少从父亲受读顾亭林《音学五书》，后观江永《古韵标准》《四声切韵表》《音学辨微》，潜心研究三年，乃为是书。该书有伯兄夏炘咸丰三年中秋月之序。

是年，英军入侵中国，鸦片战争爆发，夏燮时官青阳训导，目睹时局，忧愤中搜罗邸报，成《中西纪事》之初稿。

夏燮《中西纪事原叙》："道光庚子之夏，洋氛不靖，蔓延三载……时承乏临城司训，一官苜蓿，无预忧危，而恶声方戢于村鸡，讹言又传于市虎，于是蒿目增伤，列眦怀忧，爰搜辑邸抄文报，旁及新闻纸之可记者。两相枋国，防口綦严，珍此高帚之藏，窃怀挟书之惧。"

道光二十二年(1842)壬寅，四十三岁。目睹通商后之危局，忧愤中著《私议六事》呈上司。

夏燮《中西纪事》卷二十三《管蠡一得》："壬寅抚议定后，海口撤防，烟土弛禁，外洋之寄居宁波上海者，觊觎内地，浸浸乎操入室之戈，鄙人忧之，撰为《私议六事》，上之陆制军建瀛。……爰将前议，附入《中西纪事》之末，而件之如左。"按，"六事"包括申明禁烟、防御内河、闽粤战舰、江浙卫兵、海运利漕、盐茶裕课六则。陆建瀛，字立夫。湖北沔阳人，道光进士。官至两江总督，并统筹淮南盐务，锐意进取。

道光二十六年(1846)丙午，四十七岁。六月，以青阳训导保举知县入都候补。八月初十日，仲兄夏炘卒于家。

夏炘《景紫堂文集》卷十四《祭仲文二弟文》："戊戌，六弟赴任青阳，离家才二百余里耳，每岁犹可一会，未有自癸卯至今四年不一面者也。六弟今秋保举入都。"

夏燮《先兄仲子行状》："道光丙午，燮由青阳训导行取入都，过青山草堂，时伯兄司训婺源，仲叔两兄村居闭户，自相师友。燮以匆匆治装，仅谋半月之聚，相与商榷经史疑义，及持身涉世之要，居官从政之宜，方谓埙篪砥砺、岁月正长，不意抵都未及两月，而仲子之赴音至矣。"

夏燮《伯兄弢甫先生行状》："庚戌夏，叔兄和甫卒，先生哭之恸曰：又弱一个矣！又贻书燮曰：今则四海一子由也。"按，夏炘性情伉直，喜与贤豪长者交游论学，放言高论，近于狂。时人仰慕其才学，盛言赞之。姚莹、李兆洛、方东树、俞正燮、江有诰，皆与之交。夏炘潜心精读宋以来诸儒之作，辨析源流，在汉宋之争中自然被纳入宋学一派，甚至发论更为激切、极端，有一种自觉的卫道精神。

道光三十年（1850）庚戌，五十一岁。十二月，《中西纪事》初稿成。

夏燮《中西纪事原叙》："微臣需次京邸，欢听纶音，窃谓逆命有苗民，何累深仁于尧舜，而责备在贤者，难逃直笔于董狐。爰取昔日所藏，诠次成帙，附陈臆见，以当胪言，藉备异日史家之采择。……时今上御极道光三十年庚戌十二月。"

夏燮《中西纪事次叙》："庚戌之冬，需次京邸，时值洋艘遣退，枋相罢归，爰取庚子以来英人入寇本末，编次成帙，藏之笥中。"

咸丰三年（1853）癸丑，五十四岁。官江西安仁县。致书沈衍庆，往返讨论鄱阳用兵之布置，严防太平军。

夏燮《粤氛纪事》卷六《江西反噬》："粤逆之越彭蠡而东也，江右报平安之火，官民幸甚。予时方摄安仁篆，闻之，亟致书槐卿谓：'回窜之期，祸且不远，而鄱阳当其湖东之冲，宜速备之。'槐卿复以书讯予，予曰……是役也，予以承乏冲区，综合文报，参以侦探，故其闻见较他省差得其详且实者。"

按，沈衍庆，字子符，号槐卿，安徽池州石埭人。道光十五年进士，以知县发江西。所著有《槐卿遗稿》。传见清方宗诚《沈大令传》(《续碑传》卷六十一)。

沈衍庆《槐卿遗稿》卷五《附嗛甫大令书》:"槐卿二兄左右。顷奉手示,以漕运变价事宜中丞立等覆奏,属即妥议会详。足下主持七邑,同舟仰赖讦谟,以资遵守,而虚怀集益,拳拳之谊,钦佩莫名。窃以事关通省大局,各州县均须破除门面之见,以期有裨国计,无误军需。惟来信中谓两害相形,则取其轻,与其变价而积必不能偿之亏,莫若储仓而冀万一可转之运,持重之见,自应尔尔。而弟以天时人事两相揆度,窃不敢不献疑于左右者,江右一带仓基半系土地,各州县之米储仓过年者甚少,加以本年春雨动经旬日,浸渍檐墙,潮气直达于内,守至今日,已虑熏蒸,倘再稽延,必至霉变。一也。省抄一纸,传播动摇,官幕全无把持,差埠加以怂恿,于是广丰、上饶一带米皆下河,迨至士良太守回广始飞檄截回,现俱停泊河口,发水偷漏,百弊丛生,即使立奉变价,已难还原。若令住守遥遥赔累,岂有了局?二也。公牍来往,动以月计,各州县之米盈千累万,亦非刻期可以蒇事,如在三月以前,贼氛扫尽,赶运赶渡,向年江广灌塘,亦在五六月间,原可不至贻误,但恐届期未能如愿,必至临事周章,转瞬节交夏令,梅雨应时,巢变无扫数之期,折贱有立待之势。三也。鄱余两郡,逼近湖滨,二十八、九年之水兑仓均被冲塌,而鄱阳首邑外四县之米皆在饶郡,便兑各有仓储,一经湖水泛涨,则数万正供悉入冯夷窟宅,州县苦于搬运之无从,上游责以收藏之不谨,著赔无力,筹垫为难。四也。足下才识过人,必能悉心体察,至变价已奉明文,亦舍此别无良策。惟一两二钱之成,案市价虽虑其难行,而部议犹存乎少见,况制府去年所定在兑费已清之后,今则在兑费未交以前,情形亦属迥异。鄙见以为,若将节省漕项津贴等款并入牵算,尚可增入一二成,然部议准行与否,仍未敢必。况帮官总运,枵腹为忧,又应作何筹款调剂之法？种种为难,不可殚述。夫变价银两原以备西北采买之用,而廷寄内不提一字,是军需筹拨已在圣明洞见中,计江省之漕,除贵县及乐平、都昌解运九江支应兵米四万余石外,仍存七十万石有奇,合计兑款牵算可得百万以外,现经户部开单知照钦差大臣计一百五十万,俱经向军门咨请,截留江西支应,弟意即以此项相抵,而各省拨解之饷按数截回,实属转移甚便,挹注相因,至此项收支统归外省,即使部议增加,亦可于军务告竣以后,酌量通融。现已拟禀稿一通,先行抄寄,当此国事孔棘,实不敢昧负天良,藉累缺作一违心语,以为异日告亏张本,知我罪我,不暇计也。不尽之言,容再飞布。惟亮察不宣。"书中"中丞"指左宗棠,时备兵西北,夏燮为其筹饷。

按,同卷沈衍庆有《答安仁大令夏嗛甫论漕米变价情形书》《答夏嗛甫复》。夏燮原有《谢山居士集》,久未见传,存否未知,此所录手札一通,吉光片羽,尤为珍贵。

咸丰四年(1854)甲寅,五十五岁。春,夏燮校刊并跋汪莱的《衡斋文集》。叔兄夏燠卒。中秋,撰《先兄仲子行状》悼念仲兄夏炘,意绪甚悲。

汪莱《衡斋文集》卷尾夏燮跋曰:"咸丰甲寅中春月门人夏燮谨识。"夏炘也跋称"道光甲午十一月门人夏炘谨跋"。

按,汪莱(1768—1813),字孝婴,号衡斋,歙县瞻淇人。著有《衡斋算学》,以精天文算学著名。夏氏兄弟从其受学,编刻其稿成《校正衡斋算学遗书》,汪、夏之交匪浅,学术旨趣也十分相近。

夏燮《先兄仲子行状》："而仲子之赴音至矣。……君殁甫三载，叔子亦相继淹逝。燮少感参商，晚益离索，折腰五斗之禄，惊心多垒之秋，追忆昔年受经庭楹，肄礼绵蕝，牵裾共话，宛若生平，一旦感念人琴，视其良柏，岂独令原之戚抑，亦郢质之悲已。……时咸丰甲寅中秋月同怀弟燮谨状。"

五月，率勇剿太平军于石门，闰七月，交卸江西安仁县事，带兵驻扎浙江石门，帅四百兵勇收复建德，九月复返江西。

夏燮《粤氛纪事》卷九《皖南逾岭》："咸丰四年……八月……予时方督带兵勇，驻于鄱邑之石门，上书浙抚，请檄渔亭徐道过岭会和攻剿。……是月十五日，观察督兵出岭。维时，岭西之匪已退，予亦自石门越境会剿。东、建两县之民轰传三省会兵，众且数万，伪监军闻之，潜师宵遁，遂以二十日收复建德。……予带勇不满四百人，见观察无意进取，遂先期回石门。"

夏燮《粤氛纪事》卷十《江右连兵》："咸丰四年……予时摄鄱篆，督郡中之勇防守北路，以五月率西北乡之团练败贼于石门，追之三十里外。七月，都昌警报至，回兵守西路，贼复乘间再入石门，与团练之乡民杀伤相当。闰七月，予交卸县事，仍奉札专防石门，以八月二十三日会同祁门渔亭之浙兵收复建德、饶郡。休息未及月余，浙道某撤营回祁，予亦尊饬回省。"

咸丰八年（1858）戊午，五十九岁。在浙，冬，取道闽地，举家入江西。

夏燮《粤氛纪事》卷十二《两浙致寇》："观于八年之役，金、衢、严、处间丧其郡、县十三城,而浙西无恙,一时省会瓦全。大府瓜代,若忘其前日之事者。予时寓居湖上,见城门无备,关市不讥。……是年之冬,予挈家西行。"

《粤氛纪事》卷十一《七闽用兵》:"予以八年之秋自闽取道至建昌,过云际关,抵光泽,又历杉关,抵江西之新城界。见二关崇墉屹立,巨石层起,叹曰:'一夫当关,万夫莫开。今有天险而自弃之,城则虚矣!'"

咸丰九年(1859)己未,六十岁。避谤居浙。九月,再叙《中西纪事》。

夏燮《伯兄弢甫先生行状》:"追忆咸丰己未,燮避谤浙西。"按,夏燮所遭何谤,不得而知。

夏燮《中西纪事》卷十六:"咸丰八年大沽之役,桂湘等至津,英人擅定通商新议五十六条……然予九年在浙,见西人已将五十六条刊入通书中,因撮其大略记之。"

夏燮《中西纪事次叙》:"值天津用兵之后,湖上无事,乃续据十年来所闻见者,合之前定之稿,厘为十六卷,中西争竞之关键,略具于此……时咸丰九年己未九月。"

咸丰十年(1860)庚申,六十一岁。自浙江返江西。秋,应曾国藩邀请至祁门幕府,夏燮借此作《庚申续记》。时伯兄夏炘也在曾国藩幕,兄弟二人遂得半月之聚。

夏燮《伯兄弢甫先生行状》:"庚申二月,贼陷杭城,文毅公遣师会江南大营复之,其年夏,起复,今曾侯总督两江,驻师祁门,复以书招先生……会燮自江西奉调大营,办理文案,再令道殷勤,请夙驾,先生乃以冬月诣大营,留半月,遂获连床风雨之聚。"

夏燮《中西纪事定本目录叙》:"咸丰十年,自浙返江右,其年秋,曾侯以两江总督督师祁门,调入幕府。时值辇毂之变,奉诏北援,和议既成,罢兵换约,凡前后奏谘稿案及军机糈台来往信函件次之,撰为《庚申续记》。"是年英法联军入据北京,焚毁圆明园,慈禧太后携咸丰帝逃往承德,后被迫签订《北京条约》,加深了中国半封建半殖民地的进程,为前所未闻之耻辱。夏燮居曾国藩幕府,条约签订,列强罢兵,往来函件或经其手,或有耳闻,一向有史学意识又忧国忧民的夏燮,遂撰《庚申续记》,以续《中西纪事》。

咸丰十一年(1861)辛酉,六十二岁。至九江亲自督理洋务通商事宜,绘制《西门外洋界图》。增订《中西纪事》。

夏燮《中西纪事定本目录叙》:"咸丰十年,自浙返江右……逾年回江供职,亲预于长江设关、西事传教之役,又见续颁条例、暂定章程,虽法穷则变,抑亦时事为之……爰取庚申以后,续成数事,增入《中西纪事》中,合之为二十四卷。"咸丰八年清政府被迫签订《天津条约》,增设九江等为通商口岸,故夏燮助巡抚办理洋务通商事宜。

夏燮《中西纪事》卷十七末题语:"予频年屡委赴浔,见九江设关之后,贸易蕃盛,月异而岁不同,嗣因查勘舆图,自赴该郡西门以外,以步代弓,周历大街前后,另绘《西门外洋界图》,粘签贴说,由江抚谘备总理衙门查核。"

同治元年(1862)壬戌，六十三岁。官安仁令。作《与朱莲洋明经论修明通鉴事》。五月，审定沈衍庆遗稿，九月，跋沈衍庆《槐卿遗稿》。

夏燮《明通鉴》卷首《与朱莲洋明经论修明通鉴事》："弟年来校正贵池书，搜辑明季野史无虑数百种，以明通鉴无书，慨然欲辑之。……拙撰《明通鉴》采野史者不过十中之一二，而其为世所传而实未敢信者，具入之《考异》中，其正史有未敢信而删之者，亦入之《考异》中。……定本尚俟异日，姑先举其草创之大略，为共从事于明史者商之。"

夏燮记沈衍庆《槐卿遗稿》卷五《答夏嗛甫书》末云："此沈君咸丰三年正月下浣答予书也。……时予方摄安仁篆，同舟二载，邮筒来往，日月无虚。频年转徙，都已散失。检此纸尚在箧中，因将致君所论漕米变价原札一并付喆嗣芝修刊入遗稿中，藉以志良友之药石，感往事于人琴。自康山赴省寄予一札，则绝笔之书，亦复辗转浮沉，仅记其大略于所撰纪略中。又有与伯兄韬甫教授论学书，君死事之后，伯兄有《书槐卿札后》，刻入《景紫堂文集》中。干戈抢攘，欲购无从，聊以是为吉光片羽之存而已。同治壬戌夏五，当涂夏燮记。"

夏燮《槐卿遗稿序》："今年春，喆嗣芝修奉其母恭人命，以燮与君交最深属再为阅定，乃裒次其遗稿政绩析之，各为六卷……同治元年秋九月当涂夏燮识。"

夏炘《景紫堂文集》卷七《跋沈槐卿手札》云："此今岁四月二十日鄱阳县尹石埭沈君槐卿诒炘书也。炘未与槐卿相见，而神交最契，简帖往来甚多。此夹于旧卷帙中，今晨检书得之，为之呜咽流涕不能自已。……咸丰癸丑八月廿五日弢甫氏夏炘挥泪谨识于婺源学署。"

薛时雨《藤香馆诗抄》卷三《赠夏兼甫大令燮》(诗集编年,此为壬戌年下):"厌倦风尘鬓拂霜,只官不抵著书忙。公卿折节尊名士,图史传家作宦囊。渌水红莲宾入幕(曾揆帅召入幕府),青山白纻客思乡。谈经各擅无双誉(兼谓韬甫先生),想见元方垺季方。"按,薛时雨,字蔚农。安徽全椒人。咸丰三年进士,官至杭州知府。传见顾云《桑根老人行状》(《续碑传集》卷八)。

同治二年(1863)癸亥,六十四岁。夏,《两朝剥复录》付梓,拟续刊《先拨志始》。

夏燮《两朝剥复录校正叙例》:"同治二年夏五皖南后学夏燮嗛甫谨识于西江寓斋。"序中又云:"凡引用之书后见者多入补校中,惟《先拨志始》足资是书之考证者尤多,拟俟续刊,故补校中不尽载也。"后未成此事。

按,夏燮编撰《明通鉴》《明史纲目考证》《明史考异》《忠节吴次尾先生年谱》,校刊《楼山堂集》等,对明代时事如指诸掌,其所校补,皆有依据,他于明代史料的整理编刊多达十余种;而其长兄夏炘也勤于此事,编有《陶主敬先生年谱》。

同治四年(1865)乙丑,六十六岁。六月,自题《中西纪事》并调整体例。

夏燮《中西纪事》卷首中目录:"是编草创未就,得见同年魏默深中翰源《海国图志》……原稿皆叙于各案下,续据《海国图志》所载档案,遂仿纪事本末之例,厘为四卷,著始祸也。……卷末记海疆殉难诸臣……盖仿《绥寇纪略补遗》之例云,时同治四年乙丑六月。"

同治五年(1866)丙寅,六十七岁。五月,补江西永宁县知县。辑刻乡贤吴应箕遗著,并编撰《忠节吴次尾先生年谱》。

夏炘同治五年跋《陶主敬年谱》(见《陶学士文集》):"以书告六弟嗛甫明经,报书云:'(陶安)桑梓之第一名臣,未可听其集之淹没,现刻吴忠节公《楼山堂集》二十七卷,又《东林本末》三卷、《留都闻见录》二卷、《熙朝忠节死臣传》二卷,并前所刻《剥复录》合之,题为《楼山遗书》,去冬开工,计五六月间可毕。如学士集到,即可续刻。'……嗛甫小余十一岁,虽年逾六旬,而精神矍铄,博闻强记,无异三四十岁人。簿书之暇,手不释卷,以表章先儒遗书为务。"夏炘将所藏《陶学士文集》寄给夏燮,遂于次年同治六年刊,题"岁杜强圉单阏永宁官廨开雕"。正是在编刻吴应箕著述时,夏燮搜罗了明季多种史料,始有意撰《明通鉴》。

同治七年(1868)戊辰,六十九岁。《五服释例》二十卷成,《中西纪事》刻于江西官廨。

夏燮《五服释例叙》:"同治七年岁在著雍执徐当涂夏燮嗛甫叙。"按,此书受乾嘉名物考据风气之影响。

夏燮《中西纪事》扉页题"岁在著雍执徐阳月",署名"江上蹇叟"。按,同治十三年(1874年)夏燮自序《校汉书八表》,末属云:"岁在阏逢掩茂之夏,当涂蹇叟夏燮序,是年七十有六。"是夏燮晚年自称"蹇叟",而是书所据皆实,恐遭当局深究,故仅署"江上蹇叟"。

《中西纪事》初版被毁,夏燮友人自称"霅中人"者光绪二十四年再为聚珍版,并序曰:"此当涂夏嗛甫燮先生《中西纪事》所由作,而隐其名为江上蹇叟者也。先生身列戎行,手披幕牍,凡所搜辑,确有睹闻,义本春秋,严防夷夏。长沙忧国,惧足首之倒悬;臣朔上书,戒羌夷之接轸。每当酒酣耳热,愤极北来,拍案一呼,唾壶立碎。仆叨居小友,又属同官……先生以名孝廉作贤令尹,青山卜筑,皓首穷经,披肝之义虽殷,防口之嫌窃引,某大吏见是编,以为忤时,削其版。读杜牧之罪言,孤忠未泯;仆昌黎之贞石,元气仍存。仆行箧收藏,仅余数册,买纸抄写,欲贵三都。爰椠聚珍,以广传布。……辛巳春仲霅中人叙于薏香闲籢。"

可见,夏燮此书之同治七年刊本,横遭毁版,其友人不忍是书之湮没,乃据所藏原本,再为刊布,但为了避免文祸,他也隐去了自己的名字,可见此书之奋笔直书、信而有征,为西人所惧,也为当朝所压迫,其能再传,也见士人同仇敌忾之民族精神。"霅中人"疑即平步青,他熟悉夏燮的经历,钦慕他的才学,而且喜欢刻书,有可能是他冒朝廷追究之险悄悄刊印了惨遭禁毁的《中西纪事》。

同治八年(1869)己巳,七十岁。任高安令,纂修《高安县志》。《粤氛纪事》三十卷付梓。

《同治高安县志》(《续修四库全书总目提要·同治高安县志》第八册,第803页):"清知高安县事夏燮等修。……燮字嗛甫,安徽当涂县举人,同治八年来任。按,邑志……四修于道光四年甲申知县高以本，同治八年续修省志，时夏令权邑篆，乃设局县中，延熊松之、萧浚兰、彭桂馨主其事，书未成而夏令去职。"是书同治十年成，则夏燮令高安仅年余。

夏燮《粤氛纪事》卷尾："是编所记，仅至咸丰十年苏城失守而止。统计东南被兵省分，惟十一年浙省再陷之役不预焉。各卷后所记殉难、阵亡之文武，不过十中之一二。时予宦游江右，所记较详。顷因江省设立忠义局，由各府、县采访呈送，遗漏实多，爰取是编付之手民，以备同人之稽考云。同治八年正月谢山居士识。"

同治十年（1871）辛未，七十二岁。九月三十日，长兄夏炘卒于婺源。

夏燮《伯兄弢甫先生行状》："同治十年辛未九月，伯兄弢甫先生八十三岁，考终婺源。……乃以其年九月三十日，易箦于婺源之寓。"

同治十一年（1872）壬申，七十三岁。跋夏炘《景紫堂斋中劝读书七则》。

夏燮跋《景紫堂文集》卷首《景紫堂斋中劝读书七则跋》曰："此先兄弢甫先生婺源斋中劝读书七则也……则撮其要而并梓之，以公诸各省书局云。时同治壬申，弟燮书后。"

同治十二年（1873）癸酉，七十四岁。《明通鉴》刊于宜黄官舍，陆续赠与平步青，平有答书。

刻印于江西宜黄官署《明通鉴》九十卷，目录二十卷，前编四卷后编六卷,题"同治癸酉检字刊于宜黄官廨","江西永宁知县当涂夏燮编辑"。是书依据《明实录》,以及从友人处借抄坊间希见之明代史料笔记,并得到同道高安朱航、舲、舫兄弟之相助,朱氏兄弟也究心明史,其九芝仙馆多藏希见明史料,夏燮从中借抄坊间无流通者。另外山阴平步青时任江西粮署道,也措意于明季史料,增补考证夏书数十事,夏燮卒前托付平步青将《明通鉴》一部转赠在京师的李慈铭,李慈铭收到此书以后,认为"夏氏此书,用力甚勤,采取诸书,虽不甚博,而尝得《明实录》,用以参校事迹之真伪、月日之先后,又博问通人,有所谘益,多著于说"(《越缦堂日记》光绪七年六月初六日)。

平步青《樵隐昔寱》卷四有《与夏嗛父书》五通,皆论《明通鉴》事,其一论《甲申核真略》,其二论《芦城平话》,其三、四、五,皆论《明通鉴》。可见,夏燮在编撰《明通鉴》时曾与平步青商榷,而平为文献大家,其所指摘皆有裨益匪浅,如其四有云:"月之八日得手书,并续印《明通鉴》四十八册,知去冬所答笺未达左右。印本点勘一过,完善无可商榷,小小刊误,仍具别纸乞是正之。"并盛赞夏燮《明通鉴》云:"前月得新刻《明通鉴》七册,读之累日,事核文赡,不愧史才。考异尤为精博,足以上睎涑水,下掩弇山。……执事起衰,自任覃精,五十年聚书千百种,贯穿考订,卓然成一家言,于以风示海内不朽之盛业也。"

同治十三年(1874)甲戌,七十五岁。夏燮自序《校汉书八表》。

夏燮《校汉书八表》卷首自序末属:"岁在阏逢掩茂之夏当涂寒叟夏燮序,是年七十有六。"按,夏燮生于嘉庆五年,卒于光绪元年,享年七十六,宗谱墓志均如是,此处夏燮同治十三年自称七十有六,乃古人纪年常例。

光绪元年(1875)乙亥,七十六岁。夏燮在江西宜黄亏空公帑案发,刘秉璋嘱尽快缴完。七月三十日,夏燮在筹理亏空国库的忧虑中去世。

《清代名人手札》刘秉璋致薛时雨之一札云:"夏嗛甫读书成癖,却非吏才,所短吉水、高安、永宁,交代甚巨。照新章即应撤任。日昨到省,面许二三月内,吉水、高安可以解清,但留宜黄,已算非意之想,乃欲更上一层,鄙人亦不敢预必。日暮途远,情在可矜,当为留意耳。……二月初五日。"

按,夏燮挪用国帑,可能是为刻书,他所刊刻自著书七种、先贤遗著三种、《宜黄县志》一部,所需之资当不菲,或是因此而挪用。《明通鉴》一百卷,其书版可抵万金,其刻书所费可见一斑。

刘声木《苌楚斋随笔》之《五笔》卷六《夏燮亏空公款入儒林传》:"当涂夏嗛甫明府燮学问渊通,撰述繁富,惟《明通鉴》九十卷、《目录》廿卷、《考异》附于卷内,颇知名于时。以知县服官江西,历署优缺,而亏空甚多,历次交代不清。先文庄公时任赣藩,清查各属交代甚严,面诘以故。明府言'侏儒饱欲死,臣朔饥欲死'云云。先文庄公因其文学,特加宽宥,慰之云:'果能弥补,交代亏空,仍可委署优差。'预留□□县缺以待。明府知之,勉清交代,即与以□□县缺,原欲以资勉励。逾年,明府病故,亏空复数万金,无可弥缝。"按,据刘秉璋致薛时雨手札,此两处"□□",当是宜黄无疑。据刘声木所记，夏燮革职被查，当在上一年同治十三年。

王世华于《夏燮生卒年月考》一文中称，他曾目睹夏氏后人珍藏的民国二十九年《夏氏宗谱》，内载夏燮"生于嘉庆庚申五年八月二十八日午时……卒于光绪元年乙亥七月三十亥时，寿享七十有六，葬老山前"。

夏燮孙诚桢《校汉书八表跋》称："光绪乙亥夏，先祖易箦前一夕，检所校《汉书八表》，呼桢而授之曰：'尔父尔叔，吾别有嘱；是书责成于尔。'桢谨受命。"此书扉页题"岁在庚寅孟夏，梓于江城公所"。卷末题"孙诚桢校刊"。

又，刘声木《苌楚斋随笔》之《五笔》卷六《夏燮亏空公款入儒林传》："先文庄公复命人告知其家属，如以《明通鉴》木板归官书局，作价壹万伍千金，其家不允。乃照例禀请赣抚新宁刘忠诚公坤一奏参革职，查抄监追。至光绪□年，湘阴左文襄公宗棠任江督，为之奏请开复，并入《儒林传》。时先文庄公任浙抚，见文襄奏稿，仍以明府文学特加宽宥。设以明府原案同时奏入，文襄原奏例须撤消，岂有亏空公款数万金而可称为儒林者，此不待智者而后知之也。"

按，光绪三年，沈葆桢、何绍基等纂修《安徽通志》，夏銮、夏炘因官教职而入《职官志》，但同为教职的夏燮则付阙如，如卷一三一："夏銮，当涂人，优贡，徽州训导。"卷一三二："夏銮，见前徽州训导。再任。"卷一三三："夏炘，当涂人，举人，婺源教谕。"夏燮卒于光绪元年，亏空一案导致革职查办，然补款在其卒后仍未了结。夏燮卒后，左宗棠为他奏请开复原官、将生平事迹奏付国史馆立传，未能通过，故而夏燮未能入国史列传，连地方志也摈弃他，甚至墓志铭也销毁不见传世，文人立身不可不慎。

光绪七年三月二十八日，李文敏奏夏燮子江苏候补知县夏致球未完缴欠款，夏致球遂遭革职。

《申报》光绪七年三月二十八日："上谕李文敏奏革员之子抗不完缴短交代银两请革职勒追一折，首任江西玉山县知县黄寿祺、已故署宜黄县知夏燮前因亏短历任交代正杂各款，均经革职监追查抄备抵，并提该革员及故员家属等究追。乃黄寿祺长子黄文枚、夏燮之子夏致球均服官他省，抗不完缴，实属延玩。浙江海沙场监大使黄文枚、江苏候补知县夏致球均著暂行革职，即著谭锺麟、吴元炳委员将该革员黄文枚等解往江西以凭勒追。余著照所议办理。该部知道。钦此。"

又，王世华《夏燮生卒年月考》称安徽师范大学图书馆藏有清末管维廷题识之夏燮《粤氛纪事》，并录管氏跋语云："兹阅《皇清奉政大夫授江西永宁县知县当涂夏公碑志铭》……按其铭内所载先生生于嘉庆庚申八月二十八日，卒于光绪乙亥秋七月卅。"夏燮之生卒年有此为证，当毋庸置疑。但管氏所见夏燮之墓志铭，今未见传，比较遗憾。

而夏燮生前文字交平步青之《樵隐昔寱》目录卷十八存有《夏嗛父小传》，正文则阙疑，想必与夏燮卒后被朝廷追缴欠款有关，平氏有所忌讳而删去者。

征引文献：

1. 〔清〕夏燮《中西纪事》，同治四年刻本。
2. 〔清〕夏燮《粤氛纪事》，中华书局 2008 年版。
3. 〔清〕夏燮《五服释例》，同治七年刊本。
4. 〔清〕夏燮《明通鉴》，同治十二年刊本。
5. 〔清〕夏燮《汉书八表》，光绪十六年刻本。
6. 〔清〕夏燮《述均》咸丰五年番阳官廨刊本。
7. 〔清〕夏炘《景紫堂文集》，咸丰五年刻《景紫堂全书》本。
8. 〔清〕夏炘《陶主敬年谱再跋》，明陶安《陶学士文集》卷首，同治五年刊本。
9. 〔清〕夏炯《夏仲子文集》，民国十四年铅印本。
10. 〔清〕汪莱《衡斋文集》，咸丰《衡斋遗书》本。
11. 〔清〕沈衍庆《槐卿遗稿》，同治元年刻本。
12. 〔清〕薛时雨《藤香花馆诗抄》，同治五年刻本。
13. 〔清〕李慈铭《越缦堂日记》，广陵书社 2004 年影印本。
14. 《同治朝东华录》《《德宗实录》》卷九十二，文海出版社 2006 年版。
15. 《申报》光绪七年三月二十八日
16. 《碑传合集》，上海书店 1988 年版。
17. （同治）《高安县志》，〔清〕夏燮等纂修。
18. （光绪）《安徽通志》，〔清〕沈葆桢、清何绍基等纂修，光绪五年刊本。
19. 《续修四库全书总目提要》，齐鲁书社 1996 年版。
20. 《清代名人手札》，北京师范大学出版社 2009 年版。
21. 〔清〕刘体仁《苌楚斋随笔之五笔》，中华书局 1998 年版。
22. 王世华《夏燮生卒年月考》，《安徽史学》1990 年第 3 期。

（原刊于《安徽文献研究集刊》第 6 卷，2014 年）

后　　记

　　本书所收十六篇论文均为先前公开发表,大都围绕近代文学文献、学术文献这个主题,故名《近代文献研究丛稿》。其中《方桼如简谱》《梁玉绳年表》《焦廷琥学术成就及扬州学派的家学特征》三文的研究对象在"近代"稍前一些,似乎相去并不久远,诸学者皆于乾嘉汉学谱系一脉相承,故阑入之。

　　文章发表以来学无寸进,本次成集,未曾细致修订,仅改正讹误字句,请读者诸君谅其粗疏。

2023 年小寒

图书在版编目(CIP)数据

近代文献研究丛稿/张桂丽著.--上海:复旦大学出版社,2024.9.--(复旦大学古籍所成立四十周年纪念学术丛书).--ISBN 978-7-309-17521-9
Ⅰ.K258.07
中国国家版本馆 CIP 数据核字第 2024KQ5367 号

近代文献研究丛稿
张桂丽 著
责任编辑/杜怡顺

复旦大学出版社有限公司出版发行
上海市国权路 579 号 邮编:200433
网址:fupnet@fudanpress.com http://www.fudanpress.com
门市零售:86-21-65102580 团体订购:86-21-65104505
出版部电话:86-21-65642845
江阴市机关印刷服务有限公司

开本 890 毫米×1240 毫米 1/32 印张 10.25 字数 220 千字
2024 年 9 月第 1 版
2024 年 9 月第 1 版第 1 次印刷

ISBN 978-7-309-17521-9/K·838
定价:78.00 元

如有印装质量问题,请向复旦大学出版社有限公司出版部调换。
版权所有 侵权必究